白色的虹

帕乌斯托夫斯基短篇集

[苏] 康·帕乌斯托夫斯基——著

董晓——译

陕西师范大学出版总社

图书代号：WX18N1740

图书在版编目（CIP）数据

白色的虹：帕乌斯托夫斯基短篇集 /（苏）康·帕
乌斯托夫斯基著；董晓译 . — 西安：陕西师范大学出版
总社有限公司，2019.2
ISBN 978-7-5695-0415-6

Ⅰ . ①白… Ⅱ . ①康… ②董… Ⅲ . ①短篇小说－
小说集－苏联 ②散文集－苏联 Ⅳ . ① I512.15

中国版本图书馆 CIP 数据核字（2018）第 269682 号

白色的虹：帕乌斯托夫斯基短篇集
BAI SE DE HONG: PAWUSITUOFUSIJI DUANPIAN JI

[苏] 康·帕乌斯托夫斯基 著　董　晓 译

出 版 人	刘东风	
责任编辑	焦　凌	
特约编辑	成逸洁	
责任校对	舒　敏	
装帧设计	张静涵	
出版发行	陕西师范大学出版总社	
	（西安市长安南路 199 号　邮编 710062）	
网　　址	http://www.snupg.com	
印　　刷	山东临沂新华印刷物流集团有限责任公司	
开　　本	880mm×1240mm　1/32	
印　　张	8	
插　　页	4	
字　　数	207 千	
版　　次	2019 年 2 月第 1 版	
印　　次	2019 年 2 月第 1 次印刷	
书　　号	ISBN 978-7-5695-0415-6	
定　　价	48.00 元	

读者购书、书店添货或发现印装有问题，请与营销部联系、调换。
电　话：（029）85307864　85303629　　传　真：（029）85303879

译者序

　　康斯坦丁·帕乌斯托夫斯基（1892—1968），苏联时代著名的小说家和散文大师。他生于乌克兰，在基辅度过了中学时代。与中学时代的同窗好友米哈伊尔·布尔加科夫一样，在基辅国立第一中学读书的时候，他就喜欢上了文学。放学回家的路上，与布尔加科夫一道在栗子树下的旧书摊上如饥似渴地看小说，是他当年最惬意的事情。1912年处女作发表之后，帕乌斯托夫斯基开始走上了文学创作的道路。喜爱浪漫的帕乌斯托夫斯基坚信生活中处处隐藏着诗意，由此，他开始了浪迹天涯的生活，体验过各种职业：搬运工、电车司机、捕鱼队队员、锅炉工、钳工……广泛的生活积淀不仅丰富了他的生活阅历，更滋养了他的文学创作。从20世纪30年代开始，随着他反映苏联"一·五计划"主题的中篇小说《科尔希达》和《卡拉－布迦兹海湾》的出版，他的文学创作开始进入成熟阶段，获得了读者和文学界的好评。在此后的近三十年的创作生涯中，帕乌斯托夫斯基始终以其独特的艺术追求，创作出一篇又一篇脍炙人口的中短篇小说和抒情散文，如《雪》《细雨蒙蒙的早晨》《白色的虹》《电报》《破旧的小船》《老厨师》《一篮云杉果》《碎糖块》《面向秋野》《森林的故事》等等，逐渐成为苏联读者和文学界人士眼中德高望重的作家。

中国读者从 20 世纪 50 年代开始就接触了康斯坦丁·帕乌斯托夫斯基的作品。他的许多中短篇小说已经陆续被译成了中文，其中，题材和体裁均很独特的散文著作《金蔷薇》自 1956 年首次译成中文后，在半个世纪的时间里，感染了一代又一代的中国读者，同时，这本以一篇篇清新隽永的抒情散文组成的关于艺术创作之奥秘的散文集也成为许多当代中国作家心爱的伴枕书，在创作上启发了一代又一代中国作家。

帕乌斯托夫斯基成为中国读者所熟悉和喜爱的作家，是处于整个俄苏文学全面影响中国当代文学的历史背景之下的。他是随着一大批苏联作家的名字一道进入中国读者和作家的视野的。但是，他对中国读者和作家产生影响的途径和性质却又与其他的苏联作家有着很大的不同。

在 20 世纪 50 年代，许多苏联作家在中国可谓家喻户晓，声名显赫。然而，平心而论，并非所有这样的作家，哪怕是那些在当时红得发紫的苏联作家，能够真正地对中国当代文学产生深刻的影响。米哈伊尔·肖洛霍夫[1]可算是一位对当代中国作家影响颇大的苏联作家，帕乌斯托夫斯基无疑也属于这类为数并不很多的作家之列，但他的影响有其独特的性质。

肖洛霍夫虽然当时在中国声名显赫，然而有趣的是：中国读者真正喜欢读的是他的长篇史诗《静静的顿河》，但真正对当代中国作家产生影响的却是他的另一部长篇小说——《被开垦的处女地》。这倒不难理解：在 20 世纪 50 年代，中国人同样面临着农业集体化的历史任务，中国农民也同样需要经历 30 年代苏联农民所经历过的精神

---

[1] 米哈伊尔·肖洛霍夫（1905—1984）：苏联著名作家，以《静静的顿河》一书荣获诺贝尔文学奖。

上的考验。这种历史—政治上的相似性使得中国作家必须关注肖洛霍夫，尤其是那批所谓"农村题材作家"，比如周立波、丁玲、赵树理、梁斌、柳青等。《被开垦的处女地》为中国作家提供了可以借鉴的创作模式，于是，我们不难发现，无论是丁玲的《太阳照在桑乾河上》、周立波的《暴风骤雨》《山乡巨变》，还是柳青的《创业史》、赵树理的《三里湾》，这些作品虽然各有其艺术特色，但都程度不同地有着模仿《被开垦的处女地》的痕迹。

那么帕乌斯托夫斯基呢？他的情况与此完全不同。他也对许多中国当代作家，尤其是一批抒情性很强的小说家、散文家产生了深刻的影响，但这一影响纯粹是文学上的影响，很少有社会政治方面的因素。换言之，中国当代的散文家们之所以喜欢帕乌斯托夫斯基，并不是因为他们也面临着当年帕乌斯托夫斯基曾面临的社会、历史问题；并不是因为他们的生活和创作环境与当年帕乌斯托夫斯基所处的环境极为相似；并不是因为他们所思考的问题也是当年困扰帕乌斯托夫斯基的那些问题。帕乌斯托夫斯基纯粹是靠自己独特的抒情风格吸引了众多的当代中国作家。整整一批中国当代作家汲取了帕乌斯托夫斯基的创作经验和思想，借鉴了他洞见世界的艺术，成为中国当代文学中风格独特的一个抒情流派。这些作家也同帕乌斯托夫斯基一样，并不去关注重大的社会历史事件，并不去描写生活中的巨大波澜，而是倾心于生活的微澜和涟漪，从这些细微之处发掘生活所隐藏的美和诗意。可以说，正是对生活的这种抒情的态度、善于从日常生活中发掘美和诗意，使得这批深受帕乌斯托夫斯基影响的中国当代作家获得了文学史上的重要地位。

帕乌斯托夫斯基对中国当代作家的影响具体体现在哪些方面呢？如上所述，在中国，帕乌斯托夫斯基被视为抒情散文的大师。这自然没错。可问题是，他的抒情文字的本质，他的抒情创作的奥秘，他的艺术构思的关键之处是什么呢？

首先，帕乌斯托夫斯基追求人的生存状态的诗意化。一方面，艺术和艺术家时常成为他的作品的主题（如《一生的故事》《一篮云杉果》《金蔷薇》《老厨师》等等），另一方面，他的作品中的主人公，主人公所过的平凡的生活，都蕴藏着丰富的诗意，也就是说，在他的作品中，人的生存状态（人的精神世界、人与人的交往、人与自然的接触等等）具有艺术和艺术创造的特质。在帕乌斯托夫斯基笔下，主人公的职业五花八门，但是，他们都能够像艺术家那样去行动和思考，像艺术家那样去看待生活，因此，他们周围的生活就显得神奇而富有魅力。譬如，在他的短篇佳作《雪》和《细雨蒙蒙的早晨》中，男女主人公的生活都不顺利，可是他们却都有温柔感伤的性格。他们能够敏锐地感受到别人心中的痛楚，只有具备了艺术天性的人方能做到这一点。也正因为此，他们的现实生活才会显出诗意的光环。帕乌斯托夫斯基说过，"写作和慷慨奉献是不可分离的"。的确，帕乌斯托夫斯基笔下的主人公总是慷慨地给予陌生人自己精神上的馈赠。在《雪》《老厨师》《一篮云杉果》等许多小说中，我们不难发现这种宝贵的精神馈赠。帕乌斯托夫斯基作品中那独特的具有丰富内涵的"诗意的瞬间"往往与这种精神的馈赠相联系，而正是在实现了这一精神上的馈赠的那一刻，人的富有诗意的生存状态得以呈现。帕乌斯托夫斯基为我们打开了人的精神活动中最独特、最神奇、最有魅力的一面，即人的精神世界里与艺术有着天然联系的那一面。他希望人的整个生活，哪怕是最普通、最平凡的日常生活，都能具有艺术的精神特质。再譬如《金蔷薇》这本"关于作家劳动的札记"的作品，便是作者迷恋艺术之魅力的结晶。以生命的力量祝福美，这是人类艺术精神的伟大本性。这种精神成为帕乌斯托夫斯基统摄该书的思想精髓，也成为他自己文学创作的追求。帕乌斯托夫斯基在审美地观照人类的艺术活动过程中，始终怀着他固有的"眷恋艺术的情结"，把文学技巧与自己的理想情感——生命的艺术情感化融为一体。

高尔基曾说过，"每一个人就其天性而言，都是艺术家"。然而，在日常生活中，人们往往又不得不自行熄灭掉艺术和诗意的激情。而康斯坦丁·帕乌斯托夫斯基以其抒情的文字迫使我们重新去发现人身上的这一美好的天性。我想，这才是作为人道主义作家的帕乌斯托夫斯基的力量所在。在帕乌斯托夫斯基的作品里，心灵的丰富与单纯完好地融合在一起，构筑成一个美妙的艺术世界。我想，这应当是帕乌斯托夫斯基抒情散文的诗意所在。

　　其次，"大自然之恋"也是帕乌斯托夫斯基艺术创作中的一个重要方面。帕乌斯托夫斯基对俄罗斯大自然的眷恋，始终伴随着他的文学创作活动。他对俄罗斯大自然的感受的变化与自己创作中美学风格的演变是有密切关系的。无论是就帕乌斯托夫斯基作品那质朴清新的艺术风格而言，还是就作家执著于对人的心灵的铸造而言，他对俄罗斯大自然的眷恋都是一股强大的内在精神力量。在帕乌斯托夫斯基构建的人的生存状态之高度艺术情感化这一理想精神家园里，对大自然的生命体验是人的心灵世界实现艺术情感化所不可或缺的重要方面。

　　在帕乌斯托夫斯基看来，自然与我们人的心灵情感息息相通，自然具有独立的、需要我们以整个心灵的力量去充分感受的生命意义。因此，在他的眼里，大自然成为一个独立的价值整体，大自然在帕乌斯托夫斯基的散文中便不会像在许多现实主义艺术风格的作品中那样，主要成为作者装饰人物心理、行为环境，烘托艺术氛围的从属性风景描写，而是自身便成为作者思想、感受的审美对象，大自然以一种独立的生命情感整体进入作品的艺术世界中。大自然不仅被作者展示了它外在的美，它那被作者所赋予的内在生命力，与作品中的抒情主人公产生了心灵的交融。而帕乌斯托夫斯基的"大自然之恋"的最独到之处，便是把对大自然的热爱与对俄罗斯土地的热爱紧密地结合起来，把对故土的依恋与对大自然的感悟结合起来，在俄罗斯独特的大自然中感悟出俄罗斯民族的特质。这一点是将帕乌斯托夫斯基与 20 世纪俄罗斯另一位"大自然的卓越歌手"普里什文区别开来的关键所在。

帕乌斯托夫斯基的"大自然之恋"直接影响了他对人物的塑造。他所喜爱的人物总是与大自然十分亲近。他们对大自然的态度在很大程度上讲就是衡量他们人格与尊严的标准和表现他们的性格的手段。人与自然高度和谐，人与自然生命交融，这是帕乌斯托夫斯基的理想寄托。

追求人的心灵、人的生存状态的艺术情感化使帕乌斯托夫斯基的作品获得了独特的审美特征。许多中国当代抒情散文家汲取了帕乌斯托夫斯基散文的这一艺术特征。至于具体的艺术手段，那么显而易见：语言的明确与精美、对美的细腻感受、对人的情感的细腻感受、准确而富有浪漫气息的风景描写等等，这些都是中国当代作家从帕乌斯托夫斯基那里学到的东西。

很容易找到帕乌斯托夫斯基与一些中国当代作家之间的某种相似性。譬如，20 世纪 60 年代初，著名女作家茹志鹃写出了短篇佳作《百合花》，对战争岁月里真挚情感的细腻描写让人不禁想到了帕乌斯托夫斯基的短篇小说《雪》。当年著名的散文作家峻青发表了散文作品《秋色赋》，就构思和情节安排而言，很像帕乌斯托夫斯基的短篇小说《开往辛菲罗波尔的快车》。至于帕乌斯托夫斯基的名作《金蔷薇》，则更是影响深远——在中国直接出现了姊妹篇：1962 年，也就是《金蔷薇》的中译本出版六年后，著名散文作家秦牧出版了散文集《艺海拾贝》。与《金蔷薇》一样，《艺海拾贝》也是以一篇篇清新隽永的散文构成，专门谈论艺术创作的规律。秦牧毫不讳言，他就是要仿照帕乌斯托夫斯基，写出一本中国的《金蔷薇》，因此，题材和体裁上的高度相似就再自然不过了。

作为一个艺术风格独特的作家，帕乌斯托夫斯基的文学命运也颇为奇特。他在苏联的读者和作家当中德高望重，但却从未获得过任何来自官方的嘉奖，尽管他也从未被禁止过出版自己的作品。应该说，帕乌斯托夫斯基是依靠自己独特的艺术旨趣赢得了读者的青睐，也获得了历史的意义。帕乌斯托夫斯基在苏联30—60年代那段历史中独特的文学命运所起的特殊作用，使他对苏联文学的发展产生了不可忽视的影响。首先，从创作流派风格的角度讲，其独立的艺术追求保持了浪漫主义文学传统在苏联文学中的延续。其次，由于帕乌斯托夫斯基在创作中一贯坚守独立的艺术品格，保持对人类本真的精神价值的追求，他的作品具有一种超前预见性。在当时与之相类的苏联作家人数不少，如普里什文、亚历山大·格林等，都属这类。帕乌斯托夫斯基就是这类作家中的一个典型代表。

帕乌斯托夫斯基为什么在今天的中国仍然受欢迎？原因自然很多，但有一条原因是很关键的：在20世纪50—60年代里，中国人在他那充满了柔情和真诚的精美作品里获得了精神的慰藉，而这一点并不是每一个当红的苏联作家都能够做到的。那个年代里，中国人的精神生活并不是十分丰富，缪斯之神时常会遭遇苦难，而帕乌斯托夫斯基作为一个睿智的抒情大师，唤醒了中国读者对人性、情感之美的追求，在读者心中滋养了对诗意的渴望，对艺术和自然的向往。的确，半个多世纪之前，当我们中国读者还没有机会与鲍里斯·帕斯捷尔纳克、安娜·阿赫玛托娃、玛琳娜·茨维塔耶娃、米哈依尔·布尔加科夫、安德列·普拉东诺夫、叶甫盖尼·扎米亚京、瓦西里·格罗斯曼、亚历山大·索尔仁尼琴等20世纪俄罗斯天才作家的作品相遇时，正是康斯坦丁·帕乌斯托夫斯基的作品在慰藉中国读者的心灵方面起到了无可替代的作用。这是帕乌斯托夫斯基在中国广大读者心目中具有很高地位的真正原因。

目 录

飓 风

1911年春天的南极洲，一场突如其来的可怕的暴风雪终于把司各特大尉的南极探险摧毁了。

六个人乘着滑雪板，从以罗斯叔侄[1]的名字命名的冰壁出发，向南极挺进。

他们走了一个多月。其中五个人到达了南极。有一人跌进了冰层裂缝里，死于脑震荡。

司各特走在最前面，当他接近南极的时候，突然停了下来：他发现雪地里有一样黑乎乎的东西。原来，那是一个帐篷，是阿蒙森遗弃的。看来，这位挪威人走在英国人前面了。

司各特心里明白，一切都完结了，此后他们再也无力走完上千公里的返回路程，再也无力拖着两条血迹斑斑的病腿在冰冻的雪地上盘行。到那时，所有人都会分得一粒毒药。

在返程中，沉默寡言的苏格兰人奥茨中尉病了。他的双腿开始化脓。每行走一步都引起钻心的疼痛，脓血渗透了破损的鹿皮靴，滴

1　罗斯叔侄是19世纪英国著名的极地考察者，叔叔约翰·罗斯，侄子詹姆斯·罗斯。（本书脚注除注明者外均为译注。）

在雪橇上，瞬间就冻成蜡了。奥茨明白，是他拖了探险队的后腿，由于他的病，有可能大家都会死去。于是，他找到了解决的办法。

一年之后，人们找到了四具尸体，还有司各特的日记本。里面是这样写的：

3月11日

最近这几天，我们总共才行进了三公里。虽然奥茨的腿伤疼痛难忍，但他没有落在我们后面，不过我们还是尽量安静地行走。昨天，他恳求我们把他放在睡袋里，然后丢在雪地上，但我们不能这么做，还是说服他继续前行。直至生命的最后一天，他都没有失去希望，也不允许自己失去希望。傍晚时分，我们停了下来。奥茨给了我一张纸条，请求我们，假如能够活着回去，一定把这张条子转交给他的亲人。随后，他站了起来，直视着我的眼睛，说："我出去走走。也许，不会很快回来。"我们都默不作声。奥茨走出帐篷，走向暴风雪。他摔倒在雪地里，雪地上撒满了鲜血。此时正是夜里两点。他最终没有回来。他做出了一个高尚的人所应该做的一切。

在司各特大尉的日记面前，所有的文学俨然成了无关痛痒的闲扯，在这本记录着死亡的日记面前，在这本记录着那些在南极洲冰天雪地的荒野上无怨无悔地承受着坏疽病、饥饿和刺骨严寒折磨的勇敢的人的日记面前，文学仿佛就是娱乐的废话。

在日记的最后，司各特用颤抖的字迹写道：

我是写给全人类的。整个人类都应该知道，我们在探险，在自觉地探险，可是我们没有取得丝毫的成功。如果我们能活下来，我会向人们讲述我的同伴们那高尚的勇气和平凡的伟大，我相信，这些品质会震撼每一个人的。我们即将死去，但我相信，像英国这样的富庶之国，是不会不关照我们的亲人的。

司各特错了：英国并没有去关心他们的亲人。

奥茨中尉写给安娜·奥涅尔的字条落到了一个名叫瓦西里·谢德赫的俄国水手的手里，他参加了一个探险行动，在那次行动中，他寻找到了司各特和另外三个同伴的遗体。

谢德赫一直到战争结束后的1918年才最终在苏格兰北部的海滨小城里找到了安娜·奥涅尔。

那是初冬时分。旧银般的雪花铺撒在周围的土地上，大海在岸边轻声叹息着，仿佛要在冬天的风暴来临之前睡个够。

安娜的丈夫是渔港的头领，整个晚上，他一言不发，独自抽着他的烟斗，用咖啡和硬邦邦的饼干招待谢德赫。安娜读完奥茨的信，没说一句话，穿上衣服，起身去城里了。令人焦虑的不安气氛顿时透过所有的窗户，弥漫在整个屋子里，所有的房间仿佛充满了白雪的忧伤气息。港口的老看守格尔奈特爷爷是安娜丈夫的朋友，只有他试图驱散这令人不安的焦虑。

格尔奈特对安娜八岁的儿子讲起了一个古老的海上传说，这个传说讲的是一种特别的风，人们管它叫"飓风"。

水手们都相信一个传说，在所有肆虐的北风和越山风、所有具有毁灭性的台风里面，有一种热风，名字叫"飓风"，它好几百年才吹一次。这种飓风晚冬时节来自南方地平线方向，通常是夜间袭来。它会带来陌生国度的空气，忧郁而轻盈的空气，仿佛散发出木兰花的清香。乡村教堂的大钟自行敲响，深蓝色的霞光升向苍穹，无数花朵从积雪中冒了出来，宛如雪莲。孩子们高兴得眯起眼睛，而轮船点亮

3

了信号灯以示欢迎，在海面上摇晃着，向飓风致敬，犹如淋了雨而毛皮湿漉漉的可爱的巨兽一般。

飓风预示着快乐美好的节日就要到来了。来自南面的空气掠过苏格兰上空，将冬天转变为短暂的夏日。

格尔奈特老人没有来得及讲完他的神话故事，因为父亲打发孩子去睡觉了。

安娜快到深夜才回家。她一直在海岸边漫无目的地走着，把脸藏在衣领里避风。她身后跟着一条一直生活在海港里的衰老的狗，人们都管它叫刺头。安娜轻轻地同它说话，因为此刻已经无人可以倾听她述说奥茨的来信了。

"我一小时后就会死去。"奥茨写道，"我觉得，甚至我的尸首都会因为害怕这里的暴风雪和超乎寻常的刺骨的严寒而瑟瑟发抖的。我回想起苏格兰，回想起我们家乡那宛如烟雾一样飘过原野上空的温暖的雨水，回想起暮霭中那点点灯火，回想起港湾里深色的海水，回想起秋天湿润的田野上那略带咸味的空气，还有田间那堆不知道为什么没有收拾的三叶草，我记起了家乡那首古老的歌谣：

> 你好，房子！再见啦，小道！
> 斗篷遗落在湿润的白雪中。
> 假如没有格罗格酒款待客人，
> 那一定能够找出烈性的罗姆酒。

我想起了您，我知道，这完全是因为爱情的力量。我至今还不明白，您为什么当初会突然离开我。"

安娜在小男孩的房间里把这封信反复读了好多遍。她伫立在窗口。她的额头上，皱纹已清晰可辨，此刻，她感到无数细小的水滴从树梢上飘落下来，好像有一只大鸟在那里抖动着翅膀。水滴溅到安

4

娜的脸上，很难断定这究竟是雨水还是泪水。

一股巨大的情感闯进了安娜的生活里，她无法给这一情感命名，只是感到这股情感布满了她的全身，令她颤抖。

小男孩醒了过来，一下子坐在了床上。喜悦之情模糊了他的双眼。

"你别哭，"他说完便又躺到温暖的枕头上，"今天晚上飓风就要来了。"

他在梦里笑了起来，因为他梦见了从非常遥远的地方，从南极吹来的风，风带来了雪的味道，带来了赤道地带的森林的气息，飓风终于来了，这是欢快的冬风，发出数千道明亮的白光，好像孩子们在那里堆雪球。

小男孩在睡梦中露出了微笑。灯塔向空中发出了昏暗的白光。

1933 年

黄色的光

一个昏暗的早晨，我醒了过来。房间里洒满了均匀的黄色光线，好似点燃了一盏煤油灯。这光线是从下面射来的，来自窗户外边，把原木房顶照得最亮。

这真是奇怪的光线，它不明亮，也不移动，不像太阳光。原来，这是秋叶发出的光。风刮了一整夜，花园抛弃了干枯的树叶，这些枯叶发出簌簌的声响，一堆堆地聚集在地上，散发出昏暗的光泽。在这个光泽的映衬下，人的脸庞也显得黝黑泛黄，而桌子上摊开的书页则仿佛被涂上了一层黄色的蜡。

秋天就这样开始了。对于我来说，秋天就是今天早晨突然来临的。在此之前，我几乎没有觉察到她的任何痕迹：花园里还没有闻到腐叶的味道，湖水还没有变绿，每天早晨，刺骨的霜还没有覆盖木头房顶。

秋天是突然降临的。这种感觉就像遥远的轮船的汽笛声或者偶然间的微笑这些最不起眼的东西给人带来的幸福感一样。

秋天就这样出其不意地到来了，统治了整个大地 —— 所有的花园、河流、森林、空气和原野，都笼罩在秋色中，就连飞鸟也被秋色所统治。一切顿时变得秋意盎然。

山雀在花园里忙个不歇。它们的叫声如同被打碎的玻璃发出的声响。它们头朝下倒挂在树梢，从槭树树叶间隙中向窗户里张望。

每天清晨，南飞的鸟儿都会聚集在花园里，如同聚集在小岛上一样。伴随着唧啾、啼鸣和咕噜声，枝叶丛中一片喧闹。只有在白天，花园才会变得宁静：惊慌的鸟儿已经飞向了南方。

树叶开始纷纷落下。白天和黑夜，都有树叶飘下。它们或者随风斜着飘落，或者径直垂落在湿润的草地上。森林里，纷纷飘落的树叶宛如下起了蒙蒙细雨。这场雨得下好几个星期。直到九月末，森林里的那些小树林才显露出来，才能够透过浓密的树木望见蔚蓝的远方那早已收割完的田野。

正是那个时候，普罗霍尔老人给我讲述了关于秋天的传说。他是个渔夫，也是个编织箩筐的好手（在索洛恰，几乎所有的老人都会随着年龄的增长而成为编织箩筐的好手的）。此前我从没听过这个传说，或许是普罗霍尔老人自己杜撰出来的。

"你朝周围瞧一瞧，"普罗霍尔一面用锥子钉着树皮鞋，一面对我说，"你就仔细瞧一瞧吧，亲爱的朋友，看看每一只鸟是怎样呼吸的，看看这里的每一个小动物是怎样呼吸的。你瞧吧，然后解释给我听。不然别人会说你白读那些书啦。比方说吧，树叶秋天落下，可是人们却万万想不到，人是罪魁祸首。这么说吧，人发明了火药。可敌人也同样使用火药！我自己也喜欢摆弄火药。很久以前，一些乡村铁匠锻造出第一支枪，装满了火药，可是这支枪却落到了一个傻瓜的手里。这个傻瓜走在森林里，看到黄鹂在蓝天上飞翔，看到这些快乐的黄色小鸟一边飞一边相互鸣叫，好像在招呼客人。这个傻瓜举起双筒猎枪朝它们射击，于是，金黄的羽毛飘落到地上，飘落到森林里，于是，森林干涸了，失去了光泽，开始凋谢了。鸟的鲜血溅到了另外一些叶子上，那些叶子就变红了，也凋落了。这不，你在森林里可以看到黄叶和红叶。在这之前，所有的鸟儿都在我们这里过冬，甚至大雁也哪儿都不去的。而森林不管是夏天还是冬天，都是绿叶葱葱，开着鲜花，长满蘑菇的。从来不会下雪。我是说，根本就没有冬天，从来就没有！亲爱的朋友，你平心想想，冬天来我们这里图个啥？！它有啥兴趣到我们这里来呢？那个傻瓜射杀了第一只鸟以后，大地就发愁了。从那时起，树叶开始凋落，开始有了潮湿的秋天，开始刮起了秋风，开始有了冬天。鸟儿受了惊吓，飞离了我们，对我们人有了怨恨。这就是说，亲爱的朋友，是我们自己害了自己，我们应该不去破坏任何东西，而是好好地保护它们才对啊。"

"保护什么？"

"比方说，保护各种鸟儿呀，或者保护森林呀，再比如说保护水呀，让它永远清澈。总之，兄弟，要保护所有的东西，不然的话，你就会糟蹋大地，那后果可就严重了，我们就要死掉啦。"

于是，我开始坚持不懈地、长久地研究秋天。如果想要真正看清一件东西，就必须让自己坚信，你是第一次在生活中看到这件东西。观察秋天也是一样。我让自己相信，眼前的这个秋天是我一生中所见到的第一个，也是最后一个秋天。这个念头帮助我更专注地凝视秋天，使我看到了以前未曾发现的许多景致，以往，秋天总是在我身边匆匆而过，没有在我心里留下任何痕迹，只有关于泥泞和莫斯科那潮湿的房顶的印象。

我认识到，秋天把大地上的所有纯粹的色彩混杂在一起，并把它们印在天地那广阔的空间里，就像画家把色彩印在画布上一样。

我看到了各种颜色的树叶，不仅仅是金黄色和紫红色的树叶，还有红色的、紫色的、棕色的、黑色的、灰色的甚至几乎是白色的树叶。由于秋天的雾霭纹丝不动地悬浮在空气中，使得树叶的色彩显得尤其轻柔。而当秋雨降临时，柔和的色彩就发生变化了，树叶开始闪闪发光。布满云彩的天空仍然给予了足够的光线，使潮湿的森林在远方发出深红色的光亮，好像燃起了深红色的火焰。在浓密的针叶林里，挂满金箔般黄灿灿树叶的白桦树冻得瑟瑟发抖。斧头敲击的回声、远处村妇们的嬉闹声和鸟儿飞过时翅膀扇起的风都能把秋叶震落。树干周围广泛散落着凋零的树叶。树木开始自下而上地变黄：我就亲眼见到一些山杨树，底部的树叶已经变红了，可树顶部分的叶子还完全是绿色的呢。

在一个秋天的日子里，我曾经泛舟在普罗尔瓦河上。正值中午，太阳低垂在南边的天空。阳光斜射到发暗的河水上，泛着涟漪。船桨激起了一道道波纹，在太阳的映照下，波浪的反光有节奏地在河的两岸蔓延，从河水里升起，消弭在树梢间。光带直射到草地和灌木林的深处，霎时间，河两岸突然展现出数百种色彩，犹如阳光射到了矿床，照在了五色缤纷的矿石上一样。光线照在黑色闪亮的草茎上，照亮了草茎里那已经干枯的橙黄色果子；光线也照在了草丛中各种蘑菇那鲜艳的头冠上，仿佛那些头冠溅上了白色的粉末；光线还照在大片凋落的橡树叶上，照在天牛那红色的脊背上。

秋天，我经常会全神贯注地紧盯着正在凋落的树叶，希望能够捕捉住当树叶离开树枝开始往地面坠落时那难以觉察的瞬间。然而我一直都没有成功。在一些旧书里，我读到有关坠落的树叶如何沙沙作响的描写，可是我却从未听到过这样的声响。如果树叶发出沙沙的响声，那也只能是在地上，在人们的脚底下。我觉得树叶在空中发出沙沙的响声是极其不真实的说法，就像春天里可以听到草生长的声音一样，都是无稽之谈。

当然，我是错的。看来应该找个时间，让被城市街道的嘈杂声弄愚钝的听觉能够好好休息一下，以便聆听秋天的大地发出的非常纯粹、非常准确的声音。

有一天深夜，我走出房间来到花园里，走到那口老井旁。我把煤油灯"飞鼠"放在砍断的木墩上，去井口取水。水桶里漂着树叶。到

9

处都是树叶。简直没法躲避这些落叶。从面包房拿来的黑面包上也粘上一层湿乎乎的树叶。风把树叶大把大把地吹向桌子、吊床、地板和书籍，在花园的小路上行走已经十分困难了：你不得不走在厚厚的树叶上，就好像走在很深的积雪上。我们会在自己的雨衣口袋里，在帽子里，在头发上发现树叶，树叶简直无处不在。我们简直就睡在树叶上，透彻地吸吮着落叶的气息。

有些秋天的夜晚是沉寂静谧的，黑乎乎的林区上空没有一丝风，只有村口会传来巡夜人敲打木梆的声音。

今天正是这样一个夜晚。油灯照亮了井口，照亮了栅栏旁那棵古老的槭树，照亮了业已枯黄的花坛里那片被秋风吹得七零八落的金莲花丛。

我凝视着槭树，看见了一片红色的树叶是如何小心翼翼地离开树枝缓缓落下的，我看到了这片树叶在轻微地颤动；某个瞬间好像停滞在空气中，尔后开始斜落在我的脚前，轻轻地颤动着，发出微弱的沙沙声。这是我头一回听到落叶的沙沙声响，那是一种非常模糊的声音，有点儿像儿童的悄悄话。

夜色笼罩着寂静的土地。星光灿烂，几乎亮得难以忍耐。秋天的星座在盛满水的水桶里，在农舍的小窗上，如同在天上一样，闪闪发光。

英仙星和猎户星缓缓地划过大地的上空，在湖水中闪烁，其光亮消散在睡着狼群的灌木林中，又映照在休眠于斯塔利察河及普罗尔瓦河浅滩上的那些鱼儿的鱼鳞上。

黎明时分，天狼星发出了亮光。它那低低的火光总是闪烁在柳树的枝间。木星之光降落在黑黝黝的草垛和湿漉漉的道路上面的草地里，而土星则从天空的另一边，从一片片入秋以来就被人遗忘、被人丢弃的森林那边升起。

星光灿烂的夜晚笼罩着大地，流星不时地落下冷冷的光点，在芦苇的沙沙声响里，在秋水那酸涩的气息中闪烁。

秋末的一天，我在普罗尔瓦河边遇见了普罗霍尔。他坐在柳树丛下钓鲈鱼，头发花白而凌乱，身上沾满了鱼鳞。看上去普罗霍尔至少有一百岁了。他张开没有牙齿的嘴微笑着，从鱼篓里拿出一条呆乎乎的肥厚的鲈鱼，拍打着鱼的肥肥的脊背，夸耀着自己的收获。

我们一起垂钓，一起啃黑面包，一起低声地闲聊着不久前发生的那场森林火灾，直至夜晚降临。

这场大火是从罗普哈村开始的，在林中空地上燃起，因为割草人忘了熄灭篝火。那时刮起了干热的风。火苗迅速向北方蔓延。它以每小时二十公里的速度前进。火焰发出轰鸣声，犹如几百架飞机贴着地面低空飞行一般。

天空笼罩着一层雾霭，太阳悬挂在空中，犹如一只深红色的蜘蛛悬挂在稠密的灰色蜘蛛网上一样。焦煳的气息迷住了眼睛。草木灰像雨水般缓缓落下。河水上灰蒙蒙地一片。有时，天上会飘来业已成灰烬的白桦树叶。只要稍稍触碰一下，它们就会化为灰土。

晚上，东方常常升起一团团阴郁的火光，院落里传来老牛忧郁的哞哞声和马匹的嘶叫声，天边常会升起发着白光的信号弹 —— 那是正在灭火的红军部队相互间发出的火情警报。

我们直到夜幕降临才从普罗尔瓦河边回来。太阳落到奥卡河对岸。我们同太阳之间横亘着一条不透明的银色地带。原来，这是阳光映射在笼罩着草地的那一层浓重的秋日暮霭上。

白天，蜘蛛网在空气中飞舞，缠绕在挺得笔直的草上，它的细丝会粘在船桨上，会扑向人的脸庞，会绕在钓鱼竿的竿头，还会滞留在母牛的牛角上。它会从普罗尔瓦河岸一直延伸到河对岸，以无数轻盈而富有黏性的网缓缓地将河流罩住。清晨，蜘蛛网上挂满了露珠。挂满蜘蛛网和露水的柳树矗立在阳光下，仿佛从遥远的国度移植到我们土地上的童话般的神秘之树。

每一张蜘蛛网上都有一只小蜘蛛。当风吹着它在大地上空飘荡的时候，它便开始编织它的网。它可以躺在蜘蛛网里飘荡数十公里。这是蜘蛛的大迁徙，与秋天里鸟儿的南迁很相像。不过，至今还没有人知道，为什么每逢秋天，蜘蛛都会在空中飞舞，将自己纤细的丝儿覆盖住大地。

　　回到屋里，我洗净脸上的蜘蛛网，生起炉子。白桦叶灰烬的气味和刺柏的气味混杂在一起。一只老蟋蟀在叫唤，老鼠在地板下面乱窜。它们正在忙不停歇地把丰富的储备品运往自己的洞穴 —— 那些被人遗弃的面包干和面包渣，还有糖块和干硬的奶酪。

　　深夜里，我醒过来。公鸡已经叫了两遍；星星一动不动地凝固在天空熟悉的位置，闪闪发光；风儿小心翼翼地在花园上空沙沙作响，耐心地等着黎明的到来。

1936 年

水彩颜色

当人们在别尔格面前说起"祖国"这个词时，他都会笑起来。他不明白，这个词儿究竟意味着什么。祖国，父辈们的土地，自己出生的国家，归根到底不就是一个人的出生地嘛。他的一个同事甚至还出生在海上，出生在航行于美洲和欧洲之间的一艘货轮上呢。

"这个人的祖国在哪里呢？"别尔格问自己，"难道海洋就是他的祖国？难道这片单调乏味、一望无际的海水，这片常常被风肆虐，常常让人精神不安，常常压迫人的心灵的大海，就是他的祖国？"

别尔格见过海洋。当年他在巴黎学画的时候，曾到过拉芒什海峡，站在海岸边。那时，海洋没有使他感到亲切。

父辈的土地！对自己的童年，对那个第聂伯河畔的犹太人居住的小城，别尔格都没有任何依恋，在那个小城里，他的爷爷因为长久地在麻线和鞋锥旁劳作而瞎掉了双眼。

在他的记忆中，他的故乡城市永远像一幅褪了色的、拙劣的油画，上面布满了苍蝇。这座城市唤起他的记忆的，只是灰尘，只是污水坑散发的浓臭，总是干巴巴的白杨树，总是城市边缘上空漂浮的肮脏的云彩，以及城市近郊的营房里受训的士兵 —— 祖国的卫士们。

国内战争年代，别尔格并没有发现他必须投入战斗的地方。战士们常常眼放异彩地说，马上就要从白匪手中夺回故乡了，马上就可以用家乡的顿河水来饮战马了，可是别尔格总是带着嘲笑耸耸肩而已。

"扯淡！"别尔格阴郁地说，"像我们这样的人没有，也不可能有故乡。"

"哎，别尔格呀，你可真是个铁石心肠的家伙！"战士们常常这样深深地责备他，"你可真是个怪物，你不热爱自己的土地，那还谈什么为新生活去战斗，谈什么创造新生活呢？亏你还是个画家！"

或许正是这个缘故，别尔格的风景画总是画得不成功。宁愿画人物素描，画风俗画，甚至去画宣传画，也不愿画风景画。他努力去寻找这个时代的风格，但他的努力都不成功，他的探索常常模糊不清。

苏维埃国家走过的岁月犹如浩荡的风一样——这是最美好的劳动和克服一切困难的岁月。这些岁月积攒了经验和传统。生活改变了，犹如多棱镜一样，千变万化，旧的情感也发生了巨大的变化，这些新鲜的变化常常令别尔格感到费解：爱情、仇恨、英勇、痛苦，还有对祖国的感情，都起了很大变化。

有一年初秋，别尔格接到了画家雅尔采夫的信。雅尔采夫正在穆罗姆森林里度夏，他邀请别尔格去他那里。别尔格和雅尔采夫是好朋友，并且，别尔格也已经有好几年没有出过莫斯科了，因此他便欣然前往。

在弗拉基米尔小城外的一个偏僻小站，别尔格转乘上一列窄轨火车。

八月的天气非常炎热，没有一点儿风。车厢里飘来一阵黑面包的香味。别尔格坐在车厢门的踏板上，贪婪地呼吸着空气，他觉得吸进的仿佛不是空气，而是神奇的阳光。

山雀在田野上鸣叫，原野上一片白色的枯干的石竹花。沿途小站上传来一阵阵不知名的田间野花的香味。

雅尔采夫住的地方离偏僻的车站很远，他住在森林里，在湖畔，这里的湖水很深，所以水色深黑。雅尔采夫在这里租下了看林人的小木屋。

看林人的儿子万尼亚·佐托夫带别尔格去湖上。万尼亚是一个略微有点儿驼背的腼腆的男孩。

大车一路上压着树根，车轮陷在深深的砂石里，发出咯咯吱吱的响声。黄莺在小树林里发出忧郁的啼鸣。偶尔有一片黄色的树叶落在地上。玫瑰色的云彩高挂在天空，俯视着那些笔直挺立的松树。

别尔格躺在大车上，他的心低沉地跳动着，感到异常沉闷。

"大概是呼吸不惯这里的空气吧。"别尔格思忖道。

别尔格是透过一片稀疏的林子突然看到湖的。这个湖略微倾斜地伸向远方，好像缓缓地升向地平线，湖的对岸，一片金黄色的白桦林透过细细的雾霭隐约可见。湖面上飘逸的雾霭来自不久前的森林大火。犹如焦油一样深色的湖水上漂着凋落的树叶。

别尔格在湖边生活了将近一个月。在此期间，他并不打算工作，因此并没有随身携带油画颜料。他只是把一只存有法国列弗朗克的水彩颜料的小盒子带在身边，这些水彩颜料还是他在巴黎生活的时候存下的。别尔格非常珍视这些颜料。

一连好多天，他都待在林中空地上，饶有兴致地观察着鲜花和草地。黄杨树尤其令他惊讶：它那黑色的果实隐藏在鲜红的花瓣组成的花冠里。别尔格收集了一些野蔷薇的果子、气味浓烈的刺柏、长长的针叶、山杨树的叶子，这些山杨树叶使浅黄色的原野到处撒满了深色和青色的斑点，他还收集了一些娇嫩纤细的苔藓和已经枯萎的石竹花。他仔细地打量这些秋叶的背面，发现金黄的秋叶上几乎已经可以感觉到沉重的凝霜气息。

湖面上游荡着许多橄榄色的甲虫，戏水的鱼儿发出一阵阵模糊不清的波纹，在宛如黑色玻璃的水面上，还能看见最后一批百合花的身影。

在炎热的日子里，别尔格在森林里听到了低低的战栗的声响。那是热浪、干枯的草地、小甲虫和山雀发出的声响。黄昏时分，大雁成群地鸣叫着，飞过湖面，向南方飞去，万尼亚见到这个场景，总会对别尔格说：

"看来，鸟儿都离开我们，飞向温暖的大海了。"

别尔格头一回感到一股深深的委屈 —— 他觉得那些大雁背叛了他。它们毫不惋惜地抛弃了这个荒凉的，但却很庄严神圣的林区，这里有这么多无名的湖泊，有难以通行的密林，有干枯的落叶；这里的松树在风中会发出有节奏的鸣响，这里的空气会散发出树脂和沼泽地里的苔藓一般的气味。

"真是一帮怪物！"别尔格抱怨道，此刻，他为一天天变得空旷的森林感到委屈，这种感觉此时在他看来已经不那么可笑，不那么孩子气了。

一天，别尔格在森林里遇见了塔吉娅娜老奶奶。她是从很远的地方一步步艰难地走到这里来采蘑菇的。

别尔格跟着她一道在密林中穿行，一路上听她不紧不慢地讲故事。从她嘴里，别尔格知道了他们所在的这个最偏僻的林区很久以来就以盛产当地的画家而闻名。塔吉娅娜对别尔格讲了那些很有名的民间艺人的名字，可是别尔格从未听说过这些名字，他害臊得满脸通红，这些民间艺人专门用金粉和丹砂颜料绘制木匙和木盘子。

别尔格一直很少说话。他偶尔也会同雅尔采夫交谈几句。雅尔采夫成天都坐在湖边读书。他也不想多说话。

九月里，雨下个不停。雨滴落在草地上，沙沙作响。空气因雨水而变得暖和起来，湖边的丛林发出阵阵浓烈的气味，仿佛野兽身上湿漉漉的皮毛散发出的味道。

夜晚，雨不紧不慢地下着，森林发出沙沙的响声，雨水滴落在不知伸向何方的荒芜的小道上，滴落在护林员居住的木屋顶上，似乎命中注定雨水要笼罩在这个森林覆盖的国度的上空，命中注定整个秋天秋雨都要湿漉漉地下个不停。

雅尔采夫打算离开了。别尔格为此很生气。怎么可以在这个不平凡的秋天里秋意最浓的时刻离开呢。别尔格现在觉得，雅尔采夫想要离开的愿望就如同当初大雁飞向南方的行为一样，都是背叛。可是究竟是对什么的背叛呢？对于这个问题，别尔格未必能说得上来。是对森林的背叛，对湖泊的背叛，对秋天的背叛，最后，是对下着毛毛细雨的温暖的天空的背叛。

"我要留下来，"别尔格语气强硬地说，"您可以逃走，这是您的事，可我想把这个秋天画出来。"

雅尔采夫走了。第二天，别尔格一直睡到太阳高照才醒过来。雨已经停了。干净的地板上晃动着树枝那轻盈的影子，而门外的天空则闪烁着一片静谧的蔚蓝。

"光辉"这个词别尔格只是在诗人们的诗集里才碰见过，所以，他一直认为这个词太高雅，意义不明确。可是现在他明白了，这个词是多么准确地表现了九月的天空和太阳发出的特殊的光亮。

蜘蛛在湖面上飞舞，草地上，每一片金黄的落叶好像一块块青铜，在阳光下闪闪发光。风中夹杂着森林那特有的苦味和干枯的草地的气息。

别尔格带上颜料和画纸，甚至没顾上喝茶就来到了湖边。万尼亚划船把他送到了湖的对岸。

别尔格很着急。太阳斜射下的森林在他眼里仿佛是一堆堆轻巧的铜矿。最后一批尚未飞走的鸟儿在蓝天中若有所思地鸣叫着，云彩在蓝天上舒卷自如，直升向天际。

别尔格的确着急了。他渴望把这些颜料的所有力量，把自己这双手和锐利的眼睛的一切能耐，把内心深处激荡着的某种情绪，统统奉献给这张画纸，哪怕能够将这片即将凋零的既伟大又普通的森林的百分之一的壮美刻画出来也好。

别尔格像着了魔似地开始工作了，他边画边唱，不时地高声呼唤。万尼亚从来没有见过他这副样子。他注视着别尔格的一举一动，给他换水调颜料，从盒子里拿出装着颜料的瓷碗递给他。

低沉的昏暗突然像一阵波浪一样掠过森林的树叶。金黄的色彩暗淡下来。空气失去了光泽，变得异常灰暗。远处沉闷的雷声在林区的上空来回飘荡，消逝在某个被烧毁的林区的上空。别尔格目不转睛地画着。

"要下雷雨了！"万尼亚叫道，"该回去了！"

"这是秋天的雷雨。"别尔格漫不经心地回答道，开始更加疯狂地工作。

雷声划破了天空，深褐色的湖水翻腾不息，可是森林里还在闪烁着太阳最后的光芒。别尔格拼命加紧工作。

万尼亚伸手去拉他的胳膊："向后看，看呀，多么可怕呀！"

别尔格没有回头看。他感觉到了身后的景象，感觉到可怕的黑暗、尘土正逼近他，感觉到树叶已经哗哗落下，受到惊吓的鸟儿为了躲避雷雨，低低地飞过小树林的上空。

别尔格不得不加快工作速度。只剩下几笔就大功告成了。

万尼亚抓住了他的胳膊。别尔格听到一阵急速的轰鸣声，仿佛海洋向他扑面而来，淹没了整个森林。

这时，别尔格向四处张望了一眼。黑色的雾团降落在湖面上。森林晃动起来。森林后面，暴雨哗哗倾注下来，犹如筑起了一道铅色的墙，一道道闪电照亮了倾泻而下的雨柱。别尔格感觉到，第一滴沉甸甸的雨水响亮地落在了手上。

别尔格飞快地把写生画塞进箱子里，脱下外衣，用它裹住画箱，迅速抓起装有颜料的小盒子。水汽打在了脸上。湿漉漉的树叶如暴风雪般狂乱地飞舞起来，粘住了眼睛。

闪电劈开了邻近的一棵松树。别尔格耳朵似乎被震聋了。倾盆大雨从低低的天空倾注而下，别尔格和万尼亚向小船奔去。

别尔格和万尼亚浑身湿透了，冻得瑟瑟发抖，费了一个小时才狼狈不堪地跑回林区哨所。在哨所里，别尔格这才发现，那只装有水彩颜料的小盒子不见了。颜料给弄丢了，那可是列弗朗克的了不起的颜料啊！别尔格找了整整两天，可是，自然是什么也没有找到。

两个月以后，别尔格在莫斯科收到了一封信，信上的字写得很大，歪歪斜斜的。万尼亚在信中写道：

别尔格同志，您好，请来信告诉我，我该怎么照料您的那些颜料，我该怎样把它们送到您手上。您走了以后，我找了整整两个礼拜，仔仔细细地搜索了每一个地方，最后终于找到了，只是因为一直在下雨，我着了凉，病得很厉害，所以没能早早地写信告诉您。我差点儿没死掉，不过现在我可以下床走路了，尽管还非常虚弱。我爸爸说，我得的是肺炎。所以，这么迟才给您写信，请别生气。

如果有可能的话，请寄给我一本讲我们的森林和各种树木的书，再寄给我一些彩色笔吧，我太想画画啦。我们这里已经下雪了，当然，很快就化了，在森林里，在小枞树下，可以看到有兔子蹲在那里。我们非常盼望您能在夏天到我们家乡来。

万尼亚·佐托夫敬上

随万尼亚的信一起送到的还有一个举办美术展的通知，别尔格必须参加。他需要告知主办方，究竟准备展出多少件作品，作品的名称是什么。

别尔格坐到桌前，迅速地写下：

"我将只展出一幅创作于今年夏天的写生水彩画 —— 我的第一幅风景画。"

深夜，毛茸茸的雪花落在外面的窗台上，街灯的反光发出魔幻的光亮。隔壁房间里，有人在钢琴上弹奏起格里格[1]的奏鸣曲。远处传来斯帕斯克钟楼那均匀的钟声。随后，钟声变成了《国际歌》。

别尔格久久地坐在桌前，脸上露出了微笑。列弗朗克水彩颜料自然是赠送给了万尼亚。

别尔格想追踪一下，他心中对祖国的鲜明而愉悦的情感究竟是如何产生的。这份感情是在整整十年的革命生涯中成熟起来的，可是最后的推动力竟然是那片林区，是那个秋天，是大雁的鸣叫，还有万尼亚·佐托夫。为什么会这样？别尔格百思不得其解，尽管他心里非常清楚，事情的确如此。

"哎，别尔格呀，你可真是个铁石心肠的家伙！"别尔格想起了战士们的话，"你可真是个怪物，你不热爱自己的土地，那还谈什么为新生活去战斗，谈什么创造新生活呢？"

战士们的话是对的。别尔格明白，现在他对国家的感情不仅仅是理智上的，不仅仅体现在自己对革命的忠诚，而且是作为一个艺术家的全身心的爱，对祖国的这份爱使他的理性而枯燥的生活变得异常温暖、异常快乐，比以前美好得多。

1936 年

1　爱德华·格里格（1843—1907）：挪威作曲家。

兔爪子

万尼亚·马里亚文从乌尔仁斯克湖区来我们村找兽医，他带来一只小兔子，这只小兔子被万尼亚裹在一件破棉衣里，全身暖和。这只兔子好像在哭泣，因为它不时地眨着那双因淌眼泪而变红的眼睛……

"你这是怎么啦，变糊涂了吗？"兽医叫唤起来，"你这个捣蛋鬼，看来你下次准会把耗子给我带来的！"

"您别骂人呀，这可是一只特别的兔子，"万尼亚用沙哑的嗓音低声说道，"是爷爷吩咐我把兔子带来治疗的。"

"凭什么要给它治疗呢？"

"它的爪子烧伤了。"

兽医一把将万尼亚推转身，让他脸朝门，把他推了出去，并且在他身后喊了一声：

"滚开，给我滚远点！我可不会给这些玩意儿看病。你干脆把它烤熟了，再放点葱，那可就是给你爷爷的美味啦。"

万尼亚没吭声。他走出门厅，眨了眨眼睛，嗅了嗅鼻子，一头靠到房子的木墙上。墙上滴下了眼泪。兔子静静地躲在满是油污的棉衣里，浑身发抖。

"小伙子，你这是咋的啦？"和蔼的阿妮西娅大妈问万尼亚，她正把自己家唯一的一头山羊牵来让兽医看病，"你们这些可怜的家伙，为什么淌那么多眼泪？究竟出什么事啦？"

"爷爷养的这只兔子被烧伤了，"万尼亚小声地说，"在森林大火里它把自己的爪子给烧坏了，跑不起来了。你瞧，烧成这样啦，快活不成了。"

"它死不掉的，小伙子，"阿妮西娅口齿不清地说道，"告诉你的爷爷，他要是真的那么想救活这只兔子的话，就让他去城里找卡尔·彼得罗维奇。"

万尼亚赶紧擦干眼泪，穿过森林往回赶，朝着乌尔仁斯克湖方向奔去。他不是在走路，简直就是赤着脚奔跑在滚烫的砂石路上。不久前的那场森林大火经过离湖区不远的地方，往北方蔓延了。空气里四处弥漫着一股焦煳味和干枯的石竹花的味道。原野上到处长满了大片的石竹花。

兔子不停地呻吟。

万尼亚在路上找到一些被柔软的银色兽毛覆盖着的蓬松的树叶，撕下这些树叶，做成像一棵小松树的模样，把兔子整个包裹住。兔子看了看树叶，一头钻进去，不再出声了。

"你怎么啦，灰色的小家伙？"万尼亚轻轻地问道，"你最好吃点儿东西。"

兔子还是一声不吭。

"你最好还是吃点儿东西，"万尼亚又重复了一遍，他的声音有点儿颤抖，"或许，你是想喝点什么？"

兔子动了动被打穿的耳朵，闭上了眼睛。

万尼亚把兔子抱在手里，一路奔跑，径直穿过森林 —— 必须尽快给兔子喂一点儿湖水。

那年夏天，罕见的酷热笼罩着森林。一大清早，天空中就飘来一行行稠密的白云。到了中午，云彩急速地向高空飘去，直奔天顶，转眼间就疾驰而去，消失在天际之外。炎热的飓风已经不间断地连续肆虐了两个星期了。松树树干上流淌出来的松脂已经变成了坚硬的琥珀块。

一大早，爷爷就穿上了干净的包脚布和崭新的树皮靴，拿起手杖，带上一块面包，步履蹒跚地往城里进发了。万尼亚抱着兔子跟在他后面。兔子一声不吭，只是偶尔浑身颤抖一下，痉挛地喘着气。

干热的风在城市上空刮起了像云一样的灰尘，细细的灰尘犹如面粉一样。灰尘里飞舞着鸡毛、干枯的树叶和秸草。从远处望去，好像城市上空悄无声息地起火了。

集市广场上非常安静，热浪袭人；拉车的马在配水的棚子附近打盹，它们的头上都戴着草帽。见此情景，爷爷在胸前划了个十字。

"也不知这是马还是新娘，真是见鬼了！"他说着就轻蔑地啐了一口。

他们俩向路人询问了好久，但没有人认识卡尔·彼得罗维奇，一点儿有用的线索也没有得到。他俩走进一家药铺。一个身穿短袖白大褂，带着副夹鼻眼镜的胖乎乎的老人生气地耸耸肩膀，说：

"这可真是让我开眼啦！真是个奇怪的问题！儿科专家卡尔·彼得罗维奇·科尔什已经有整整三年没有接诊了。你们为什么要找他？"

爷爷出于对药剂师的尊敬，同时也是由于胆怯，结结巴巴地说起了那只兔子。

"这可真是让我开眼啦！"药剂师说道，"我们城里这回可来了有趣的病人啦。这可确确实实让我开了眼！"

他神经质地摘下夹鼻眼镜，擦了擦镜片，重新戴到鼻子上，紧盯着爷爷看。爷爷沉默不语，在原地踏步。药剂师也一句话都不说。俩人的沉默变得凝重起来。

"邮政大街，三号！"药剂师突然怒气冲冲地喊了一声，合上了一本破旧的厚书，"是三号！"

爷爷和万尼亚及时赶到了邮政大街：奥卡河那边传来了轰隆隆的雷声。雷声懒洋洋地滚过地平线，犹如一位睡眼惺忪的大力士伸直了腰板，不情愿地时时轻轻晃动一下大地。河面上泛起灰色的涟漪。闪电悄无声息地，但迅猛而有力地击向草地；在林中空地后面很远的地方，干草垛子已经着火了，显然是被雷电击中了。大颗的雨滴落在布满灰尘的道路上，没过多久，这条道路就变得像月亮表面那样：每一滴水都在灰尘中留下了小小的喷口。

当爷爷那把凌乱不堪的胡子出现在卡尔·彼得罗维奇家的窗户玻璃上时，他正在钢琴上演奏一首悲伤而悦耳的歌曲。

不到一分钟，卡尔·彼得罗维奇就开始生气了。

"我不是兽医。"他愤然地说，砰的一声合上了钢琴盖。就在这一刻，草地上空传来低沉的雷鸣声。"我一辈子都是在给孩子看病，而不是给兔子治疗。"

"什么小孩呀，兔子呀，还不都一样嘛，"爷爷固执地咕哝道，"都一回事儿嘛！你就给治了吧，行行好吧！我们那儿的兽医可做不来这些活儿。他简直就是个庸医。这只小兔子可以说就是我的救命恩人：我可欠了它一条命的，必须表示感激才行，可你却要让我扔掉它！"

又过了一会儿，卡尔·彼得罗维奇这个眉毛花白而凌乱的老头，心情激动地听了爷爷那结结巴巴的讲述。

卡尔·彼得罗维奇最终还是同意给兔子治疗了。第二天一大早，爷爷就返回湖区了，而万尼亚则留在卡尔·彼得罗维奇身边帮助照料那只兔子。

一天以后，整个长满牧鹅草的邮政大街都知道了，卡尔·彼得罗维奇在给一只兔子看病，这只兔子在一场可怕的森林大火里救了一位老头的命，结果自己给烧伤了。又过了两天，整座小城也都知道了这件事，而到了第三天，一位戴着细毡帽的瘦高的年轻人来到卡尔·彼得罗维奇面前，自称是莫斯科报纸的记者，专门前来采访关于那只兔子的故事。

兔子的伤给治好了。万尼亚把它裹在棉布里带回了家。关于这只兔子的故事很快就被遗忘了，只是有一位莫斯科的教授一直在纠缠爷爷，希望他能把那只兔子卖给自己。这位教授甚至还寄来了好几封信，信中还夹着用来回信的邮票。可是爷爷没有被说服。在爷爷的口授下，万尼亚给那位教授写了封回信：

兔子是不卖的，它是活生灵，该让它自由自在地生活。

拉里昂·马里亚文敬上

这年秋天的一个晚上，我在乌尔仁斯克湖畔拉里昂爷爷那儿过了一夜。冰冷的星光宛如一粒粒冰珠，在水里流动。干干的芦苇被风吹得阵阵作响。野鸭在灌木丛里冻得瑟瑟发抖，忧郁地嘎嘎叫唤了一整夜。

爷爷没有睡觉。他坐在壁炉旁修理破损的渔网。随后，他端上了茶炊[1]。由于茶炊的缘故，木屋里的窗户上顿时便蒙上一层水汽，炉子里火苗冒出的火星顿时变成了浑浊的热球。穆尔奇克小狗在院子里狂吠。它跃向黑暗的空中，牙齿碰得咯咯作响，随即又从原地一下子蹦开，仿佛是在同十月里漆黑的夜晚搏斗。小兔子睡在堂屋里，偶尔在梦中用后爪重重地敲打着一块已经烂掉的地板。

我们俩在夜里喝着茶，等待着遥远的、姗姗来迟的黎明，喝完茶以后，爷爷终于给我讲了这只兔子的故事。

八月里的一天，爷爷去湖的北岸打猎。森林里很干燥，俨然就是

1　即茶汤壶。一种俄罗斯特色煮茶工具，最初产地在图拉市。

一个火药桶。爷爷遇到了一只左耳朵有窟窿的小兔子。爷爷端起那支用铁丝绑着的老枪朝它射击，但没有打中。兔子跑掉了。

爷爷在林子里继续前行。可是他突然焦虑起来：从南边，也就是从洛普霍夫小镇的方向吹来了强烈的焦糊的味道。起风了。浓烟愈来愈厉害，整个森林里开始升起白色的雾霭，笼罩了整个灌木丛。呼吸开始变得异常困难了。

爷爷明白，这一定是发生了森林大火，而且火焰正向他袭来。风越刮越猛，变成了飓风。火舌贴着地面，以不可思议的速度向前滚动。按照爷爷的说法，就连火车也不可能逃脱这火焰的追逐。爷爷说的是对的：火舌伴随着飓风，每小时能跑三十公里。

爷爷沿着长满苔藓的草地逃跑，一路磕磕绊绊，不时地摔倒，被烟熏得睁不开眼，而身后已经能听见响亮的轰鸣声和火舌的噼啪声了。

死神正向爷爷逼近，好像已经抓住了他的肩膀，可就在这时，爷爷的脚下跳出了一只兔子。它拖着两条后腿，慢吞吞地跑着。后来爷爷才发现，这只兔子的后腿被烧伤了。

爷爷看到这只兔子非常高兴，好像遇到了亲人似的。作为森林里的老住户，爷爷知道动物的嗅觉远远比人要厉害，它们清楚地知道火灾是从哪里发生的，因此，它们总能死里逃生。只有在极少数情况下，也就是当大火把它们彻底包围的时候，它们才会被烧死。

爷爷跟在兔子后面跑。他边跑边喊，害怕得哭了起来："看着点，亲爱的，可千万别跑错路啊！"

兔子把爷爷领出了大火的包围圈。当兔子和爷爷跑出森林，来到湖边时，爷爷和兔子都累得倒在了地上。爷爷抱起兔子，把它带回家。兔子的后腿和肚子都被烧坏了。后来，爷爷把兔子的病治好了，并且把它留在了身边。

"是的，"爷爷生气地看了看茶炊，就好像茶炊是肇事主一样，

“是的，亲爱的朋友，在这只兔子面前，我的罪孽多么大呀。”

“你有什么罪孽呢？”

“你自己瞧一瞧这只兔子吧，瞧一瞧我的救星，你就会明白的。拿灯笼去看吧！”

我抓起桌上的灯笼，走到门厅里。兔子在睡觉。我手持灯笼，俯身望了它一眼，发现它的左耳朵被打穿了。于是，我明白了一切。

1937 年

制帆行家

一位老人把一块熏鱼揣进上衣口袋里，登上一辆停靠在火车站旁的公共汽车。北风在塞瓦斯托波尔上空肆虐。蓝色的巡洋舰散发出一股寒气，停泊在小小的海湾里，发出嘎嘎的声响，与往常的冬季一样，汽笛在港口里沉重地呻吟着，发出阵阵呜咽声。北风将一片片云彩吹向塞瓦斯托波尔周围那黄色的山冈，带来大量的降雪；阴郁的光线消失得愈来愈明显。

怀揣熏鱼的老人气鼓鼓地望了望天空。

"在我们克里米亚，"他说，"人和天气都是一样，毫无原则。今天是寒冷的天气，明天那里就一定会很热。"

冻得瑟瑟发抖的乘客们一言不发。老人从口袋里掏出熏鱼块，还有一本儒勒·凡尔纳[1]写的书。他把熏鱼块又重新塞进口袋里，然后开始读那本书，可是汽车突然鸣笛一声，开动起来，开始沿着白色的公路爬坡，这时就不可能读书了：书在手里会轻轻地晃动，会自行翻页。

---

1 儒勒·凡尔纳（1828—1905）：19 世纪的法国科幻作家。

"这本书很有意思吗？"一个穿着银白色镶边制服的海员问老人，他大概是一位海军工程师。

　　"我没事的时候读着消遣，那当然是很有意思的，"老人回答道，"可是为了本职工作去读，那可要了我这条老命了。"

　　"您是干什么的？"

　　"我是干帆船这个行当的。我缝制了四十年帆了。"

　　"为什么您会读儒勒·凡尔纳的书？"

　　"因为我们的事业快要完蛋了，"老人这样回答道，"在这个国家里已经没有缝制白帆这个行当了。我爷爷曾经为舰队干活。他缝的升降索，就连最健壮的船长也不敢打赌能用手扯下。我父亲也同样一辈子勤勤恳恳地干活，为船长缝制少量的白帆。这都是很久以前的事了。可是现如今，来来往往的都是轮船，开动着马达，轰隆作响，谁也不再会担心遇上大风了。如今风算什么！帆船对谁还管用呢？只对穷人还管用，就是那些渔民们。谁要是买不起马达开动的船，他就会跑来找我说：'费嘉大叔，你就行行好，给我们缝一张帆吧。'"老人停顿了一会儿，感叹道："帆船啊！我们只剩下一艘名叫'同志号'的帆船了。我和它相依为命，一起受穷，就像两个老人。这是一艘什么样的船啊！就像是未婚妻一样！它周游在各个海洋上，在暴风雨中张开所有的帆，侧向一边，排开浪花，好像小提琴一样发出音乐一样的声响，甚至让那些外国的船长们都羡慕不已。'同志号'驶过来，一身洁白，好像是从大雪中驶来，在浪尖上闪闪发光，别的轮船都对它发出这样的信号：'祝我们的兄长 —— 最后的帆船，一帆风顺。'"

　　海员听着笑了起来。

　　"您是不是以为我在胡说？"制帆行家生气了，"住在岸上的人会瞎扯，可是我们这些住在海上的人是绝不会胡说八道的！我们有的是活儿要干，哪有工夫去乱扯呢？当帆船迎风升起白帆的时候，谁敢说这不美？恐怕也只有某个从轮船船舱里走出来的无精打采的大老粗才会这么说。而当帆船迎着海上的微风航行时，白帆在太阳的照耀下晃动，到处都是白色的光亮，甚至人的眼睛都被晃得生疼。现如今，那些白帆早没人缝制了，人们开始给这些白帆涂上一层焦油，用来防潮。于是，白帆变成了黑色，好像乌鸦的翅膀，简直惨不忍睹！"

"没错！"头发浅黄的海员说道，"可是我还是不明白，您和儒勒·凡尔纳究竟有什么共同的地方呢？"

"怎么能说没有共同的地方呢！"老人惊讶道，"我缝出的白帆足以把儒勒·凡尔纳和他描写的那些帆船统统赶回他的墨水瓶底。当我在缝制我的白帆时，你们喜爱的凡尔纳将在棺材里嫉妒得翻身二十次。"

大家都默不作声。前方是白雪皑皑的冷峻的山峦。

汽车驶向这些山峦，每到一个转弯处，汽车都会颤抖地发出一声吼叫。车上所有的人都在担心，这辆车如何能够穿过看起来难以穿越的群山。

"在塞瓦斯托波尔有多少像我这样的老人呀，"帆船行家忧郁地说，"多得简直不可想象！您往造船厂的生活区走一遭，您就会看见，所有的院落里都有老人坐在那里，因为年事已高，无所事事，只是吃白食。他们好像也觉得这样挺委屈的，就耍小聪明，和年轻娃娃们混在了一起。一部分人照看起了孙子，另一些人干脆制玩具去卖。我也负责看孩子。"

"您做玩具吗？"海员无精打采地问道，他已经冻得够呛了。汽车已经驶近雪山，海员已经没心思发问，也没有心思听了。

"我凭什么要做那些玩具！"老人反驳道，"就让看门的退休老将军替我做玩具吧，我对这些小玩意儿一点兴趣都没有。您或许在报纸上读到，现在正拍一部根据儒勒·凡尔纳的作品改编的电影，正在雅尔塔取景？为了这部法国人的电影，人们重新缝制了白帆，把亚速海的帆船找出来维修，把它改造成类似古老的航海帆船的模样，还在船尾写上'马里亚纳'的名字。这都是为了拍电影！'马里亚纳'号帆船上的白帆统统向我——费德尔·马尔琴科定购。我不是吹牛，我缝制的帆就是好看，就连整个苏联剩下的最后一个帆船船长哈诺夫看了我缝制的帆也惊讶不已。他对我说：'费嘉，你缝的简直不是帆，而是天鹅的翅膀。'他还说：'应该任命你为我们国家的人民制帆行家。'这个哈诺夫看什么都感到好笑。可是我却差点儿被这些白帆弄得眼花缭乱。"

"哎哟，你可真卖力！"一个胖乘客嘲笑地说，"可赚了好几千块吧。"

"你这个买卖人，这可不是你插话的地方！"老行家生气了，"就让我赚的那几千块钱把你噎死吧！我可不要什么钱，给我一块熏鱼我就能活了。"

"那你要什么？"那位乘客很惊讶。

"你生来就不会明白的，因为你很蠢。我想要的是能让成千上万的人看到那美妙的画面，当那些伟大的帆船出现在他们面前时，我要让他们全都惊呆，我要让他们从此爱上大海。孩子们将会热爱'马里亚纳号'帆船，或许，某个见过世面的海员看了之后会说：'没错，是一位著名的行家缝制的帆，向他致敬，所有海边的居民，所有懂得航海的人都应该向他敬礼！向马尔琴科和儒勒·凡尔纳致敬，他们创造出如此美妙的东西，值得我们永远铭记！'"

汽车驶进了雪山。老人试图表明，他将去雅尔塔修复第二艘三角帆船，因为根据儒勒·凡尔纳的判断，第二艘三角帆船他马尔琴科造得并不很成功。不过，此刻已经没有人听他唠叨了。

森林在十二月的苍穹下闪闪发光，犹如用纤细的锡矿石锻造出来一般。山峦披上一层薄薄的白雪，闪烁着玻璃般明亮的光芒。太阳好像挂着一层金色的果实，在清澈透明的树叶后面移动，红光耀眼，点燃了整个森林。

灌木上的雪球宛如毛茸茸的花朵，一旁是纤维状的灰色蓬松的果实籽。白色树干上牢牢地爬满了常春藤。每看一眼常春藤那充满生机的绿色，你就会清楚地意识到，在那山隘后面，黑海清澈的海水正在拍打着布满岩石的海岸，均匀地晃动着厚重温暖的空气，让它在地平线之间游动。

汽车司机按了按喇叭，山间的回声向汽车迎面扑来。树上落下松散的积雪，露出了犹如青铜般碧绿的树干。

制帆行家坐着，双目紧闭。布满皱纹的眼帘微微泛红，流出了泪水。突然降临的冬天闯到眼前，它那难以忍受的光亮迷住了老人的眼睛。

山隘那头突然出现了大海的身影，眼前那翻腾的海水犹如阴沉的浮云从高处飘来，汽车开始下山，直奔雅尔塔。

在雅尔塔，帆船行家走进了一家旅馆，电影导演就住在这里。旅馆里散发着一股沾满灰尘的地毯的气味，还夹杂着变了味的香水和烤羊肉串的味道。

导演身穿一件浅紫色的睡衣，坐在一张圆桌旁喝咖啡。

"什么三角帆船？为什么需要三角帆船？"导演皱起眉头说道，"关于那艘船的拍摄早就结束了。现在我们正在摄影棚里工作。"

"我想恳求您，"马尔琴科因为胆怯而压低了声音，他似乎觉得与这位讨厌的家伙谈话用的都不是正常需要用的词汇，就好像说的完全不是俄语，这个导演无法理解他，"我想恳求您把我的名字放进电影里。"

"为什么呢？"导演冷冷地问道。

"这样的话，也许某一个海员就会读到我的名字，我就会给他留下好的回忆。"

导演皱了皱眉头。

"您就是一个道具管理员，"他吸了口烟，烟圈在装满点心的盘子上方盘旋，"电影广告对您有什么用？除了我们，这个世界上再不会有谁会向您定做这样的白帆了。不会再有帆船啦！"

"是的，当然……"马尔琴科喃喃自语道，"我们没有制作白帆的生意活啦。我不需要别人到我这儿来预定，我会去一些小帆船主那儿干点儿活。"

"那么您到我这儿来究竟需要什么呢？"

"请原谅我的鲁莽，打搅您了，"马尔琴科说道，"我无法向您讲出我心里那个珍贵的想法。况且，现在看来，这个想法简直可笑！"

"今天，"导演断断续续地说道，"我看不出有什么必要把一个临时的道具员的名字写在银幕上。目前我们已经提到四十个人的名字了。不过，总的来讲，我还是可以再考虑考虑的。"

马尔琴科走出船舱，来到岸边，坐到一个长椅上。早已拍摄完的"马里亚纳"号已经被搁置在那里，完全被废弃了。它静静地立在港湾里，怯生生地，仿佛在巴结逢迎一般，对着大海频频致敬。

突然，马尔琴科站起身，急忙奔向"马里亚纳"号。原来，船上的白帆缓缓地从桅杆上落下，在甲板上伸展开。太阳落山了，它最后的霞光照射到帆布上，使白帆宛如最纤细的织布。

"为什么把帆撑起来？"马尔琴科站在岸边喊了起来。

"尊敬的费嘉大叔，"麻脸的老船员尼佐沃伊站在桶边回答道，"我们把帆撑起来晾晾干。从一大早就被雨浇湿了。您上舱里来唠会儿吧。"

在船舱里，马尔琴科对尼佐沃伊说了他同电影导演的谈话。

"费嘉，你可是个不安分的老头儿，"尼佐沃伊嗓音嘶哑地说道，顺手用小刀撬开了一瓶干葡萄酒的木塞，"你发什么愁啊？你自找没趣！我是这么琢磨的：银幕上有你的名字也好，根本没有你的名字也罢，你的白帆会有用的。到处都会需要的：在雅尔塔，在奥德萨，在全国各地，都会需要你制作的白帆。当你尊重别人时，别人是不会去刻意打听你是谁、你是干什么的，你自己也不会向他专门邀功请赏。"

"我干吗去请赏，"马尔琴科说道，"我不会这样做的，绝对不会！我只要做一件事——让别人对我缝制白帆这个行当感兴趣。"

"那就想法子让他们感兴趣吧！"尼佐沃伊说道。

"我会的！"

"通过这部影片？"

"哪怕是这样。"

"你的那些白帆会派上用场的。"

"当然会的！"

"那么，你就放下心吧，倒满酒，把口袋里的咸熏鱼块拿出来吧。"

两个老头就这样一边喝酒一边大声聊天，一直聊到深夜。港口的灯光照进舷窗。灯光在浪尖上摇曳，一会儿移向"马里亚纳"号，仿佛也想偷听老人们的谈话，一会儿又从那儿移开，消失在黑暗中。

1937 年

碎糖块

夏天的时候，我来到坐落在奥涅加湖畔的北方小城沃兹涅先尼耶。

轮船是在半夜到达码头的。一轮银色的月亮低垂在湖的上方。在这里，在这座北方的小城，似乎月亮是多余的，因为白夜早已降临，到处充溢着淡淡的光亮。长长的白天几乎和短促的夜晚毫无区别：白天也好，夜晚也罢，整个布满矮树林的林区小城都好像沉浸在一片昏暗的暮霭之中。

北方的夏天总会让人感到忧虑。这里的夏天非常不稳固，它带来的并不充分的温暖可能会突然消失。所以，北方的人就会珍惜每一股稍稍感觉到的空气中飘来的暖流，就会珍惜那仿佛很害羞的太阳，它将湖泊变成了一面面镜子，闪烁着静静的湖水。北方的太阳好像不是在发光，而是仿佛透过一面厚厚的镜子把光折射出来。这给人一种感觉，似乎冬天并没有离去，而只是躲进了森林，躲到湖底下去了，并且时不时地从那里发出一股积雪的气息。

花园里的白桦树树叶已经凋谢了。一群浅发的男孩光着脚，坐在木制码头上钓柳条鱼。除了大大的黑色浮漂以外，周围的一切都是白色的。孩子们目不转睛地盯着浮漂，悄声地互相要烟抽。

与孩子们一同在钓鱼的还有一位头发蓬乱的脸上长着雀斑的民警。

"喂，别在码头上抽烟！别胡闹！"他会偶尔喊一声，随即一些闪着火星的烟蒂就被扔进了泛着白光的水里，发出咝咝的响声，熄灭了。

我进城去寻找过夜的地方。一个胖乎乎的梳着平头的人紧跟在我身后，一脸严肃。

这个人是去科夫扎河办理木材业务的。他随身携带一只褪了色的公文包，里面装着一些汇总表和账本之类的东西。他说起话来口齿不清，像一位毫无才干的管理人员："限制路上的开销""用相机拍下来""准备饭食""突破木材流放线路标准"……

只要出现了这么一个人，天空都会因为感到无趣而失去光泽的。

我们走在木质人行道上，稠李在弥漫着夜色的清冷的花园里散发着花香，敞开着的窗户里传来昏暗的灯光。

在一幢小木屋的门口，一位文静的淡蓝眼睛的小女孩坐在小凳子上哄着一个小布娃娃。我问她能否在她们家过夜。她默默地点了点头，领着我登上咯吱作响的陡陡的楼梯，走进一间干净的屋里。梳着平头的家伙也径直跟在了后面。

房间里，一位戴着铁边眼镜的老太婆坐在桌前织着毛衣，一个满身灰尘的瘦老头睁着双眼，面向墙壁安静地坐着。

"奶奶，"小女孩用布娃娃指了指我，喊道，"这个过路人想在我们家过夜。"

老太婆起身向我深深地鞠了一躬。

"请吧，亲爱的，"她像唱歌似地拖长了声音说道，"请吧，尊贵的客人。只是我们这儿不宽敞，还请多多包涵 —— 您得睡地板上了。"

"女公民，看来你们的生活水平不怎么高呀。"梳着平头的家伙挑剔地说道。

这时，老头儿睁开了眼睛 —— 他的双眼几乎是白色的，跟瞎子一样。他缓缓地回答道："像你这样的人，不管怎么着都不会变得富有。你就忍着点吧，忍着点就好啦。"

"公民，你要搞搞清楚，"梳平头的家伙说道，"你这是在跟谁说话！看来你没在民警局里待过！"

老人沉默了。

"哎，老爷，"老太婆心疼地带着唱腔说道，"可别欺负流浪人！他可是个无家可归的老头，到处漂泊，你想询问他什么呀？"

梳平头的家伙这下可来了劲头。他的眼睛顿时变得犀利起来，露出阴沉的眼光。他把手提包重重地扔在桌上。

"毫无疑问，这是个可疑的老头，"他得意地说道，"你应该搞清楚，究竟把谁放进了屋。或许，他就是个从劳改营逃出来的逃犯，或者是一个从事地下秘密活动的修士？让我们现在就来弄清楚他的身份。你叫什么名字？在哪儿出生的？"

老人笑了起来。小女孩手中的布娃娃掉到了地上，她吓得嘴唇颤抖。

"到处都是我的故乡，"老人平静地回答道，"没有什么地方对我来说是异乡。人们称我亚历山大。"

"你是干什么的？"

"我是一个播种者和收获者，"老人继续平静地回答道，"年轻的时候我播种庄稼，收获粮食，如今我播种美好的语言，收获另外的奇妙语言。只是我不识字，这不，我不得不用耳朵去听，用头脑去记下这一切。"

梳平头的家伙一脸困惑，默不作声。

"有证件吗？"

"有是有，可是我的证件不是给你看的，朋友。我的证件非常宝贵。"

"好吧，"梳平头的家伙说道，"那就让我们找一个有资格看你证件的人吧。"

说完他就摔门而出。

"这是个很无聊的家伙，不成熟，"老人沉默了一会儿后，说道，"因为这样的人，生活就会变得一团糟。"

老太婆端上了茶炊。她带着唱腔的调子伤心地说，家里已经找不到一块糖了：她忘记买了。茶炊咝咝作响，好像很同情她。小女孩把一块干净的粗麻桌布铺在桌上。桌布发出一股黑麦面包的香味。

敞开的窗外，一颗星星在天上闪烁。星光朦胧，这颗星星在深绿色的巨大苍穹上闪闪发光，好像在显示它那巨大的、不寻常的孤独感。

在深夜里喝茶并不让我感到奇怪——我早就发现，北方的居民夏天都睡得很晚。此刻，窗外邻居家的栅栏旁站着两个姑娘，她们互相依偎着，正在凝望着朦胧的湖水。白夜时分，姑娘们的脸庞永远是那么忧郁而美丽，永远会因为激动而显得那么苍白。

"是来自列宁格勒[1]的共青团员，"老太婆说道，"她们是船长的女儿，总是上这儿来过夏天。"

老人坐在那里，紧闭双眼，一言不发，好像在仔细聆听。稍稍过了一会儿，他睁开眼睛，叹了口气。

"来了！"他悲哀地说了一声，"对不起，老婆子，原谅我这个傻瓜吧，给你添麻烦了。"

楼梯发出吱吱响声。几个人迈着沉重的脚步，登上楼梯。那个梳平头的家伙没有敲门就径直走了进来。跟在他后面的是那个头发蓬乱

1　现更名为圣彼得堡。

的好管事的民警，他刚刚还在码头上钓鱼来着。梳平头的家伙朝老人点了点头。

"喂，老爷子，"民警一脸严肃地说，"请告诉我你的身份！出示证件！"

"我的身份很普通，"老人答道，"只是说起来话长。坐下来听我说吧。"

"请你快点儿！"民警说道，"我没工夫坐，看来应该把你送到民警局去。"

"亲爱的，我们有的是时间去民警局，到了民警局话不会多的，在那儿没人跟你交心地说话。我已经活了七十多个年头了，没准儿明天就会死在别人家的院子里。这就是说，你得耐着性子听我说。"

"那好吧，"民警答应道，"只是别乱扯！"

"为什么要乱扯呢！我的生活是纯洁的，不会搞错的。我们费陀尔一家祖祖辈辈都是车夫，都喜爱唱歌。我爷爷普罗霍尔是个了不起的歌唱家，从普斯科夫到诺夫哥罗德的大道上，到处都能听到他的歌声和哭声。他应该好好保护自己的嗓子，这副好嗓子可是上天给的，我爷爷倒是想保护来着，可是却没保护好 —— 嗓子终于坏了。你可能知道，在我们普斯科夫省曾经住过一个名人，我们的同乡，诗人亚历山大·谢尔盖耶维奇·普希金。"

民警笑了起来：

"那还用说！"

"正是因为他，我爷爷才弄坏了自己的嗓子。他们俩是在市场上遇见的，那个市场就在圣山修道院里。爷爷在那里唱起了歌。普希金听他唱。然后他俩就进了酒馆，在那里一直坐到深夜。他们俩究竟都谈了些什么，没有人知道，反正爷爷是欢欢喜喜地回来的，好像喝醉了一样，尽管他几乎没沾酒。他对我奶奶说：'纳斯丘什卡，他说的话和他发出的笑声简直让我陶醉 —— 他说的话是那么美，简直比我的任何一支歌都要美。'爷爷有一首歌，普希金非常喜欢。"

老人沉默了一会儿，突然用清澈嘹亮、令人陶醉的嗓子唱了起来：

> 啊，在白雪皑皑的辽阔旷野上
> 我们的眼泪像雪粒儿一样飞奔！

姑娘们都涌到窗台前，互相依偎着，静心倾听。民警小心翼翼地坐到椅子上。

"是的，"老人叹了口气，"很多年过去了，爷爷活到一百岁才去世，他让自己的儿子和孙子继续传唱那首歌。不过我想说的不是那首歌。在一个冬天的夜里，爷爷被叫醒了，有人在敲窗子，吩咐快点儿套车，有紧急公务。爷爷走下台阶，看到满院子里站的都是宪兵，他们四处走动，身上配的短剑发出清脆的声响。爷爷猜测，肯定又是在运送流放犯。可是没有看到一个犯人。雪橇上放着一只黑色的棺材，用绳子固定着。爷爷在思忖，这棺材里究竟躺着什么人呀，怎么连死了以后沙皇还那么怕他呢？爷爷走近棺材，用袖子掳去黑色盖顶上的积雪，问一位宪兵：'运的是谁啊？''是普希金，'宪兵答道，'他在彼得堡被人打死了。'爷爷后退了一步，脱下帽子，向棺材深深地鞠了一躬。'怎么，你认识他？'宪兵问道。'我给他唱过歌。''那么现在你就不用再唱了！'那个夜晚非常沉重，非常阴沉，胸中的气都难以吐出来。爷爷系上车铃，不让它们发出声响，坐上座位，出发了。四周一片寂静，只是滑道发出吱吱的声响，还有马车碰到棺材时发出的低沉的敲击声。爷爷心中积郁，满眼是泪，他攒足了力气，高声唱起：'啊，在白雪皑皑的辽阔旷野上……'宪兵用刀背敲打爷爷的背，可是爷爷不理会，继续在唱。等回到家后，他躺了下来，一声不吭了：他的嗓子在严寒中冻坏了。从那个时候起直到去世，他都是嘶哑着声音说话，发不出声音了。"

"看来，是用整个心在唱的。"民警难过地自言自语道。

"亲爱的，做任何事情都应该发自内心，"老人说，"而你缠上我，对我刨根问底。我是吟唱的人。这就是我的职业。我浪迹人间，走到哪儿就唱到哪儿。我在一个地方听到了某一首新歌，就会立刻记住它。比方说，你说出一句话，这是一回事，可是假如你把这句话唱出来，亲爱的，那可就是另一回事了 —— 这句话将会在人们心中长久地震颤。应当好好珍惜歌唱的力量。一个民族若是不喜欢歌唱，那就一定是个很糟糕的民族，这个民族一定不会有正确的生活观念。你别担心我有没有证件，我这就把证件拿给你看。"

老人用颤抖的手从怀里掏出一个灰色的护身香囊，从中取出一张纸。

"喏，拿去看吧！"

"我为什么要看呢！"民警委屈地说，"现在我已经没有必要去看这张证明了。我看到你这个人就足够了。坐吧，老爷爷，坐下休息吧。而您，公民，"民警转身朝着那个梳着平头的人说道，"最好去集体农庄庄员之家住宿，在那儿您会更方便一些。走吧，我领你到那儿。"

他们走了，我拿起老人掏出的那张纸，念了起来：

"兹证明亚历山大·费德希耶夫为民歌和童话搜集者，为此从卡雷利阿共和国领取养老金。所有地方政府都应当给予他以尽可能的帮助。"

"哎，不幸啊！"老人叹息道，"没有比人心变得冷漠更糟糕的事了。生活会因此而枯萎，就像青草打上秋天的露水而枯萎一样。"

我们继续喝茶。姑娘们互相依偎着，向湖边走去，在北方之夜那轻柔的暮霭中，她们身上那再普通不过的花布衣服闪闪发光。暗淡的月光照射到水面上，花园里，夜间的鸟儿在白桦丛中发出悲凉的啼鸣。

淡蓝眼睛的小姑娘走到街上，重新坐在栅栏旁哄布娃娃睡觉。我从窗户里可以看见她。头发蓬乱的民警走到她跟前，塞给她一包糖和几个面包圈。

"请交给老爷爷，"民警满脸通红地说道，"就对他说，这是小礼物。我没有时间送了，必须去执勤。"

他说完就迅速离开了。小女孩把这包碎糖块和面包圈带回家。老人笑了起来。

"我真想活下去啊，"他抹了抹充满泪水的眼睛，"我真想一直活下去啊。一想到会死，一想到会离开人们的友善，我就感到惋惜！只要瞧上一眼森林，瞧上一眼明亮的湖水，瞧上一眼孩子们，瞧上一眼青草地，整个儿就没有寻死的力气啦。"

"亲爱的，那你就好好活吧，"老太婆说道，"你的生活很轻松，简单得很，就照这样活下去吧。"

天亮以后，我离开沃兹涅谢尼耶前往维捷格拉。一艘名叫"斯维里"的小轮船载着我们航行在运河上，河岸边长满了柳叶草，船身就在柳叶草边驶过。

小城渐渐远离我们，消失在泛着阳光的暗淡的雾霭中，消失在夏日的宁静中，消失在远方，低矮的森林已经环绕在我们周围。北方之夏包围了我们 —— 雾蒙蒙的夏天，像那些淡蓝色眼睛的孩子一样羞怯的夏天。

1937 年

破旧的小船

火车停了下来。这个时候可以听见被裹在车窗窗帘里的一只熊蜂发出的嗡嗡声。

"这是哪一站呀？"从包厢里传来一个半睡半醒的声音。

"是中途停车。"列车员答道。他急匆匆地走过车厢，用麻布擦净双手。

娜达莎从车窗里探出身来。森林从高高的土堤一直延伸到地平线。森林上空满是低沉的乌云，遮住了半个天空。一群群白色的小鸟在乌云底下飞窜，犹如蒲公英的花絮。

一阵雷声在大地的尽头响起，笨拙地在森林上空行进。雷声持续了很久，仿佛要跑遍整个无垠的大地似的。它在浓密的树林上空安静了下来，但又在林间小道和空地上方发出比先前更响亮的轰鸣。

"这是什么样的雷雨呀！"不知是谁在娜达莎身后说道。

她四处张望：包厢门口站着他的旅伴——一位年轻的导演。

"这是什么样的雷雨啊！多么神奇！"他重复道，凝望着下着雷雨的天空，这神情好像这布满雷雨的天空俨然就是一道舞台布景。"您知不知道，这些是什么鸟？"

"不知道。"娜达莎回答道。

"这是野鸽子，"一位上了年纪的戴着角框眼镜的林务员微笑着对娜达莎说，"您怎么会不知道呢？亏您还是十年级学生！"

"我是城里人。"娜达莎答道，满脸羞愧。

火车突然震动了一下，开始向后倒。灯顿时熄灭了。

车窗窗帘忽然被一阵风撩起，桌上那只插着鲜花的杯子倒了。黄色的水带着清脆的声响，泼到了地板上。

一道闪电沿车窗划过，同时，森林里不知何处发出了一阵噼啪声，好像一棵大松树被砍倒的声音，冷酷而可怕。

"发生了什么事？"一位穿着淡紫色睡衣的表情冷漠的瘦小女人带着哭腔问道。这位唧唧喳喳嚷嚷个不停的美女在第一声雷鸣响起时就消失得无影无踪了。

旅客们慌忙抬起车窗，眺望乌云。闪电仿佛在云中划开了一些可怕的洞穴，云层中挂起了像漏斗般的旋风，带来了一绺绺浑浊的雨水。黑色和灰色的尘土大团大团地洒向大地。在这可怕的黑暗中，只有白色的干枯的白桦树在闪电中不停地冒着烟。不知道为什么这晃动的亮光在黑暗中只选中了这一株白桦树，在这棵树周围有数千棵别的树木被风吹得哗哗作响。

"列车员，这究竟是怎么回事？"穿淡紫色睡衣的女人喊道，"为什么我们往回开了？"

"前面的路被冲垮了，"列车员忧郁地回答道，"看见了吧，多大的雷雨啊！现在让我们去蓝湖镇。在道路修好以前，我们将在那里停留。"

"真糟糕！"这位瘦小的女人带着一丝惊恐眯缝起眼睛，砰的一声关上了包厢的门。

死气沉沉的森林被那一道浑浊的光惊醒了，似乎变得有生气了：那些宛如黑色破衣袖的树枝在风中抖动，伸向同一个方向——低矮的云层下那一缕最后的光亮。树木仿佛缠住了正在渐渐消逝的那一片纯净的天空并乞求帮助。

大雨倾盆而下，雨珠落在车顶上，乒乓作响。

"闪电飞速，大雨如注。"护林员突然说了这么一句。

导演笑了起来。

"这是谁的诗？"娜达莎问道。

"卢蕾齐娅的诗。"护林员不好意思地答道，满脸通红。

一切迹象表明，这位护林员既感到幸福，也很害羞。他之所以感到幸福是因为他能前往克里米亚休假，那儿可是他从来都未曾去过的地方。在他的脑海里，克里米亚只有长满刺槐的陡峭的海岬，以及从那可怕的远方滚滚来到陡峭海岬跟前拍打着岩石的海水。

旅伴们让他窘迫不已。他们刻意显示出来的对他的彬彬有礼、他们穿的睡衣，以及关于疗养地生活的谈话，都使他感到难为情。他们互相谈天，从不关注他。当他们随意地谈到旅馆、裤子和"林肯牌"轿车时，他觉得他们过的完全是另外一种生活，与他这个上路前特地穿上一件新的灰色上衣的护林员毫无关系。这些旅客都很机灵，他们似乎猜出来，他这个护林员穿的外衣是唯一一件像样的衣服，并且是让一个来自科斯特罗马[1]的很一般的裁缝缝制出来的。他很珍惜自己这件衣服，并且由此而羡慕那个导演。导演懒散地躺在沙发椅上，白皙的双手插在缝制精细的裤子口袋里，嘴里叼着"良品"牌香烟，似乎根本不在乎他那敞开的上衣会被身子压皱，根本不担心烟灰有可能落在那条打着活结的色泽鲜艳的领带上。

娜达莎是唯一一个不让护林员受窘的旅伴 —— 她是个害羞的瘦弱的姑娘。窗外吹进的风总是把她的头发吹乱，一天当中有好几次她的眼里吹进了沙粒。

---

1 位于俄罗斯欧洲部分中部城市，科斯特罗马州首府。

有一次，护林员帮她把沙粒从眼里吹出来，当娜达莎递给他一块散发着淡淡的香水味儿的干净手帕时，他又窘了起来。

"见鬼，你这个林子里的家伙，"护林员独自思忖道，"可真是个乡巴佬啊。"

"'蓝湖镇'，这是多美的名字啊，"导演嘀咕个不停，"蓝湖镇！蓝湖镇！蓝色的湖泊！得记下来。"

"这儿，在这片森林里，湖泊可多啦。"护林员说。

"您熟悉这个地方吗？"

"是的……多少知道一些……十五年前我在这里工作过：我种下了这片森林。"

"啊哈，真有意思，"导演冒出了这么一句，可是显然，根据他脸上的表情，护林员明白，自己的话不会让任何人感兴趣，"我们可倒霉透了。这场雷雨要是明天来而不是今天来，对它又有什么区别呢？！"

"是的，的确太糟糕了。"护林员附和道。

他想到，他其实早就打算来一趟蓝湖镇了，早就想回到故地看一看，可就是没有成行。而此刻火车将在蓝湖镇滞留一两个小时，直到前方的道路修好，在这期间待在车里，除了熟悉的空旷的车站，除了车站月台上那几只逛来逛去专心找食的母鸡之外，什么也看不到。

"的确，太可惜了！"护林员叹了口气。

娜达莎也很着急。她还从未去过克里米亚，在她的想象中，克里米亚是一个云雾缭绕的蔚蓝色的神奇地方，弥漫着石竹花的香味。她想马上就看到大海。听说，大海往往是突然出现在你的眼前，仿佛一片厚厚的云。

蓝湖镇站上没几个人。值班房的窗户里透出煤油灯的光亮，很难判定，究竟是夜幕已经降临，还是由于暴雨使得天空变暗了。

雨已经停了。森林里传来一阵阵潮湿木屑的气味。

瓦西里老爹抖了抖马车上那潮湿的干草，望了望列车："这些人一会儿往前，一会儿往后，来回晃荡个啥？！"

老爹的小马儿把头整个儿埋进了装满燕麦的囊里，着急忙慌地一边咀嚼着，一边倾听着老爹的唠叨，好像正在等待那句熟悉的呵斥："啊，你这坏蛋！公家的粮食吃得可欢！"呵斥完，老爹往往会深深地叹口气，便无精打采地赶着马车沿砂石小路返回湖边。

可是这一回，老爹突然扔掉缰绳，急匆匆地奔向火车。他来到点了灯的软席车厢的窗前，用皮鞭杆儿敲打着车窗玻璃。

"彼得·马特维夫！"他喊了一声，声音嘶哑而虚弱，"喂，彼得·马特维夫！"

护林员正站在过道窗边和娜达莎交谈着。他看了看老爹，打开了车窗。

"你不认识我了吗？"老爹微微一笑，问道，"我可是老远就一眼认出你来啦，在马车上就认出你啦。快说说，老天爷怎么会让我们在这里碰面的！"

"瓦西里！"护林员喊了一声，迅速来到车厢门口，一下子跳到砂地上，抱住老爹："过得还好吗？"

"还不错，"老爹答道，用袖子抹了抹脸，"过得挺好，活得好好的。死神在我身边踱步，竟然没想到去我的小屋里找我。彼得·马特维夫，说句实话，你可把我们给忘啦！可老实讲，没有你在，我们的日子可不好过。"

"怎么回事？你们有什么麻烦？"

"你好像一点也不知道吗？"老爹疑惑地问道，"好像你生来就不看报纸，彼得·马特维夫！"

"究竟是怎么回事？你快说呀，别绕弯子啦。"

"我没功夫绕弯子。我们区的报纸不止一次报道过，"老爹叹了口气，说道，"一遍又一遍地报道，可实际上全都是白费劲儿。事情明摆着——光凭耍笔杆子是不顶事的，是保不住森林的。"

"你说什么？"护林员问道，"你别弯弯绕啦，照直说吧。"

老爹脱下帽子，把它扔到沾满沥青的黑色砂石路上。

"哎，彼得·马特维夫，彼得·马特维夫！你的年轻的森林快活不成啦。"

"被烧毁了？"护林员惊恐地问道。

"为什么会烧毁？上帝保佑，我们这儿根本没有火灾。可是从今年春天开始，毛毛虫开始吞食森林了，一块一块地蚕食，如今，这些可恶的虫子已经差不多吃掉了一半的林子了。新来的林学家毫无办法。显然，他已经无计可施了，只是一个劲地到处写信求助，你找到他，他只会说：'州里没有给回话。'这样，我们也只好原地不动，无所事事。'没有回话，没有回话。'他只会这么讲，可是森林呢！"老爹大声地嚷道，哽咽起来，"彼得·马特维夫，我们当年种下的是多好的一片林子啊！松树挨着松树，就像一个个美人儿，就像亲姊妹！上帝保佑，信不信由你，只要我一走进这片森林，我就会脱下帽子，呆呆地站在那儿，忘掉了周围的一切，完全被这片林子吸引住：它太美了！"

老爹拿起帽子，瞧了瞧，把它低低地戴到蓬乱的白发上。

"那该如何是好啊，瓦西里？"护林员说道，环视了一下四周。在车厢台阶上站着娜达莎，她正皱着眉头，聆听着老爹的抱怨。

"如果做父亲的抛弃孩子，使他们无人照料的话，"老爹忧伤地说，"那么他就会受到良心的谴责，并且还会受到人民法院的审判。可是树呢？树是不会说话的。它向谁去抱怨呢？它也只能向我这个傻瓜，向我这个森林巡视员抱怨了。"

"瓦西里，那该怎么办呢？"护林员惘然地问道。

"只能用授粉的办法了，"老爹独自咕哝着，好像并不在听护林员说话，"现在是春天，花粉成熟了，风一吹，整个湖面上都是金黄的一片，好像一阵烟。我这辈子都没见过这么多的花粉。"

老爹不吭声了。

"彼得·马特维夫，"他一把抓住护林员的衣袖，带着恳求的语气说道，"请尊重我这个老头子吧：我们一起到湖边去看看吧。你只需要告诉我该怎么去救森林就可以了，然后你走吧，上帝保佑，我自个儿来办这事儿吧。"

"真是怪人！"护林员说道，"要知道，火车两三个小时以后就要开走了。真亏你想得出来！"

"走不了的！"老爹自信地说，"它没地方可去啦。两公里的铁路被冲垮了。最早也得等到明天中午饭的时候才能开走。"

护林员再次看了娜达莎一眼。她仍然紧锁眉头，瞧着老爹。

"到值班员那里去吧，"老爹以坚定的口气说道，"假如他还有那么一点点良心的话，他会向你证实这一切的。好啦，走吧！"

"唉，拿你有什么办法呢！"护林员生气地说道，"你的话简直把我弄糊涂了。"

"去吧，彼得·马特维耶维奇，"娜达莎突然开口道，"您赶得上火车的。"

"您认为我赶得回来？"护林员问道，他笑了起来，心头突然感到异常清朗，"您真的确定我来得及回来？"

"我能同您一块儿去吗？"娜达莎问。

"哎呀，大小姐，美人儿，亲爱的同志，"老爹向娜达莎深深地鞠了一躬，说道，"你怎么能食言呢？一起走吧。我们在林子里到处转悠的时候，你就待在湖边。我们那里的湖水可白净啦，整个苏联都没有这样干净的湖。"

"好吧，去值班员那里吧！"护林员说道，"老爷子，你把我整个儿弄糊涂啦。"

值班员说，道路半天之内很难修复。

护林员、老爹和娜达莎一起乘马车来到了湖边。他们几个的离开在乘客当中引起了一阵疑惑，他们都不赞同护林员和娜达莎的决定，于是，在乘客中照例响起了含混不清的叫喊声："你们这是怎么啦！""真是不可思议！"

马儿不慌不忙地拉着马车，摇晃着耳朵，不管怎样，夜晚是看不清得病的树林的，也不会想出什么好办法的。

车轮碾压在长满杂草的昏暗道路上。森林里悄无声息，娜达莎觉得，这四周的寂静犹如那夜晚的湖水，深不可测。只是在潮湿的小树林里间或会传来一些鸟儿半睡半醒的叫声。

半夜时分，乌云消散了，松树顶上开始出现天空那冰冷的亮光。可是娜达莎认不出星星：那些星座都被树枝遮挡了，失去了它们熟悉的轮廓。

林区呈现出梦幻般的朦胧之景，它像大海一样辽阔无边，在夜色中伸向远方，无人惊扰的密林里，浓浓的空气中弥漫着霉菌和潮湿的树叶的气味，天上的繁星闪烁个不停。娜达莎情不自禁地低声细语，老爹和护林员也压低了说话的嗓门。

"这就是我们的森林保护区，"老爹深吸一口气，低声说道，"这里的森林没有边际，一直到大地的尽头。这世上不会有比它更好的森林了。"

"睡吧，睡吧！"不知哪里钻出来一只刚刚睡醒的鸟儿在头顶上鸣叫，"睡吧，睡吧！"

"我睡得还少吗？"娜达莎想道，顿时有一种突如其来的幸福感，她不禁笑了起来。她甚至因这种快乐而觉得身上有些发冷，她多么希望这样的夜晚能够永远无止境地绵延下去，多么希望这辆马车能够就这样在布满树根的道路上不紧不慢地一直走下去，多么希望这片森林永远这样浓密，这样野趣盎然。

"喏，我们好像到啦。"老爹说道。

周围变得亮了一些。娜达莎环视了一下，有点儿懵了：布满繁星的天空就出现在道路上，静静地流动着，奔向那看不见的岸边。

"这就是湖，"护林员说道，"湖里有多少星星啊，简直就像秋天的时候！"

狗儿嘶哑地叫唤起来。大车在看护室旁一片黑乎乎的柳树林下停了下来。鸡窝里的母鸡都惊醒了，乱作一团。老爹走进看护室，点上铁皮做成的煤油灯，灯光顿时照在了娜达莎和护林员的脸上。

娜达莎走进这间农舍。屋里弥漫着炉灰、干薄荷以及旧木屋所特有的那种温暖的气味。

娜达莎喝下一杯牛奶，很快就躺在一张因年代太久而被磨得闪闪发亮的长凳上睡着了。老爹把一件崭新的粗呢大衣当作枕头垫在她的头下。

她醒得很早。白色的太阳悬挂在森林上空。农舍里一个人都没有，只剩下那只黑狗爬在桌子底下，一边好奇地望着娜达莎，一边捉着身上的跳蚤。

"可千万别迟到了呀！"娜达莎突然回过神来，一下子跳了起来，理了理头发。

那只挂钟看来已经有年头了：装了水的瓶子悬挂在那里，替代转轴，这瓶子里已经爬满了蜘蛛网。

娜达莎来到凉爽的前堂。那只狗跟在她身后，用尾巴敲打着屋里的圆桶和卸在地板上的马具，做出一副献媚的嘴脸。

一个人也没有。娜达莎打开通向台阶的门，叹了口气。圆形的湖就在眼前，湖水清澈透明，几乎漫上门槛，湖面上飘着一层薄薄的雾。高大的森林倒映在湖水里。靠岸的白色砂石浸在湖水里，那湖水干净得仿佛没有了重量，异常轻盈。一群银白色小鱼在水下轻轻地摇着尾巴，好像还在睡觉。

一只灰色的破旧小船被拖到岸边。娜达莎在湖里洗了个澡，穿好衣服，走到船边。船上居然还有一只凳子。娜达莎坐了上去。太阳把凳子照得暖洋洋的。

　　小船的缝隙里长出高高的野花和青草。就在娜达莎的脚跟前，盛开着一簇整齐的紫色柳叶花。脚底下，在拴住小船的生了锈的铁杆处，生长着一棵蜡菊，而在船底的砂石上则长着一丛杜鹃泪花。空气里弥漫着蒲公英和松木屑的甜甜的味道。那只黑犬蹲在小船旁打哈欠。泥土深处传来一阵阵蝼蛄的叫声。

　　"火车怎么样了？"娜达莎思忖道，忽然感到一阵惊讶：这个念头居然没有使她有任何担忧。

　　她就这样坐了将近一个小时。她听到湖对岸的空地上，一群大雁在轻声细语地说着自己的悄悄话，然后又听到一只野鸭绝望的叫声，接着一切又安静下来。

　　老爹第一个来到她身旁。他和蔼地对娜达莎道了早安，坐到小船旁的砂石地上，说：

　　"你别担心赶不上火车。让我先抽口烟，然后套上马儿，送你去车站。祝你将来一切顺利：走吧，去金碧辉煌的城市里生活吧，去泡温泉吧，祝你幸福。"

　　"彼得·马特维耶维奇哪里去啦？"

　　老爹笑了起来：

　　"他这就来。他现在可是什么都不在乎啦！"

　　"这是什么意思呀？"娜达莎有些害怕了。

　　"他会讲给你听的。"老爹在船沿上敲了敲裂了缝的烟枪。"你听好了。这只小船有多少年头了？它可不比我小哇。我和它一般大。你看，船上什么样的花草都长出来。这在我们这儿就叫作沉睡花，"老爹说着指了指杜鹃泪花，"你就瞧瞧这花吧：白天它打盹，可一到晚上，它就盛开了，发出蜜一样的香味，一直到早晨。

说实话，这只小船寿终正寝啦。林业专家前些天来过这儿，他笑着说：'你，瓦西里，可以把小船劈成柴火煮土豆吃呢，可别让这堆木柴闲搁在这里。'可我是这么想的：'不，把小船当木柴来煮土豆还为时过早，这事儿还得缓一缓。'"

"您是觉着它可怜吧？"娜达莎问。

"没错，是有些可怜的。你想想：最后它腐烂了，可是对生活却有用。"

"这又怎么呢？"娜达莎问道，"我不太明白。"

"这有啥不明白的！"老爹有点儿生气了，"这只小船现在就是一堆没用的木头屑啦，每条小缝里都长出野花来。于是你看着它，就会情不自禁地想：'大概，在我身上，在我这个糟老头身上，也会有某种对生活有用的地方吧。'于是，我就努力让自己对生活还有点儿用处。我会对自己说，你别怕白头发。最重要的是，要让自己的心不要出错。我说得对不对？"

"说得对。"娜达莎笑着答道。

"这就对了嘛！你可得相信我的话！"

护林员走了过来。老爹嘴里哼哼着站了起来，套好马车。护林员脸色凝重，带着一丝害羞的神情。他问了问娜达莎，睡得怎么样，早上有没有喝牛奶，然后便沉默不语了。

"我们不会迟到吧？"娜达莎问道。

"我想不会，"护林员答道，脸一下子红了起来，不敢正视娜达莎，喃喃地补充道，"是这么回事，我不打算走了。"

娜达莎大吃一惊，一句话也说不出来了。

"是的，我不走啦！"护林员好像在跟自己赌气似地，又说了一遍，"看来是这么回事儿……总之一句话，没有我，他们可能一事无成。森林快完啦。我自己种下的，您知道，怪可惜的……"

"我懂。"娜达莎说道。

"总的说来，我不得不承认，我待在这里比在那个克里米亚要好受些。只是有点儿可惜：疗养证作废了。嗨，算啦，让疗养证见鬼去吧！不过，我还得请您帮个大忙呢：请您把我的手提箱转交给老爹，他会带回来的。"

"怎么说呢，"娜达莎叹了口气说，"我甚至有点儿嫉妒您了。"

"嗨，你这个魔鬼！"老爹在值班室旁嘶哑着嗓子喊了一声，"你可逮着公家的口粮吃个够啦！"

"好吧，告别啦！"娜达莎说着便羞怯地和护林员握了握手。

列车迅速地驶过一段平缓的弯道，娜达莎得知，就是在这里，昨天遇上了一场暴雨。车厢轰隆隆地飞驰过一条明净的小河，娜达莎认出了桥边石块上刻着的布满灰尘的字样"莫什卡河"。

长长的彩虹高挂在森林上空：在湖的另一边的某个地方，正在下小雨。

娜达莎觉得，这道彩虹仿佛就是通往那神秘的森林保护区的入口，那神奇土地的主人就是彼得·马特维耶维奇和老爹，在那片神奇的土地上，清晨总能传来大雁的叫声。

远方的密林中闪现出一片明净的湖水。难道这就是那个湖泊？娜达莎不禁将身子探出窗外，久久地眺望着树叶间闪烁着的湖光，眺望着天边的彩虹，她的心里荡漾着一种奇怪的想法：要是能留在这里，一直待到秋天该多好啊？！

火车发出告别的鸣叫，森林将这急促的鸣叫带向浓密的树林，突然间又响起了清脆的多种回音。

1939 年

鳟鱼游荡的小溪

诸位很值得听一听关于一位拿破仑手下元帅的命运故事，因为你们时常会抱怨人类的情感太贫乏了，不过，我不想说出这个元帅的名字，不想惊扰那些历史学家和学究们。

这个元帅还很年轻。少许白发和脸上的伤疤反倒给他的脸庞增添了一种特殊的魅力。战斗中的损伤和行军使他的那张脸失去了光泽。

士兵们都很喜爱自己的元帅：他和士兵们一起挑起了战争这份沉重的担子，同他们一起承担战争的严酷。他时常就睡在篝火旁，仅仅盖上一件披风，然后被嘶哑的号角声弄醒。他和士兵们在同一个行军壶里喝水，他穿的制服也是破旧不堪、沾满尘土的。

除了疲惫不堪的行军和战斗，他几乎什么也看不到，什么也不知晓。他从来就未曾想过从马鞍上俯身简单问一问农民，他的马匹所踩塌的草叫什么名字；从来就未曾想打听一下，他的士兵们为了法兰西的荣耀所占领的城市究竟出名在哪里。无休止的战争教会了他保持沉默，教会了他忘却自己的私生活。

那是在冬天，元帅的骑兵团驻扎在伦巴第[1]，他突然接到命令，骑兵团必须尽快进驻德国和"大部队"会合。

行军到第十二天，骑兵团在一个德国小城里过夜。白雪覆盖的山峦在夜里银光闪闪。小城周围绵延着山毛榉森林，只有天上的星星在不停地闪烁，周围的一切仿佛都凝滞不动了。

元帅住进了一家旅馆。简单地吃过晚饭后，他支开了随从，独自一人坐在小客厅里的壁炉旁。他累坏了，只想一人待着。整座小城都被白雪覆盖着，寂静无声。这种静谧一会儿让他想起童年，一会儿又让他想起一场梦，他好像不久前刚刚做过这个梦，又好像根本没有做过。就在这几天内，皇帝就要下达最后的决战命令，元帅明白，他现在很需要这种已经让他不太习惯的安静，他宽慰自己，就权当是发起总攻前最后的休憩吧。

火焰往往会让人呆滞。元帅紧盯着壁炉里燃烧的木块，并没有发现一位脸庞消瘦的老人已经走进客厅。这位陌生人穿着一身蓝色的带补丁的燕尾服。陌生人走到壁炉旁，伸出冻僵的双手去取暖。元帅抬起头，不满地问道：

"先生，您是谁？为什么您会不声不响地出现在这里？"

"我是音乐家鲍姆维斯，"陌生人答道，"我之所以轻手轻脚地进来，是因为在这样一个冬天的夜晚，人会情不自禁地不发出任何声响。"

这位音乐家的脸庞和说话声让人产生了一丝好感，于是元帅思忖了片刻，说道：

"请坐到壁炉边吧，先生。我承认，我在生活里很少能够遇上这样安静的夜晚，所以我很高兴能和您说说话。"

"谢谢您，"音乐家回答道，"不过，假如您允许的话，我宁

愿坐到钢琴边弹会儿钢琴。一个音乐主题已经折磨了我两个小时了。我必须把它演奏出来，可是在楼上，在我的房间里，根本就没有钢琴。"

"好吧……"元帅答应了，"虽然对我来说，这个夜晚的宁静毫无疑问比最神圣的音响都惬意得多。"

鲍姆维斯坐到钢琴前，非常轻地演奏起来。元帅觉得，小城周围那厚厚的然而却很轻盈的雪仿佛发出了声音；冬天仿佛在歌唱，被厚厚的白雪压弯了的山毛榉树枝仿佛在歌唱；甚至壁炉里的火苗也在歌唱。元帅皱起眉头，望了望壁炉里的木块，这才发现，不是火苗在发出声音，而是他自己穿的高筒皮靴上的马刺。

"我好像已经看到魔鬼啦，"元帅说道，"您恐怕是一个了不起的钢琴家吧？"

"不，"鲍姆维斯停了下来，说，"我只是在爵位不高的公爵和贵人家的婚礼和节日晚会上演奏而已。"

台阶旁传来滑板撞击的声音和马匹的嘶鸣声。

"好啦，"鲍姆维斯站起来，"他们来叫我啦。我得向您道别啦。"

"您这是上哪儿去？"元帅问道。

"两里地之外的山里，住着一个护林员，"鲍姆维斯答道，"我们最了不起的女歌唱家玛丽娅·采尔尼现在就在他家里做客。她是为了躲避该死的战争才藏到这里来的。今天是玛丽娅·采尔尼二十三岁的生日，她举办了一个小小的生日晚会。可是有哪一个晚会能够缺了老演奏员鲍姆维斯呢？！"

元帅一下子从椅子上站了起来。

"先生，"他说道，"我的部队要到明天早上才会离开这里。如果我加入你们的行列，跟你们一起在护林员的房子里度过这个夜晚，您会不会觉得这样太唐突？"

"随您的意愿吧。"鲍姆维斯有节制地鞠了一躬，回答道，不过显然，元帅的话还是让他有点惊讶。

"不过，"元帅开口道，"这件事对谁也别说。我摸黑走下台阶，悄悄地坐上停在那口井旁的马车。"

"可以，随您的便吧。"鲍姆维斯重复了一遍，再次鞠了一躬，走出门去。

元帅笑了起来。这天晚上他没喝一口酒，可是一丝不经意间泛起的陶醉感忽然以一股罕见的力量控制了他的全身。

"到真正的冬天里去！"他自言自语道，"到森林里去，到黑乎乎的大山里去！见鬼，这该多么惬意啊！"

他披上披风，悄无声息地走出旅馆，穿过花园。在一口井边停着马车。鲍姆维斯已经在那里等候元帅了。马匹打着鼾经过井边的岗哨。哨兵尽管略微迟疑了一下，但还是习惯性地把枪扛到肩上，对元帅行了一个礼。车上的铃铛摇晃着发出叮当的声响，渐渐传向远方。元帅听着铃铛声，摇了摇头：

"多美的夜晚啊！哎，要是能喝上一口热酒该多好！"

马儿在裹上一层银装的原野上飞奔。雪花飞到马儿热乎乎的脸上，融化了。严寒使森林变得更有魔力。深色的常春藤牢牢地缠住山毛榉树的树干，仿佛要尽力把树干里那些生机盎然的树汁捂暖和些。

突然，马儿在一条溪流旁停了下来。这条小溪没有封冻。它湍急地泛着水花，哗哗地淌过石块，从山洞里，从满是倒下的树木和冻硬了的落叶的密林里流出。

马儿走到小溪边饮水。不知是什么东西在马蹄下的水里闪现了一下，划出一道耀眼的水流。马儿受到惊吓，猛地一蹿，在狭窄的道路上跑开了。

"是一条鳟鱼，"车夫说道，"一条快乐的鱼儿！"

元帅微微笑了一下。陶醉之感还没有过去。当马车来到一片山林中的空地上，停在一座有高高屋顶的老房子前面时，元帅仍然没有从陶醉中清醒过来。

房子的窗户里灯光明亮。马车夫跳下车，把车垫扔在一旁。

门开了，元帅抖落身上的披风，拉着鲍姆维斯的手，一同走进灯火通明的低矮的房间，在门槛旁停了下来。房间里有一些穿着考究的男男女女。

一个女人站了起来。元帅望了她一眼，便立刻猜出，这就是玛丽娅·采尔尼。

"请原谅，"元帅不好意思地说道，脸上微微有点儿红，"请原谅我这个不速之客。可是我们这些战士根本就没有家庭，没有节日，没有祥和的欢乐可言。请允许我在您的壁炉边稍微暖和一下身子吧。"

老护林员对元帅行了礼，玛丽娅·采尔尼快步走向前，望了元帅一眼，伸出了手。元帅吻了吻她的手，感到她的手冷若冰霜。所有的人都沉默着。

玛丽娅·采尔尼小心翼翼地摸了摸元帅的面颊，用手指轻轻地触了触那道深深的伤疤，问道：

"这是不是很疼呀？"

"是的，"元帅有些发窘地回答道，"这是很深的刀伤。"

于是，她挽起元帅的手，把他领到客人们面前。她把元帅介绍给客人们，虽略带羞涩，但神色光彩照人，仿佛是在向人们介绍自己的未婚夫。客人们当中顿时轻轻响起了一片猜疑声。

亲爱的读者，我不知道是否需要向你们描绘玛丽娅·采尔尼的美貌？假如你们，当然我也一样，能够生活在她那个年代，那么也许会听说过这个女人光彩夺目的美貌，听说过她那轻盈的步态，她那任性的，但却迷人的脾气。没有一个男人敢指望获得玛丽娅·采尔尼的爱。或许，只有像席勒这样的人才有资格获得她的爱。

后来怎样了呢？元帅在护林员的屋子里住了两天。我不打算谈论爱情，因为我们至今也不清楚，爱情究竟是怎么回事。也许，爱情就是那一整夜都在飘落的厚厚的白雪；抑或是那有鳟鱼划水的冬天的小溪。也可能，爱情就是那黎明前的欢笑声和歌声，就是当蜡烛燃尽，星星映照在窗玻璃上，仿佛要在玛丽娅·采尔尼的眼睛里继续闪光的时刻，那老松脂发出的气味。谁会知道？也许，爱情就是轻轻搭在硬肩章上的那只裸露的手臂，就是抚摸着冷冷的头发的那几个手指，就是鲍姆维斯身上的那件破旧的燕尾服。爱情就是男人遇到了从未遇到过的、震撼心灵的情感时所流出的眼泪：因温柔、爱抚，甚至林中之夜里那些毫不连贯的低声细语而流出的眼泪。也许，爱情就是童年时光的再现。谁会知道呢？也许，爱情就是离别到来之际，玛丽娅·采尔尼心力交瘁，痉挛地抚摸着她的爱情的见证者——这间屋子的墙纸、桌子和门框时，她的绝望之情。也许，这爱情是当窗外出现了火把，伴随着指挥官尖利的叫喊声，拿破仑的士兵们跳下马车，闯进屋子，准备依照皇帝亲手下达的命令逮捕元帅时，这个女人的叫喊和昏厥。

　　曾有过关于他们俩的故事，然而就像鸟儿一样，一闪而过，彻底消失了，但却永远地留在了偶然成为他们俩的见证人的那些人的记忆里。

　　周围的一切都保持着原样。森林依然在风中沙沙作响，小溪依然把深色的落叶旋转进水中小小的漩涡。山林中依然传来斧头砍树的回音，小城里的女人们依然聚在水井旁饶舌。

　　可是不知为什么，这些森林，这些飘落的雪花，还有那条鳟鱼在小溪里闪现的身影，都使鲍姆维斯情不自禁地从燕尾服的口袋里掏出那幅虽旧但仍然洁白如雪的手帕擦擦湿润的双眼，喃喃地说着一些毫不连贯的悲伤之语，回忆着玛丽娅·采尔尼的爱情，感叹着生活有时竟会像音乐那样充满诗意。

不过，尽管鲍姆维斯时常痛心地自言自语，但他却由衷地感到欣慰，因为他是这个事件的亲历者，并且体会到了可怜的老演奏家很难再有机会感受的激情。

                                                    1939 年

老厨师

1786 年冬天的一个晚上,在维也纳郊外的一幢小木屋里,一位双目失明的老人快要死了,他曾给图恩伯爵夫人做过厨师。准确地说,这甚至都不能算是屋子,而仅仅是一个坐落在花园深处的破旧不堪的小房间。花园里到处都是被风吹落的已经腐烂的树枝。每走一步,都会踩到咯吱作响的树枝,这时,那条上了锁链的狗便开始在自己的小棚子里轻声地咕噜起来。同自己的主人一样,它也老态龙钟了,快要死了,已经没有气力大声叫唤了。

几年前,老厨师被炉子烫瞎了眼睛。从那时起,伯爵夫人的管家就把他安置在这个小屋子里,并且不时地送他几个银钱花花。

老厨师的女儿玛丽娅和他住在一起,她是一个十八岁的姑娘。小屋里所有的陈设也就是床、几把跛腿的凳子、一张粗糙的桌子、一只满是裂痕的陶器,以及一架钢琴 —— 玛丽娅唯一的财富。

这架钢琴实在是太旧了,它会拖着很长的音,轻轻地附和着周围发出的任何声响。厨师笑着把它称作"门卫"。任何人踏进房间都会迎面碰上钢琴发出的颤抖而古老的声响。

当玛丽娅给奄奄一息的老人洗好脸,给他穿上冰冷的干净衬衫时，老人说道：

"我总是很讨厌神甫和修士。我不能找一个神甫来听我忏悔。不过，在我临死前，我必须洗净我的良心。"

"那该怎么办呢？"玛丽娅胆怯地问道。

"到街上去，"老人说道，"把遇到的第一个人带到我们家来，听我忏悔。不会有人拒绝你的。"

"可是，我们这条街太冷清了……"玛丽娅一边嘀咕，一边戴上头巾，走了出去。

她跑着穿过花园，费了半天劲才打开生了锈的小门，站在了路边上。街上空无一人，风把树叶吹到了她的身上，黑乎乎的天空落下冰冷的雨滴。

玛丽娅久久地等待着，仔细聆听。她终于觉察到，有一个人低声哼唱着，沿着围墙向她走来。她迎向前几步，与这个人撞了个满怀，大声叫了起来。这个人停下脚步，问道：

"谁在这儿？"

玛丽娅一把抓住他的胳膊，用颤抖的声音把父亲的恳求说了出来。

"好吧，"这个人平静地说道，"尽管我不是神甫，但这无所谓。我们走吧。"

他们走进了屋子。在烛光下，玛丽娅看清了眼前这位瘦小的陌生人。他把湿透了的披风扔在椅子上。烛光照在他那件黑色的无袖短上衣上，照在衣服上那排精致的纽扣和漂亮的花边上——他的穿着既朴实又雅致。

这位陌生人还很年轻。他像个孩子一样晃了晃脑袋，整了整抹了粉的假发，迅速地把凳子移到床前，坐了下来，弯下腰，愉快而专注地凝视着奄奄一息的老人的脸庞。

"说吧！"他开口道，"也许，是我奉献的艺术而不是上帝赋予我权力，使我可以让您最后的时刻变得很轻松，使我可以卸下您心头的包袱。"

"在我失明以前，我辛苦工作了一辈子，"老人拉着陌生人的手，把他拉到身旁，低声说道，"干活的人是没有时间作孽的。我的妻子叫玛尔塔，她得了肺痨，大夫给她开了各种名贵的药，还叮嘱我要用炼乳和浆果来喂药，还要给她喝热葡萄酒，我便从图恩伯爵夫人家的餐具里偷了一只小小的金制盘子，把它打碎后卖掉了。如今，一想起这件事，我就很难过，心情很沉重，我一直瞒着我的女儿：是我教导她，哪怕是别人桌上的一粒灰尘也不能碰的。"

"伯爵夫人家的仆人中有谁因为这件事吃了苦头吗？"陌生人问道。

"我发誓，先生，一个人都没有，"老人哭着回答道，"如果我知道，黄金并不能救我的妻子，难道我还会去偷吗！"

"您叫什么名字？"陌生人问道。

"约翰·迈尔，先生。"

"好吧，约翰·迈尔，"陌生人把手掌放到老人那双瞎眼上面，说道，"在别人面前，您没有任何罪过。您所做的事情并不是罪过，也不是偷盗，恰恰相反，可以看作爱情的力量。"

"阿门！"老人低声祈祷。

"阿门！"陌生人重复道，"现在您可以告诉我您最后的愿望了。"

"我希望有人会照顾玛丽娅。"

"我会关照她的。您还有什么愿望？"

这时，奄奄一息的老人突然微笑起来，大声地说：

"我想再次看到玛尔塔年轻时候的模样，就像我第一次见到她时的样子。我想再看见太阳，再看见这个古老的花园春天里鲜花盛开时的情景。不过我知道，先生，这是不可能的。请原谅我说了这些蠢话。大概疾病让我完全失去理智了。"

"好吧。"陌生人说着站起身来。"好吧。"他又说了一遍，起身走向钢琴，一下子坐到钢琴前的凳子上。"好吧！"他第三次大声地说道，随即，一阵急促的声响突然传遍整个小屋，仿佛几百粒水晶珠子撒向了地板。

"请听，"陌生人说道，"注意听，注意看。"

陌生人开始弹奏起来。当钢琴在他手下发出第一个音响后，玛丽娅就再也忘不了他的那张脸了：他的额头异常苍白，蜡烛的火苗在他那双黝黑的眼睛里闪动。

这么多年来，这架钢琴还是头一回这样放声鸣奏。琴声不仅充满了整个小屋，而且弥漫在整个花园里。那条年迈的狗也从棚子里爬了出来，蹲在地上，歪斜着脑袋，轻轻摇晃着尾巴，小心翼翼地听着。天上开始飘下湿润的雪花，不过狗儿好像并不在乎，只是抖了抖耳朵而已。

"我看见啦，先生！"老人从床上坐了起来，说道，"我看见了第一次和玛尔塔见面时的那一天，她由于害羞，把盛牛奶的罐子打碎了。这是在冬天，在山里。天空那么清澈，那么蓝，像一面蓝色的玻璃，玛尔塔对我笑了。她笑了。"老人重复了一句，仔细地聆听那低低的琴声。

陌生人望着黑乎乎的窗户，继续弹奏。

"那么现在，"他问道，"您能看见什么吗？"

老人一言不发，静静地听着。

"难道您没有看到吗，"陌生人飞快地说道，一刻也没有停止弹奏，"夜已经不是那么漆黑了，夜晚变成了青蓝色，然后变成了深蓝色，温暖的光芒不知从什么地方由天而降，在您院子里的那些古老的树木上，白色的鲜花开满了枝头。我觉得，那是苹果树开的花，虽然从房间里看，这些白花好像是大棵的郁金香。您看见了吗：第一束光落在了石头围墙上，照暖了它，围墙上升起了一缕蒸汽。这应该是盖满融雪的苔藓被晒干后冒出的蒸汽。天空越来越高，越来越蓝，一

65

切都越来越壮观，在我们的维也纳古城上空，一群群的鸟儿已经飞向北方。"

"我都看见啦！"老人叫了起来。

脚踏键发出轻轻的咯吱声，钢琴鸣奏着高昂的旋律，那仿佛不是钢琴，而是几百个欢腾的声音在歌唱。

"不，先生，"玛丽娅对陌生人说，"这些白花完全不像郁金香。这是苹果树一夜之间开的花。"

"是的，"陌生人回应道，"这是苹果树开的花，不过花瓣特别大。"

"玛丽娅，把窗户打开。"老人央求道。

玛丽娅打开了窗户。冰冷的空气闯进了屋子。陌生人缓缓地、非常轻柔地继续弹奏着。

老人躺倒在床上，贪婪地呼吸着，双手摸索着被褥。玛丽娅扑向老人。陌生人停止了弹奏。他一动不动地坐在钢琴边，仿佛被自己弹奏的音乐陶醉了。

玛丽娅喊出声来。陌生人站了起来，走到床边。老人喘着粗气说道：

"我什么都看见了，就像许多年前一样看得清清楚楚。可是我不想在死的时候还不知道……您的姓名。快告诉我您的名字！"

"我叫沃尔夫冈·阿玛杰伊·莫扎特。"陌生人答道。

玛丽娅从床边后退了几步，向这位伟大的音乐家深深地鞠了一躬，她的膝盖几乎要碰到地板上了。

当她直起身子时，老人已经死了。朝阳透过窗户照进屋子，花园沐浴在阳光里，湿漉漉的白雪闪闪发光，犹如盛开的白花。

1940 年

织花女工娜斯佳

深夜，阿拉陶山里响起了沉闷的雷声，下起了大雨。大个的绿色蝈蝈跳到医院病房的窗口，落在绣花窗帘上避雨。正在养伤的中尉鲁德涅夫从病榻上立起身，久久地注视着窗帘和窗帘上的那只叫蝈蝈。强烈的闪电透过窗户，照亮了窗帘上那复杂的花纹——那是一朵朵盛开的玫瑰花和一只只小巧玲珑的凤头鸡。

天亮了。黄色的天空仍然雷声隆隆，窗外一片雾气。两条彩虹在山顶上高悬。窗台外盛开着湿漉漉的野芍药花，犹如烧红了的煤球。天气很闷。潮湿的山崖上升起了一团蒸汽。深谷里，小溪哗哗地淌过石块，流向远方。

"这就是亚洲！"鲁德涅夫感叹道，"不过窗帘上的花边还是我们俄罗斯北方的。一定是那个名叫娜斯佳的美丽姑娘编织的。"

"您为什么这样想呢？"

鲁德涅夫微笑起来。

"我想起了那个故事，"他说道，"这个故事就发生在我们驻扎在列宁格勒城下的连队里。"

于是，他开始对我讲这个故事。

1940 年夏天，列宁格勒的画家巴拉绍夫来到我们荒凉的北方打猎和工作。

在到达第一个他喜欢的小村庄后，巴拉绍夫离开了那条破船，来到河岸上，在一位乡村教师的家里住了下来。

这个村庄里，有一位名叫娜斯佳的姑娘和自己的父亲住在一起，相依为命。她的父亲是一位看林人。娜斯佳是一个大美人，还是当地出了名的织花女工。她很少说话，如同所有北方的美女一样，长着一双灰色的眼睛。

有一天，在打猎的时候，娜斯佳的父亲不小心开枪打中了巴拉绍夫的胸口，巴拉绍夫受伤了。他被人抬进了乡村教师的家里。这个不幸的事件使老人非常难过，于是，他派娜斯佳去照料伤员。

娜斯佳开始照顾起巴拉绍夫，出于对伤者的同情，娜斯佳心里产生了少女的初恋之情。不过，娜斯佳羞于表达爱慕之情，所以，巴拉绍夫丝毫没有察觉。

巴拉绍夫在列宁格勒有妻子，不过他从未对任何人说起过自己的妻子，甚至对娜斯佳也没有说过。村子里的人都确信，巴拉绍夫是单身。

枪伤刚一痊愈，巴拉绍夫就回到了列宁格勒。临走前，他没打招呼就直接到娜斯佳的农舍去感谢她的精心照料，还给她带了礼物。娜斯佳接受了礼物。

巴拉绍夫是第一次去北方。他并不了解当地的习俗。这些习俗在北方相当盛行，由来已久，根深蒂固，并没有随着新时代的到来而消失。巴拉绍夫并不知道，一个男人不打招呼就直接去了姑娘家并带了礼物，倘若礼物被收下，那就意味着，这个男人就是女孩的未婚夫了。在俄罗斯北方，人们就是这样，不用话语，而是用行动来谈恋爱的。

娜斯佳羞怯地问巴拉绍夫，他什么时候可以从列宁格勒回来，回到乡村，来到她的身边。巴拉绍夫并不知晓这话的意思，于是以开玩笑的口吻说，很快就会回来的。

巴拉绍夫走了。娜斯佳一直在等着他。阳光明媚的夏天过去了，潮湿阴郁的秋天来了，可是巴拉绍夫却仍不见踪影。渐渐地，那愉快而焦急的等待之情在娜斯佳的心里变成了担忧、绝望和羞愧。村子里已经开始有传言，说未婚夫把她欺骗了。但是娜斯佳并不相信这一点，她坚信，巴拉绍夫一定遭遇到了什么不幸的事情。

春天姗姗来迟，拖了很久，它带来了新的磨难。河流泛滥，春潮总是退不去。直到六月初才有第一艘船未加停留地驶过村庄。

娜斯佳决定悄悄地离开父亲，去列宁格勒寻找巴拉绍夫。她夜里离开了村子，走了整整两天，终于来到铁路边，可是就在火车站上她得知，这天早上，战争爆发了。这位从来没有见过火车的乡村姑娘就这样长途跋涉，终于来到了列宁格勒，并且找到了巴拉绍夫的住处。

巴拉绍夫的妻子给娜斯佳开的门，这是一个瘦小的女人，穿着睡衣，嘴里还叼着一根香烟。她疑惑地打量了一番娜斯佳，告诉她说，巴拉绍夫不在家。他在列宁格勒城外的前线。

娜斯佳知道了真相——巴拉绍夫已经结婚了。这就是说，他欺骗了她，嘲弄了她的爱情。和巴拉绍夫的妻子说这一切太可怕了。在城里人的家里，身处落满灰尘的丝绒沙发和扑满香粉的房间里，听着不断响起的电话铃声，娜斯佳觉得很不自在。

娜斯佳跑了。她满怀绝望之情在城市里到处游荡，如今，这座雄伟庄严的城市已经变成了战斗的营垒。可是，那些广场上竖立的高射炮，那些堆满了沙袋的纪念碑，那些清凉的古老花园，那些庄严的建筑，她都看不见。

她走到了涅瓦河边。深色的河水已经蔓延到了花岗岩河堤边。看来，这涅瓦河才是唯一能够摆脱无法忍受的屈辱和爱情的去处。

娜斯佳从头上扯下母亲送给她的旧头巾，把头巾扎在栏杆上。随后，她理了理长长的辫子，把脚放到了刻有雕饰的栏杆上。这时，有一个人一下子抓住了她的手。娜斯佳回头望了一眼。她身后站着一位瘦瘦的男人，他的工作服上溅满了黄色的颜料，腋下夹着一把油漆刷子。

油漆匠只是摇了摇头，说道：

"在这个时候你竟然想到了什么？真是个傻瓜！"

这个油漆匠名叫特罗菲莫夫，他把娜斯佳领到自己家里，把她交给了妻子，他的妻子是一个电梯司机，她是一个喜欢大声嚷嚷的女人，做事果断，从来都看不起男人。

特罗菲莫夫夫妇俩把娜斯佳安顿下来。她病了，在这对夫妇家里一连躺了好几天。从这位女电梯司机那儿，娜斯佳头一回得知，巴拉绍夫并不愧对于娜斯佳，因为没有人有义务必须了解他们北方乡村的习俗，也只有像娜斯佳这样的"傻娘们"才会没头没脑地爱上头一回撞见的男人。

女电梯司机把娜斯佳痛骂了一顿，可是娜斯佳心里却很高兴。因为她知道了，她并没有被欺骗，于是，她依然期盼能再看到巴拉绍夫。

油漆匠很快被招募到部队去了，女电梯司机和娜斯佳留了下来。

娜斯佳病愈后，女电梯司机把她安置到护士培训班。那些医生们，也就是娜斯佳的老师们，都惊讶地发现，她竟然能够那么麻利地包扎伤口，她那纤细而有力的手指竟然那么灵巧。可是娜斯佳却不以为然："我可是个织花女工。"娜斯佳好像是在替自己辩解。

列宁格勒被围困的第一个冬天过去了，无数个严酷的夜晚，无数次炮击，就这样过去了。娜斯佳结束了培训班的学习，等待着被派往前线，她日夜思念着巴拉绍夫，思念着老父亲——他也许至死都不会明白，自己的女儿为什么要偷偷地离家出走。他当然不会责骂她，他会原谅她所做的一切，但不会懂得她的心思。

春天里，娜斯佳最终被派往列宁格勒城外的前线。她四处寻找巴拉绍夫，在被炸毁的皇宫花园里，在废墟中，在被烧毁的建筑物里，在避弹所里，在炮兵连队里，在树林里，在旷野上，她都在不停地打听巴拉绍夫的下落。

在前线，娜斯佳遇到了那个油漆匠，爱多嘴的油漆匠对自己连队里的战士们讲了一遍这位北方姑娘来前线寻找爱人的事情。于是，关于这位姑娘的传说便迅速地流传开了，就像一个神话故事一样，从一个连队传到另一个连队，从一个营团传到另一个营团，越传越广。摩托化步兵、司机、卫生员和通信兵，都不亦乐乎地传播这个故事。

战士们都很羡慕姑娘所要寻找的那个不知名的人，并且由此都回忆起自己的恋人。每一个战士的恋人都在后方过着平静的生活，每一个战士也都在心里珍藏着对她们的美好记忆。在相互讲述这位北方姑娘的故事的时候，战士们都根据自己的想象更改了故事的细节。

每一个战士都发誓说，娜斯佳是来自家乡的姑娘。乌克兰人说她是来自乌克兰，西伯利亚人也说她来自西伯利亚，梁赞人确信娜斯佳当然就是梁赞人，甚至来自遥远的亚洲大草原的哈萨克人也说，这个姑娘就是从哈萨克草原来到前线的。

关于娜斯佳的传说也传到了巴拉绍夫所在的海岸炮兵连里。这个艺术家也和所有的战士一样，被这位寻找爱人的不知名姑娘的故事深深打动了，她的爱情的力量让巴拉绍夫感叹不已。他时常想到这位姑娘，并开始羡慕起姑娘所爱慕的那个人。他哪里知道，他这是在羡慕自己呢？

巴拉绍夫的个人生活不是很成功。他的婚姻没有给他带来什么益处。可是别人却很走运！他一辈子都在幻想着伟大的爱情，可是现在已经什么都晚了。两鬓已经有白发了……

后来事情是这样的：娜斯佳最终找到了巴拉绍夫所在的连队，可还是没有找到巴拉绍夫——他就在两天前牺牲了，被掩埋在海湾岸边的松林里。

鲁德涅夫沉默下来。

"后来呢？"

"后来？"鲁德涅夫反问了一声，"后来，战士们像着了魔似的，奋勇拼杀，我们让德国人的防线见了鬼。我们把德国人彻底打垮了，我们把敌人抛到天上，扔到烂泥里，让他们粉身碎骨。我很少看见我们的战士会有这般神圣而强烈的愤怒。"

"娜斯佳呢？"

"啊，娜斯佳！她一心一意照料伤员，成为我们这个战区里最棒的护士。"

1942 年

雪

　　塔吉娅娜·彼得洛芙娜搬来一个月后，波塔波夫老人就去世了。这座房子里就剩下了塔吉娅娜·彼得洛芙娜和她的女儿瓦丽娅，还有老保姆。

　　这座只有三个房间的小屋坐落在山上，山的北边有一条小河，小屋正好位于这座小城的出口处。小屋后面是一座凋零的花园，花园后面是一片白桦林。寒鸦从早到晚都在林子里叫唤，在光秃秃的树梢上盘旋，好像正是它们招来了阴沉沉的天气。

　　离开莫斯科以后，塔吉娅娜·彼得洛芙娜在很长一段时间里都不习惯这座空旷的小城，不习惯小城里的房屋，不习惯那些咯吱作响的小门，不习惯沉闷的夜晚，这样的夜晚煤油灯里的火苗噼啪作响的声音都能听得见。

　　"我可真是个傻瓜呀！"塔吉娅娜·彼得洛芙娜思忖道，"我为什么要离开莫斯科，为什么要抛开剧院和朋友！应该把瓦丽娅送到普希金诺老保姆那里，那儿反正没有任何空袭的危险，而我自己应该留在莫斯科。天呐，我可真是个傻瓜！"

　　可是回莫斯科已经不可能了。塔吉娅娜·彼得洛芙娜决定去当地的几家军医院找些事情做，这样心也就安定下来了。渐渐地，她开始喜欢上这座小城了，尤其是当冬天来临之际，整座小城被白雪覆盖的时候。白天变得那么轻柔，灰蒙蒙的。河水一直没有封冻；它那绿色的水面上升起阵阵雾气。

塔吉娅娜·彼得洛芙娜适应了小城，也适应了陌生的小屋。她渐渐习惯了小屋里摆放着的那架走了调的钢琴，习惯了挂在墙上的那些业已发黄的照片，这些照片上尽是海岸卫队的笨重的装甲舰。波塔波夫老头以前曾经是军舰上的一名机械师。在他的书桌上还摆放着一个"雷雨号"巡洋舰的模型，上面披着一块褪了色的绿布，老人从前就在这艘巡洋舰上工作。塔吉娅娜·彼得洛芙娜不允许瓦丽娅碰这个模型。屋子里的一切东西都不许瓦丽娅随便触摸。

塔吉娅娜·彼得洛芙娜知道波塔波夫老头还有一个儿子，如今正在黑海舰队服役。桌上的巡洋舰模型边就有一张他的照片。有时，塔吉娅娜·彼得洛芙娜会拿起照片，端详一番，皱起细细的眉头，陷入沉思。她总是隐约觉得曾在什么地方遇见过他，不过这应该是很久以前的事了，应该在她那段不成功的婚姻之前。可是究竟是在哪里呢？是什么时候的事呢？

水兵那双安详的眼睛带着一丝嘲弄，仿佛在问："喂，怎么样？难道您真的想不起来，我们是在哪里相会的吗？"

"不，不记得了。"塔吉娅娜·彼得洛芙娜轻轻地答道。

"妈妈，你在和谁说话呀？"瓦丽娅在隔壁房间里喊了一声。

"我在和钢琴说话呢。"塔吉娅娜·彼得洛芙娜笑着答道。

冬天到来之后，就陆续有写给波塔波夫的信寄来，信的笔迹都一样。塔吉娅娜·彼得洛芙娜把这些信都叠放在书桌上。有一天夜里，她醒了过来。窗外的白雪发出昏暗的光亮。波塔波夫老头留下的那只大灰猫"阿尔希普"在沙发上正打着呼噜。

塔吉娅娜·彼得洛芙娜披上罩衫，走进波塔波夫老人的房间，伫立在窗前。一只鸟儿悄无声息地飞离树梢，震落了树上的积雪。银白色的积雪不停地飘落，给窗户盖上了一层薄薄的雪花。

塔吉娅娜·彼得洛芙娜点燃桌上的蜡烛，坐到椅子上，久久地注视着蜡烛的火苗——火苗甚至都没有丝毫的抖动。尔后，她小心翼翼地抽出一封信，拆开信封，环顾了片刻，便开始读了起来。

"我亲爱的老爷子，"塔吉娅娜·彼得洛芙娜念道，"我在医院里已经躺了一个月了。伤不是很重。总的来说，伤快要养好啦。上帝保佑，你别着急，也别一根接一根地抽烟。求你啦！"

"爸爸，我常常想起你，"塔吉娅娜·彼得洛芙娜接着念下去，"我也常常想起我们家这座小屋，还有我们这座小城。所有这些离我似乎都非常遥远，就好像远在天边。我只要一闭上眼睛，立刻就会看到：我好像正在推开小门，走进花园。这是在冬天，白雪皑皑，可是通向那座旧亭子的小径被清扫得干干净净，旧亭子就矗立在山坡上，丁香花全都打上了霜。屋子里炉子烧得正旺。有一股烟味，好像烧的是白桦木。钢琴当然已经修好啦，你把一些螺旋状的黄色蜡烛放在了烛台上，这些蜡烛都是我从列宁格勒带回来的。钢琴上摆着的还是那些曲谱：《黑桃皇后》序曲和抒情曲《为了遥远的祖国的海岸……》[1]。门上的铃还响吗？我走的时候还是没来得及把它修好。我难道还能再见到这一切吗？难道我还能回到家里，用罐子盛上我们自家的井水洗澡吗？你还记得这些吗？哎，你要是能明白，我在这么远的地方是多么喜爱这些呀！你别见怪，我可是非常认真地对你说：我是在战斗中最可怕的时刻想起这一切的。我明白，我在保卫的不仅仅是整个国家，同时也在保卫这个国家里的一个小小的角落，这个角落却是我最亲近的，那就是你，就是我们的花园，就是我们小城里那些头发蓬

1　《黑桃皇后》和《为了遥远的祖国的海岸……》都是普希金的作品。

乱的孩子们，就是河对岸的那片白桦林，甚至就是老猫'阿尔希普'。请别笑话我，别摇头叹息。

"我出院后，部队大概会批准我一个很短的时间回家探亲。我还不能确定。不过最好别等。"

塔吉娅娜·彼得洛芙娜久久地坐在桌前，睁大了双眼凝视着窗外，此时，深蓝色的天空已经微微有些发亮，黎明到来了。塔吉娅娜·彼得洛芙娜思忖道，或许就在这一两天内，这个陌生人就会从前线回来，当他看到这屋里住着别人，当他看到屋子里的一切都不是他当初想象的那样，他一定会很难过的。

一大早，塔吉娅娜·彼得洛芙娜就吩咐瓦丽娅拿起木铲去清理通向山坡上那座亭子的小径。这座亭子已经非常破旧了。亭子里的木柱子都已发白，上面长满了苔藓。塔吉娅娜·彼得洛芙娜自己则去修理门上的响铃。铃上刻着一行字，很有趣："我挂在门上，你就愉快地按我吧！"她按了按门铃。门铃响了起来，声音很大。阿尔希普老猫不满地耷拉着耳朵，好像生气了，离开了外屋：大概它觉得这阵轻快的铃声过于放肆了。

白天，塔吉娅娜·彼得洛芙娜显得格外精神，面色绯红，说话嗓门特别大，由于激动的缘故，眼神显得有些暗淡。她从城里请来了一位老技师，这个老人是个已经俄罗斯化的捷克人，专门从事修理炉子、煤油灯、玩具，还会给手风琴和钢琴调音。这个老技师的名字很有趣：涅维达里[1]。这个捷克人修好了钢琴，说这架钢琴虽然旧了点，但的确是一架好钢琴。不用他说，塔吉娅娜·彼得洛芙娜当然清楚这一点。

老技师走了之后，塔吉娅娜·彼得洛芙娜小心翼翼地翻找了一遍

---

1 俄语中该词的意思是"稀罕事"。

书桌上的所有抽屉，找出了一包粗粗的螺旋状蜡烛。她把蜡烛放到了钢琴架上面的烛台上。晚上，她点燃蜡烛，坐到钢琴前，顿时，整个房子都充满了音乐声。

当塔吉娅娜·彼得洛芙娜停止弹奏，吹灭蜡烛后，房间里还久久地弥漫着一股甜甜的烟味，犹如在新年枞树晚会上一样。

瓦丽娅终于忍不住了。

"你为什么要动别人的东西？"她质问塔吉娅娜·彼得洛芙娜，"你不准我碰，可你自己却动？你什么都碰，又是门铃，又是蜡烛，还有钢琴，你还把别人的谱子放到钢琴上。"

"因为我是大人呀。"塔吉娅娜·彼得洛芙娜回答道。

瓦丽娅皱了皱眉头，充满疑惑地望了她一眼。此刻，塔吉娅娜·彼得洛芙娜一点儿都不像个大人。她浑身散发出快乐的情绪，更像是那位在宫里丢失了水晶鞋的金发女孩。关于这个小女孩的故事，还是塔吉娅娜·彼得洛芙娜自己讲给瓦丽娅听的呢。

还在火车上，尼古拉·波塔波夫中尉就算好了，留给他待在父亲那儿的时间不超过一昼夜。假期很短，在路上花去了大部分时间。

火车是白天到达小城的。就在车站，中尉从认识的站长那儿了解到，父亲已经在一个月前去世了，如今在这座屋里住着的是一个带着女儿从莫斯科来的女歌唱家。

"是转移到这儿来的。"站长说道。

波塔波夫沉默了，两眼注视着窗外那些带着茶壶，穿着棉袄和毡靴跑来跑去的旅客。他感到一阵头晕。

"没错，"站长说道，"你父亲是个好人。可惜还是没能最后看上儿子一眼。"

"回去的列车是几点钟？"波塔波夫问。

"夜里，凌晨五点，"站长回答道，停顿了一下，又补充道，"您还是上我那儿待一会儿吧。我家老婆子会招待您喝茶，会给您准备吃的。您没必要回自己家。"

"谢谢。"波塔波夫说了声，便走了出去。

站长望着他的背影，摇了摇头。

波塔波夫穿过小城，来到河边。河的上方是一片灰蓝色的天空。稀疏的小雪斜着从天空飘落到地面。寒鸦在满是牲口粪便的道路上跳窜。天渐渐黑了。风从对岸的森林里吹来，刮在脸上，让人流泪。

"该如何是好呢！"波塔波夫自言自语道，"还是晚了一步。现在这一切都不是我的了，这座城市，这条河，还有这座木屋，都和我没什么关系了。"

他环视了一下，望了望城外那个山坡。落了霜的花园就在那儿，房子也黯淡下来。烟囱里冒出了一缕缕炊烟。风把炊烟吹到了白桦林里。

波塔波夫缓缓走向小屋。他不打算进屋，只想从外边绕一圈，如果可能的话，看一眼花园，在小亭子里站一会儿。他难以想象，在父亲的房子里如今住着冷漠的陌生人。最好什么都别看见，以免受到刺激，弄得自己心里不好受，赶紧回部队，忘了过去吧！

"这不，"波塔波夫思忖道，"你每天都在成长，都变得越来越成熟，看待周围事物的眼光也越来越严厉，越来越冷峻啦。"

在一片暮霭中，波塔波夫走到了房子跟前。小心翼翼地打开小门，可是小门还是咯吱地响了一声。花园仿佛抖动了一下。树枝上有雪花飘落，沙沙作响。波塔波夫环视四周。雪地里，一条打扫干净的小径通向亭子，波塔波夫不知不觉地走到了亭子里，把手放在年代已久的栏杆上。远方，森林的尽头，天空雾蒙蒙一片，呈现出粉红色的霞光，大概是月亮在云层后面升起来的缘故。波塔波夫脱下大盖帽，用手捋了捋头发。周围一片寂静，只有在山脚下会传来女人们的喧闹声——她们提着木桶去冰窟窿打水。

波塔波夫倚在栏杆上，一脸茫然，轻声地自言自语道："怎么会是这样？"

不知是谁小心翼翼地拍了拍波塔波夫的肩膀。他回过头去。在他身后站着一位年轻的女人，脸色苍白而冷峻，头上套着一个温暖的头巾。她那幽暗的眼睛凝望着波塔波夫，一句话也不说。从树枝上飘下的雪花落在她的睫毛和面颊上，慢慢融化成了水珠。

"戴上帽子吧，"女人轻轻地说道，"要不您会感冒的。进屋吧，别在这儿站着。"

波塔波夫一言不发。女人拽着他的袖口，沿着打扫干净的小径走向小木屋。快到台阶的时候，波塔波夫停了下来。他感到喉咙里一阵痉挛，几乎喘不上气来。女人还是那样轻柔地说道："没关系。请您别拘束。很快就会过去的。"

她跺了跺脚，靴上的积雪掉了下来。就在这时，作为回应，屋子门口响起了门铃声。波塔波夫深深地吸了一口气，想让自己平静下来。

他进了屋子，出于难为情，嘴里不知嘟哝些啥，他在过道里脱掉大衣，闻到一股淡淡的烧白桦木的烟味，还一眼就瞥见了老猫阿尔希普。阿尔希普正趴在沙发上打盹呢。沙发旁站着一位扎着辫子的小姑娘，她笑眯眯地看着波塔波夫，不过不是看他的脸，而是看他制服袖口上的金色镶边。

"进来吧！"塔吉娅娜·彼得洛芙娜说着便拉着波塔波夫进了厨房。

厨房的罐子里已经盛满了凉凉的井水，一条亚麻做的毛巾也已经准备好了，毛巾上绣着栎树叶，这正是波塔波夫再熟悉不过的毛巾了。

塔吉娅娜·彼得洛芙娜走了出去。小姑娘给波塔波夫递了块肥皂，看着他脱掉上衣，走到脸盆旁洗脸。此刻，波塔波夫的羞涩感还没有完全褪去。

"你妈妈是干什么的？"他问了问小姑娘，自己的脸却突然红了起来。

他只是想随便问问，才抛出了这么一个问题。

"她自己觉得是大人，"小姑娘悄悄地说，"可其实她根本没长大，她比我表现还差呢。"

"为什么呀？"波塔波夫问。

可是小姑娘没有回答，笑着从厨房跑开了。

整个晚上，波塔波夫都无法消除一种奇怪的幻觉，仿佛他处在一种飘然的、隐隐绰绰的、但却十分真实可靠的梦境中。屋子里的一切都如他当初想看见的一样：曲谱就立在钢琴上，螺旋状的蜡烛就在那儿燃烧着，噼啪作响，照亮了整个父亲生前的小书房。甚至在桌子上还摆放着自己在医院里写给父亲的信——信就压在那只旧罗盘针下面，当年父亲总是这样摆放信件。

喝过茶之后，塔吉娅娜·彼得洛芙娜带波塔波夫去小树林后面看了看父亲的坟墓。朦胧的月亮已经高高升起了。月光下隐约可见一棵棵白桦树，它们轻盈的身影倒映在雪地上。

接下来，到了深夜，塔吉娅娜·彼得洛芙娜坐到钢琴前，小心翼翼地弹奏了几曲，转过身，对波塔波夫说：

"我觉得我好像在哪儿见过您。"

"也许吧。"波塔波夫答道。

他看了看她。烛光从侧面照来，照亮了她的半边脸。波塔波夫站起来，在房间里来回踱了几步，停了下来。

"不，想不起来啦。"他低声地说。

塔吉娅娜·彼得洛芙娜转过身，诧异地望着波塔波夫，一句话也没说。

塔吉娅娜·彼得洛芙娜把波塔波夫安排在书房的沙发上休息。

可是他怎么也睡不着。在这个屋子里的每一分钟对于他来说都异常珍贵，他不想错过每一分钟。

他躺在沙发上，聆听着大灰猫阿尔希普那像贼一般轻巧的脚步声，聆听着墙上的挂钟的嘀嗒声，还有塔吉娅娜·彼得洛芙娜的悄悄话——她正在关着的房门后面和保姆轻声地说着什么。没一会儿，说话声消失了，保姆走开了，可是房门底下仍然透着灯光。波塔波夫听到翻书页的声音——看来，塔吉娅娜·彼得洛芙娜正在看书。波塔波夫猜到了：她之所以不躺下休息，是为了能叫醒他赶火车。他本想喊一声，告诉塔吉娅娜·彼得洛芙娜，自己其实也没有睡，但他还是没下得了决心。

凌晨四点钟，塔吉娅娜·彼得洛芙娜轻轻地打开房门去叫醒波塔波夫。他动了动身子。

"时间不早啦，您该起身了，"她说，"很抱歉把您叫醒了！"

塔吉娅娜·彼得洛芙娜送波塔波夫穿过黑夜笼罩下的小城，来到车站。第二遍铃声响过之后，他们互相道别。塔吉娅娜·彼得洛芙娜伸出双手，说：

"给我写信吧。我们现在就像是亲戚了。对不对？"

波塔波夫只是点了点头，什么话也没说。

几天之后，塔吉娅娜·彼得洛芙娜收到了波塔波夫归途中写来的信。

"我当然记得我们是在哪里相逢的，"波塔波夫写道，"可是我不想在家里对您说。您还记得 1927 年在克里米亚吗？那是秋天。利瓦季亚公园里到处都是古老的法国梧桐。天空有些昏暗，海水淡蓝淡蓝的。我沿着小道去奥连塔。小道旁的椅子上坐着一位姑娘。她看上去应该是十六岁的样子。她看见我便起身向我走来。当我们擦肩而过时，我瞟了她一眼。她飞快地从我身边走过，那么轻盈，手里还拿着一本打开的书。我停下脚步，久久地注视着她的背影。那个姑娘就是您。我不会记错的。当时，我看着您的背影，意识到，从我身边走过的这个女子，会让我的一生发生改变，会带给我巨大的幸福。我明白，我可以全身心地去爱这个女人。那时我就明白，我必须找到您，无论付出多大的代价。当时我就是这么想的，可还是站在原地，一步也没有动。这是为什么，我也不知道。从那时起，我就爱上了克里米亚，爱上了这条小道，在这条小道上，我只看了您一眼，可是却永远失去了您。不过，生活看来对我还是很宽厚的，让我又遇上了您。如果能有一个美满的结局，如果您需要我的生命，那它当然是属于您的。没错，我在父亲的桌子上找到了已经拆开的我写的那封信。我明白了一切，只能从远方对您表示感谢。"

塔吉娅娜·彼得洛芙娜放下手中的信，两眼朦胧地望着窗外那白雪皑皑的花园，低声说道：

"天呐，我从来没有去过克里米亚！从来没有！可是，现在这还有什么意义吗？该不该让他知道这一点呢？或者干脆欺骗一下我自己吧！"

她捂住自己的双眼，笑了起来。窗外，太阳已经落山，朦胧的余晖久久不愿离去。

1943 年

海　风

　　伴着一阵阵冷飕飕的风，雨下了一整天 —— 五月初的莫斯科时常会碰上这样的天气。一切都是灰蒙蒙的：天空、笼罩在屋顶上方的烟雾，以及空气本身，都是灰色的。只有柏油马路闪闪发亮，好像一条黑色的河流。

　　一位年轻的水兵来到独自居住在莫斯科河沿岸一幢大房子里的老医生那里。1942 年，这位水兵在塞瓦斯托波尔保卫战中负了重伤，被送到了后方。大夫给他治疗了很久，后来他们俩成了好朋友。这次，这位水兵获得了几天假期，所以他离开黑海舰队，来到了莫斯科。老医生邀请他到自己家中做客，用卡赫季亚牌葡萄酒款待这位水兵，还留他住一夜。

　　半夜，广播里播放了我们的军队夺取塞瓦斯托波尔的消息。夜里一点钟将会放焰火，那时，整个莫斯科的街道都将是空荡荡的。

　　在等待焰火的过程中，医生和水兵坐在半明半暗的书房里聊天。

　　"真有意思，"大夫喝干了杯中的葡萄酒，说道，"一个身负重伤的人会想什么呢。比方说您吧，当您在塞瓦斯托波尔受了伤时，您在想什么？"

"我当时最担心的是别弄丢了卡兹别克牌香烟盒，"水兵回答道，"您自然是知道那个香烟牌子的，商标上画着白雪覆盖的卡兹别克雪山。我是在黎明时候负伤的。夜晚过后，空气仍然很清新，初升的太阳照在雾霭中，炎热的一天开始了，让人心情变得很沉重。我流了很多血，不过我的思绪一直集中在那个香烟盒以及卡兹别克雪山上的雪上。我很想被掩埋在雪地里。我坚信，在雪地里我就不再会淌血，呼吸也会更轻松些。可是太阳还是高高升起了。我躺在一个破损围墙的阴影里，可是这个阴影一点点地缩小了。最终，太阳开始炙烤我的双腿，然后是我的胳膊，我不得不长时间地抬起胳膊，不断地挥动胳膊，用手掌遮挡射向眼睛的阳光。当时，我还不觉得特别疼。不过我记得很清楚，当时我一直在担心卡兹别克牌香烟盒的下落。"

"您为什么那么害怕丢失它呢？"

"怎么对您说呢……几乎每一个新兵在前线都会有一个愚蠢的习惯，那就是在他们携带的每一件东西上写下亲人的地址。在防毒面具的套子上，在行军袋上，在军帽的衬里上，都会写上亲人的地址。他们总在担心，自己会被打死，一点儿痕迹都没有留下。当然，过了一阵之后，这种心理状态就会过去了。"

"那么您在香烟盒上写的是谁的地址呢？"医生狡猾地眯缝起双眼，问道。

水兵面颊绯红，什么也没说。

"好吧，"大夫赶紧打住，"我们暂且放下这个问题。"

这时，门铃响了。医生走到前厅，打开房门。黑暗里传来一个女人气喘吁吁的声音：

"马上就要放焰火了。我可以在您的阳台上看焰火吗？"

"当然可以啦！"医生回答道，"您是怎么上来的？是从三楼一口气跑到八楼来的？您想让心脏出毛病吗！关掉灯，"大夫从前厅里对水兵说，"我们一起去阳台吧。别忘了披上大衣。雨还没停呢。"

水兵站起来关了灯。在前厅里他向这位陌生女子问了声好。他们俩的手指在黑暗中触到了一起。女子凭感觉找到了水兵伸过来的手，轻轻地握了一下。

他们三个人一齐来到阳台上。空气里弥漫着湿漉漉的铁皮屋顶的气味和秋天的气息。早春往往很像秋天。

雨还在下，大夫眯缝起眼睛，问道："那么，您那只卡兹别克牌香烟盒后来的下落如何？"

"当我苏醒过来时，发现烟盒不见了。可能是卫生员把它扔了。也可能是替我包扎伤口的护士扔的。可是接下来就奇怪啦……"

"怎么回事儿？"

"她……也就是香烟盒上写了地址的那个人，收到了关于我负伤的信。可我自己并没有写信告诉这个人。"

"没什么奇怪的，"医生说，"某一个人捡到了烟盒，看到了上面的地址，就写了一封信。这是一个最最平常不过的故事了。可是您好像喜欢夸大这个故事的意义。"

"不，我为什么要夸张呢？"水兵有点发窘，"可是，总的来说，这封关于我的信那时已经没有什么意义了。"

"为什么？"

"是的，您知道吗，"水兵犹豫了片刻，答道，"爱情就像是一阵海风。白天，风从海上吹向岸边，晚上又从海岸边吹向大海。并不是所有的人都像我们所期盼的那样忠实而有耐心地等待我们的。"

"不过，"医生略带嘲笑地指出，"您说话倒像是位老道的诗人一样了。"

"天呐！"女子喊了起来，"大夫，您这话说得多么无趣呀！"

"您怎么这么说呢！"医生有点儿恼怒了。

这时，第一批焰火发射升空了，发出粉红色的火焰。炮声在屋顶上空回荡。数百发焰火腾空而起，在雨中发出咝咝的声响，升向昏暗的天空。焰火那五色斑斓的火光照亮了整座城市，照亮了克里姆林宫。柏油马路上反射出焰火的光芒。

无数个刹那间，整座城市仿佛从黑暗中显现出来。住在高层住宅里的人每天都能看见的东西此刻都显现出来了：克里姆林宫、宽阔的桥梁、教堂和莫斯科河沿岸的房屋。

不过，所有这一切与白天完全不同。克里姆林宫仿佛悬挂在空中，显得异常轻盈。一闪而过的焰火的亮光和雨蒙蒙的雾气使克里姆林宫教堂的线条显得轻盈了许多，不再那么规整，要塞塔楼和莫斯科大公的钟楼的线条也同样显得不再那么规整了。庄严的建筑失去了厚重感。它们仿佛是焰火燃放中闪现的火光。它们好像是由被玫瑰色火光从里面照亮了的白色石块建造而成。

当又一枚焰火熄灭之际，所有的建筑也黯淡下来，好像它们本身就是这闪动的火光的源头。

"简直就像仙境一样！"女子说道，"可惜只放了二十四炮，而不是一百二十四炮。"

她沉默了片刻，又补充道：

"塞瓦斯托波尔！那是多么清澈，多么碧绿的海水呀，您还记得吗？尤其是在船尾下翻腾的海水。还有那被炮弹炸毁的干枯的合欢树发出的味道，也很迷人。"

"'您还记得'指的是谁？"医生问道，"您在问谁呢？我可从来没去过塞瓦斯托波尔。"

女子什么话也没说。

"不过，我可是记得很清楚，"水兵说道，"您去过塞瓦斯托波尔？"

"就是您在那儿的时候。"女子回答道。

焰火结束了。女子离开了他们，可是仅仅过了几分钟，她又返回来，抱怨说头疼，请大夫开了一些治头痛的药，羞怯地道了别，又走了。

夜里，水兵醒了过来，两眼瞧着窗外。雨停了。星星在一朵朵云彩之间闪耀。水兵暗暗思忖："天气一变化，我就没法入睡了。"他重新打起盹来，可是一个拖长了的声音就在身边响起："那儿的海水多么清澈啊！"水兵又醒了，睁大了双眼。当然，房间里什么人也没有。

他伸手去拿椅子上的烟盒。烟盒是空的。他想起来，大衣口袋里还有一盒烟。水兵站起身，披上搭在椅背上的外衣，来到前厅，点上灯。在镜子旁的小桌上放着他的水兵制服，制服上就放着破损的、揉皱了的卡兹别克牌香烟盒。一个大大的黑色斑点遮盖了雪山的图案。

水兵还没有回过神来，他拿起烟盒，打开一看，里面一根香烟也没有。可是在烟盒内侧的顶部，他看到了他亲手写下的熟悉的地址。"这烟盒怎么会在这儿？"水兵思忖道，"莫非……"不知怎的，他有些害怕，迅速地关上灯，拿着烟盒回到了房间里。天亮之前他已经无法入睡了。

早晨，他什么也没对医生说。他刮了很长时间的胡子，然后洗了个冷水澡，可是手还是抖得厉害。"别瞎想啦，愚蠢！"水兵心想，"这可真是见了鬼！"

浸透了阳光的雾霭笼罩在莫斯科的上空。窗户都打开了，夜晚的清凉吹了进来。早晨来临了，空气中还弥漫着刚刚过去的雨水带来的湿润气息。这样的早晨已经预示了漫长的夏天即将到来，预示了夏日里温暖的大雨、清澈透明的落日的余晖和脚边飞舞的椴树花。

不知怎的，水兵确信，这个早晨不可能会是别的样子。黎明时分的宁静，这种在莫斯科十分罕见的宁静，不仅没有使水兵平静下来，反倒加重了他内心的激动。

"这究竟是怎么回事啊！"水兵低声说道，"生活中终归不该发生这样的事情。"

他猜出来了，这位女士显然当时就在塞瓦斯托波尔做护士，是她第一个替他包扎，找到了写有地址的烟盒，并给另一个那么快、那么轻率地就把他忘却的女人写了一封信。昨天，她听到了他的讲述，认出了他，于是故意给他带来了这只卡兹别克牌香烟盒。

"没错，就是这么回事。可是她为什么要把烟盒保存下来呢？她又是为什么啥也不说呢？大概是因为年轻的缘故吧。"水兵这样推测道，"我自己就很喜欢所有那些神秘的东西。我必须得到她那儿去感谢她。"不过此刻他明白，站在她家门口按下门铃，这需要有极大的勇气才能做到，而他未必会有这样的勇气。

一个小时后，水兵离开了医生的家。他非常缓慢地走下楼梯。在第三层他停了下来。那儿有三个房门。

水兵一下子意识到，他并没有向大夫打听那个女士究竟住在哪个房间，她叫什么名字。当然，冒昧地打听这些也不太合适。可是此刻毕竟不能挨个按门铃，并且还不知道要找的是谁！

就在这个时候，水兵听到一个房间里传出熟悉的声音。"玛莎，我一小时后回来，"这个熟悉的声音说道，"昨天晚上我睡得很不好。这儿太闷了。我到河边走走。"

水兵意识到，现在，就在这一刻，她会从房间里走出来，会在门口遇上自己。他的心怦怦直跳，快步走向房门，按下了门铃。

房门顿时就开了。门后站着的就是昨天晚上的那位女士。门后吹来一阵风。风撩起了女士身上的薄衣，撩起了她的长发。

水兵一时语塞了。女士走出房间，关上房门，挽着他的手，说：

"走吧，我送送您。"

"我要谢谢您，"水兵开口道，"您在那儿……在塞瓦斯托波尔救了我。您还按照这个地址寄了信……"

"是不是我寄得不妥？"女士微笑着说，"您不会生我的气吧？"

88

他们俩走下楼梯。女士松开水兵的手，理了理头发。

"为什么这么说呢？"水兵问道，"这一切都太奇怪。并且太好了……"

女士停下脚步，注视着他的眼睛。

"别激动，"她轻声地说，"虽然我这么说您，其实我自己也很激动，一点儿也不比您差。"

他们俩走到滨河大街，在铁栏杆边停了下来。透过早晨的雾霭，克里姆林宫的围墙映射出玫瑰色的光芒。

女士用手捂住双眼，沉默不语。水兵望着她的手，思忖道，她那纤细的、温柔的手指也许曾经沾上了自己的鲜血。

女士捂着双眼说道：

"我从不曾相信事情会是这样的……竟然立刻就发生了。我不敢相信我会在离开塞瓦斯托波尔以后再见到您。"

水兵挽起她的胳膊。他吻了吻这只细小但却有力的手，丝毫不去关注其他路人。路人从他们身旁走过，似乎什么也没看见。只是走出很远的距离之后，他们才偷偷地望望这对男女，不好意思地笑笑。

                                        1944 年

柠檬树的故事

擦鞋童斯塔斯和自己的爷爷住在立陶宛的涅曼河边的一个小城里。

爷爷岁数很大了。他活得太久了，以至于他的经历在他的记忆里都乱成了一锅粥，好像一幅纸牌一样，随意变动，爷爷怎么也无法理清自己过去的生活经历。他整天就坐在窗前，一边为顾客装烟卷，一边絮絮叨叨地说：

"这是什么时候的事儿？是玛雷霞种上柠檬树之前还是之后的事儿？"

对年代的记忆始于柠檬树。而柠檬树也有不少年头了。这棵树是斯塔斯的妈妈还是小姑娘的时候栽上的。如今，这棵柠檬树虽然长得还不是很高，但已经是枝叶繁茂了，深色的树叶上蒙上了一层厚厚的蜡，散发出淡淡的清香，闻起来非常惬意。爷爷一直在等着柠檬树开花。后来，柠檬树终于开花了，清一色的白花。那是一个春天，涅曼河上飘来了五色斑斓的云彩，倒映在河水中，一会儿是清一色的白云，一会儿又是玫瑰色的，还有蓝色的。因此，涅曼河的水也呈现出多彩的颜色，艳丽至极。

正是在德国法西斯从空中向这座小城投下第一批黑乎乎的炸弹的那一天，柠檬树上的花儿凋谢了。但是，果实留了下来。它开始慢慢地生长，长成了一颗如核桃般大小的柠檬果。尔后，这颗核桃般大的柠檬果开始渐渐变绿了，这时，爷爷对斯塔斯说：

"别老想着去碰它。让它自己成熟落地吧。"

斯塔斯回答道："可是，在一般的柠檬树上，人们可都是把果子摘下来的呀。"

"那是一般的柠檬树。而这棵柠檬树可不一般。它是棵有魔力的树。"

斯塔斯笑了起来，他知道，其实根本没有什么有魔力的东西。

爷爷生气地说："在我像你一样还是个小不点的时候，我从不会嘲笑童话故事。我喜欢听这些童话故事。所以我才会到了八十七岁的年纪还能给自己挣一块面包。"

"那么这棵柠檬树有什么魔力呢？"斯塔斯问道。

"如果是一只邪恶的手碰了它，它就会干枯，柠檬就会变得干瘪，果汁就会有毒。"

"假如碰它的是一只善良的手呢？"斯塔斯问。

"那你就瞧着吧，"爷爷吞吞吐吐地说道，"我先不告诉你。你不可以嘲笑它。拿上你的箱子、鞋油和刷子，到广场上去吧，那儿才是你的战场。你得让所有俄国军官和士兵的军靴都油光锃亮，像太阳一样闪闪发光，听见没有？"

斯塔斯背上自己的小箱子就跑开了。他一边自言自语，一边笑呵呵地给那些爱打趣的俄国士兵们擦皮靴，不过，更多的时候——几乎是每一天，他都会给一位身材高挑的快乐的姑娘擦皮靴，她有一双像立陶宛亚麻花一样蓝色的眼睛。这位姑娘手持一支步枪在邻近的十字路口站岗。俄国人称她是"调度员"，不过她有自己的名字——娜斯佳，斯塔斯只叫她这个名字。娜斯佳常常在十字路口朝斯塔斯招手，早上给他带一些面包、糖，甚至还有包装上画着小熊的各种糖果。

可是有一天夜里，德国飞机飞到小城上空，扔下了好些炸弹，斯塔斯甚至都没有从爆炸声中苏醒，娜斯佳就消失了。代替她站在十字路口的是一个陌生的士兵。从他那儿，斯塔斯得知，娜斯佳负伤了，住在医院里，医生给她做了一个很大的手术，还不清楚能不能救活她。

这一天，斯塔斯毫不理会战士们开的任何一个玩笑，给他们擦鞋的时候，甚至头都不抬一下。他只是一个劲儿地挥动着鞋刷擦鞋，动作迅速而麻利，还偷偷地用衣袖擦自己的眼睛。他擦了一遍又一遍，直到皮靴油光锃亮，鞋面上再也看不见有各色浑浊的斑点为止。

晚上，斯塔斯把小箱子上的皮带往肩上一背，就直奔医院去了。可是人们不放他进去见娜斯佳。不过他听到一个老护士对另一个护士说，必须尽快搞到柠檬汁，可是哪儿也弄不到柠檬果，娜斯佳的病情很严重。

斯塔斯离开了医院。低沉的天空飘下雪花，这雪花是那么密，那么大，整个大地没到五分钟就变成了白雪皑皑的王国，一切都安静下来了。

斯塔斯返回家中。小屋里一片漆黑。爷爷在炕上打盹儿。柠檬果发出阵阵沁人的香味儿。此时，这颗柠檬果已经完全成熟了，沉甸甸地挂在柔软的叶子中间。

斯塔斯对着柠檬果哈了一口气，抚摸了一下，便小心翼翼地把它摘了下来。爷爷还在那里打鼾，大概又遇上好梦了。

斯塔斯走出屋子，朝医院跑去。他把柠檬果交给了那个老护士，可是当护士开始盘问他，他究竟是从哪儿弄来这个柠檬果的时候，他竟然无言以对了，他满脸羞涩，只是一个劲儿地用袖子擦着挂满雪花的湿乎乎的脸蛋。

　　然后，斯塔斯久久地在小城里徘徊，不敢回家，不敢看到爷爷，甚至都害怕得哭了起来，浑身战栗，他想，柠檬树大概已经枯死了。雪花落进了斯塔斯的衣领，他艰难地从一个个雪堆里拔出双脚。

　　一直到天亮以后，斯塔斯才最终回到了家。爷爷还在熟睡。斯塔斯走进屋子，轻声地叫了一声——窗外的蓝天上已经露出朝霞，一缕柔和的霞光微微照亮了小屋，在这缕霞光中，柠檬树上已经挂满了几十朵白花。花儿在朝霞中闪闪发光，迎风摆动，斯塔斯发现，每一朵白花上都闪烁着一滴纯净的露珠。

　　在沁人心脾的花香里，斯塔斯感到头晕目眩，他叫了起来："爷爷，快看呀！"他一屁股坐到地板上，黑暗中，他感到一朵朵硕大的冰清玉洁的白花犹如一颗颗闪亮的星星，在他的眼前飞舞，不断地变成五色斑斓的火光，这种幻觉一直持续到有人拍了拍斯塔斯的肩膀，传来爷爷那熟悉的声音为止。爷爷好像正在跟谁说话：

　　"亲爱的大夫，他是被这花儿熏昏了。现在，我们整个屋子都飘满了花香，就像天堂里的花园。而柠檬果不见了！有人把它摘了。先生，这人一定是为了做善事才把果子摘了的。人用善良的手碰这棵树，它就会开花。它就是这么一棵神奇的树……"

　　斯塔斯还没睁开眼就深深地喘了口气，他听到爷爷蹑手蹑脚地把他抱到了床上。他在床上沉沉地睡着了，什么梦也没有做，人们疲劳和激动过后都会这样沉睡的。

　　初春时分，当柠檬树仍然开着花，当爷爷看着满树的美丽花朵心花怒放的时候，身材苗条、有一双宛如立陶宛亚麻花一样的蓝色眼睛的娜斯佳出院了。她来到斯塔斯家，温柔地撩拨抚摸着斯塔斯的头发，转过身，擦了擦湿润的眼睛，轻声地说，斯塔斯有一颗金子般的心。

他们俩的友谊就这样开始了，对于那些认为童话早已从我们生活中消逝的人而言，他们俩的友谊是令人羡慕的。

1944 年

波维艾夫人的祈祷

　　大家都叫她"夫人"，就连运水工费德尔也这么称呼她。每天早晨，费德尔都会把一只盛满水的绿色大圆桶运到这位夫人所在的莫斯科郊外的一栋别墅里。

　　夫人走出房门，帮助费德尔把水从大圆桶里倒进小木桶中，又给那匹筋疲力尽的运水的老马喂了一块面包。已经累得萎靡不振的马儿立刻精神了起来，小心翼翼地用暖乎乎的双唇接过夫人手中的面包，久久地咀嚼着，还频频地向夫人点头。

　　"啊哈！"夫人笑了起来，"这匹老马对我表示感谢啦。"

　　夫人并不知道，某些邻居也把她，让·波维艾夫人，称作"老马"。

　　夫人虽然年事已高，可走路说话都很快，面颊红润，因此给周围的人造成了错觉，人们对于她所猜测的年龄要比她的实际年龄小得多。

　　夫人已经在俄罗斯住了很久了，她就这么寄人篱下，教孩子们法语，抑扬顿挫地给孩子们朗读拉封丹[1]的寓言故事，带孩子们出去

1　拉封丹（1621—1685）：17世纪法国作家。

散步，教会他们良好的行为举止。最终，夫人几乎把诺曼底[1]给忘却了，在那里，夫人度过了自己的少女时光，那时，她还是一个身材修长的少女。

当德国人从北方突破了马其诺防线侵入法国的时候；当被将军们出卖了的法国军队战败投降，使得巴黎最终陷落的时候，夫人一句话也没有说。那天早上，她只是没有出来喝茶。

孩子们 —— 两个小姑娘 —— 轻轻地告诉她们的父母，说她们看到夫人在自己的房间里朝着面向森林的窗户跪着，轻声地哭泣。

森林里传来阵阵布谷鸟的啼鸣。森林很茂密。布谷鸟的叫声在森林的深处激起了阵阵回响。

"现在她总是哭个不停。"稍微大一点的女孩对爸爸说。她扎着两条小辫子，在太阳的照射下，头发已经有些褪色了。

"她为什么哭呢？"

"因为她的法国再也没有了。"小姑娘回答道，并开始拉拽自己的辫子。

"别拽辫子，"父亲说道，"法国会有的。"

夫人只是到了吃午饭的时候才走出房间到楼下来。她冷冰冰地、一脸严肃地坐在餐桌前。她紧闭双唇，往日的红晕也从她那瘦小的面颊上消失了。

谁也不提法国了。夫人自己也沉默不语。

第二年夏天，德国对苏联发起了进攻。德国人扑向莫斯科。沉甸甸的炸弹就落在别墅附近。

在这段艰难的日子里，夫人整天忙前忙后，这让大家吃惊不已。从大清早开始，一直到深夜，她都在忙碌：乘车去莫斯科采购食物，洗衣服，织补衣服，准备简单的饭食，还为士兵们缝制棉大衣。她在

---

1 诺曼底为法国大西洋沿岸的一个地区，靠近英吉利海峡。

忙碌的时候，总是一边干活，一边自己哼唱着一首法国歌谣："Quand les lilas refleuriront"[1]。

"当丁香花重新开放的时候。"大一点的姑娘把这首歌名翻译了过来，并问道，"夫人，您为什么总是唱这首歌呀？"

"啊！"夫人这样回答，"这是首古老的歌谣。每当我们不得不长久地忍耐，长久地期待某样东西的时候，我那可怜的母亲就会对我说：'没关系，让，别伤心，当丁香花再开放的时候，我们的等待就会到来了。'"

"那么您现在是在等待什么呢？"小姑娘问道。

"这个你别问啦，"夫人回答道，那双灰色的眼睛里流露出一道严厉的目光，"你理解我吗？"

小姑娘点了点头，跑开了。从那时起，她和夫人一样，开始经常吟唱这首关于盛开的丁香花的歌谣。她非常喜欢这支歌。

小女孩愈来愈频繁地梦见鲜花盛开的春天，梦见清晨那宁静的花园和池塘边的丁香花丛。Quand les lilas……quand les lilas refleuriront……refleuriront……[2]

1944年的春末由于频繁而短促的雨水而变得异常温暖和清新。六月初，花园里的丁香花在别墅旁盛开了。

冰冷的花束上总是挂满露珠，如果有谁去闻一闻丁香花，那他的脸上一定会沾上湿漉漉的露水。鸟儿在森林里相互啼鸣。大家都很高兴听到了一种名叫"钟表匠"的鸟儿的叫声。"特拉 —— 特拉 —— 特拉"，它总是这样鸣叫，这种清脆的叫声很像墙上挂钟的钟摆晃动时发出的声音。

不过，最美的还是黄昏时分，当朦胧的月亮升上潮湿的白桦林上空的时候。夜空里隐约可见低垂的树枝那纤细的影子。云彩飘浮在森

1　原文为法文。

2　原文为法文。

林上空那灰蓝色的天际，微微发出些许光亮。尔后，夜色便笼罩在寂静而空旷的大地上，到处都能感受到空气的清凉和湿润。

夫人把孩子安顿睡下后，走到花园里，在靠近丁香花旁的椅子上坐下休息，她听见远处传来别墅区火车的喧闹声和走在大道上的行人的说话声。周围的一切都无法使人想到战争，可是战争却已经开始了 —— 惨烈的、严酷的战争，也许，正因为此，人们在那个夏天尤其能感受到森林的美丽，感受到鸟儿啼鸣的喜悦，感受到繁星满天的苍穹的壮阔。

这年春天，夫人是第一位去邻村教堂的人。那是在圣灵降临节的日子里。整个教堂被桦树枝叶装扮一新。石板地铺上了青草。青草被踩软了，散发出带着忧郁的、类似秋日枯萎时的清香。

衰老的神甫非常吃力地做着弥撒，由于他吐词十分缓慢，因此夫人听懂了许多。当神甫念到"空气的清新、大地果实的丰硕及平和的时代"时，夫人深深地叹了一口气。对于她那遥远的、几乎被遗忘的祖国而言，究竟什么时候才能有平和的时代呢？

那天晚上，夫人来到花园里的时间比平日里晚了许多。房屋的女主人到莫斯科去了，所以夫人不得不比平日干更多的家务事。

花园里异常静谧。月亮投射下清晰的影子。

夫人若有所思地坐在花园里，将双手摊在膝盖上。过了一会儿，她向四周望了望，站起身来 —— 她发现不知是谁跑过别墅。夫人走到篱笆门前，发现是邻居家的小男孩万尼亚。

"伊凡！"夫人喊了一声。

"我从莫斯科来！"小男孩喊道，匆匆从她身边跑过，"进攻开始啦！就在今天早上。对德国的进攻！这一天终于来啦！"

"什么，你说什么？"夫人问道，可是小男孩跑远了，没有回答她。

夫人攥紧双拳，迅速跑回自己的房间。与往常一样，房屋男主人坐在饭厅里看报纸，身旁的一杯茶早已凉了。

夫人突然停下来，喘着气，异常急促地说：

"在我们国家……在诺曼底……他们登陆啦。我说过的……Quand les lilas refleuriront……"

主人把书合上，放到桌上，站起来，惊讶地注视着夫人的背影，挠了挠头发，自言自语道："真是不可思议！"随即到邻近别墅去打听新闻了。

一小时后，主人回来了，他久久地站在饭厅的门槛上。房间里灯火通明。所有的电灯都打开了。钢琴上摆放着点燃的蜡烛，火光明亮。圆桌上铺好了厚厚的雪白色桌布。桌布上，两瓶黑色玻璃的香槟酒闪闪发光。

所有的地方——桌子上、窗户上、钢琴上、地板上，都摆满了各式花瓶、陶瓷罐子、盆子，甚至橡木桶，里面插满了一束束丁香花。

夫人把高脚杯放到桌上。惊讶不已的主人望着她，一言不发。他差点儿没认出夫人——莫非眼前站着的这位头发灰白、身材纤细、身穿灰色丝绸衣服的女人就是自己家里那个平日里总是忙忙碌碌，操持家务，双手因干活而变得红扑扑的老夫人？如此雅致而旧式的服装，主人只是儿时在舞会和家庭节日聚会上见过。镶着珍珠的衣领在丝绒衣服上闪闪发光，当夫人看到主人时，哗的一声合上了手中那把带有金色链子的黑色纸扇，面带微笑，用动听的声音说：

"请原谅，先生，不过我认为，在这个时刻可以叫醒小姑娘们。"

"是的……当然！"主人咕哝道，仍然没有回过神来。

夫人走出房间，可是她身上散发出的那细微的，可能是巴黎的香水的气味仍然留在了房间里。

"这是怎么啦？"主人思忖道，"闪亮的眼神、微笑、夫人合上扇子时那自如的动作！这一切都是为何缘故？上帝啊，她年轻时候该是多么美丽啊！还有这身衣服！这是她唯一的礼服，她大概只是在戛纳或者卡昂的什么地方唯一一次出席舞会时才穿过它吧。直至今日，家里人谁也不知道夫人还有这么一件华丽的衣服，瞧那条项链，那把纸扇，还有那香水。那几瓶香槟酒她是藏哪儿的呀？"

小姑娘们从楼上下来，个个惊讶、激动不已。夫人迅速迎上前去，坐在钢琴边，理了理头发，弹奏起来。

主人一边听着演奏，一边打开了香槟酒。小姑娘们互相依偎着站在饭厅里，两眼放光地看着夫人。

"公民们，拿起武器！"夫人弹起了《马赛曲》，歌曲顿时传遍了整个房屋、花园，甚至仿佛划破了夜空，响彻了整个森林。

夫人闭上眼睛，仰面而泣，继续她的弹奏。

钢琴有节奏地发出声响。他们在前进！法国的孩子们，这个美丽的国家的儿女们，他们在前进！为了望见自由和幸福，为了捍卫被侮辱的祖国的荣耀，伟大的法国人民从坟墓里站出来。

"公民们，拿起武器！"从诺曼底、勃艮第、香槟城和朗格多克[1]吹来的风吹干了这些法国儿女们脸颊上的泪水——这是感激的泪水，感激成千上万来自英国、俄罗斯和美国的战士们，是他们用自己的生命战胜了死亡，把生命、祖国和尊严重新归还给了法兰西，归还给了这个高尚的、饱经苦难的民族。

夫人停止了演奏，搂住小姑娘们的肩膀，把她们领到桌子旁。小姑娘们依偎在她身上，抚摸着她的双手。

房屋主人坐在椅子上，一只手捂着眼睛，喝干了杯中的香槟，久久不愿把手松开。

第二天清早，稍大一些的女孩醒来后，悄悄地爬起来，披上衣服，走进夫人的房间。

1　均为法国地名。

房门是开着的。夫人身着灰色的绸缎衣服，跪在敞开的窗户前，将头贴在窗台上，双手放在窗台上，轻声地喃喃自语。

小女孩仔细地听着。夫人轻声自语的都是些非常奇怪的话，小女孩并没有很快猜出来，夫人其实是在祈祷。

"圣母玛利亚！"夫人轻声祈祷道，"圣母玛利亚，请让我看见法国，让我亲吻故乡房屋的门槛，让我用鲜花装扮我亲爱的沙尔的坟墓吧。圣母玛利亚！"

小女孩站在那儿聆听着，纹丝不动。太阳从森林后面冉冉升起，它的第一束光线已经照在了夫人手上握着的那把纸扇的金色链子上。

1944 年

白色的虹

哦，她在哪儿，

那星光闪闪的寒冷的夜晚！

C. 索洛维约夫

战争爆发后的第二年，画家彼得罗夫就在中亚的一座大城市里应召入伍了。彼得罗夫是从莫斯科被疏散到这座城市的。

阿拉套山脉就像是一堵忧郁阴沉的高墙，从城市的边缘一直延伸到南方。正值初冬时分。各个山顶上早已白雪皑皑。每到夜晚降临，城市居民那冰冷的没有光线的房屋就显得十分安静，只是间或能看到某户人家窗户里透出小煤油灯的光亮。在城市里很早就实行灯火管制了。

夜里，早已落叶的杨树林上空升起了一轮圆月，刺眼的月光下，整座城市显示出一种不祥的预兆。

彼得罗夫住在小溪边的一座小木屋里，这条小溪从山上流下，流过城市的边缘。溪水永不停息地翻腾着。每天夜里，躺在主人钢琴后面的那张置于地板上的薄床垫上，彼得罗夫总会聆听着溪水流淌的声音。他总是听见溪水流过石块的声响，以及隔壁院墙里那只老骆驼不停歇地吧唧嘴巴的声音。

火车是夜里从城市开出的。冷清的车站旁，上了冻的榆树树叶在风中呼呼作响。漆黑的亚细亚之夜，干冷的雪在车厢间肆意飞舞。

没有人前来给彼得罗夫送行。这里，他没有留下任何朋友，没有留下任何记忆，除了感觉到自己的生活已经停滞之外，这里没有给他留下任何其他的感受。彼得罗夫已经三十开外了，可是由于居无定所，他觉得自己已经是个老头。

彼得罗夫爬进车厢，缩到角落里抽起烟来。月台上，一个不认识的士兵正和一位年轻女人道别。听着那女人说的话，彼得罗夫忽然感到一阵莫名的轻松 —— 她居然称呼那个士兵为"您"。

这个女人的说话声是轻柔的、纯粹的、敞开的。彼得罗夫心想，这声音就像是那遥远的召唤，为了聆听到这种声音，哪怕越过沙漠，熬过漆黑的夜晚，翻越无数座冰山，也要拖着划破的血淋淋的双腿奔向这个声音，奔向这遥远的召唤，倘若精疲力竭跌倒在地，也要爬向这个召唤。所有这些努力仅仅是为了凝望一眼，为了能扶住门框，说一声："瞧……我来了……别赶我走。"有些说话的声音俨然就是对幸福的承诺。

火车开动了，彼得罗夫望着窗外。月台的灯光下，他又看见那位年轻的女人。苍白的脸，微笑，微微抬起的手，他看到的就是这些。夜色瞬间透进车窗。

末了，那个女人对士兵说："假如您在莫斯科停留，就给玛莎打电话。"随后告诉了士兵电话号码。彼得罗夫久久地对自己重复着这个号码，而后，还是不太相信自己的记忆力，干脆把号码记在了自己的军人证上。

一路上，彼得罗夫时常眺望窗外。一座座电线杆飘向蔚蓝色的远方，飘向那厚厚的积雪中。这座中亚的城市渐渐消失在远方，彼得罗夫觉得，他不会再回来了。这座城市留给他的只剩下回忆——这回忆是模糊的，不真实的，是会消逝在生活的流程中的，就像你所经过的某一天总会消逝在一年那漫长的三百六十五天中一样。

冬天、春天和多雨的夏天都是在战斗中度过的。在维捷布斯克[1]城下突破德国人的防线时，彼得罗夫头部受伤了。

他在医院里躺了三个月。由于伤势很重，为了让他更好地恢复，部队又决定把他送到某个疗养院去。彼得罗夫请求把他派到那座中亚的城市去，他当初就是从那儿参军入伍的。离那座城市不远有一座不大的山区疗养所。

一位胡子拉碴、满头白发的老医生穿着一件带有皱巴巴的肩章的制服站在彼得罗夫跟前。他对彼得罗夫说："亲爱的，您清醒清醒吧！您只有一个月的休养时间。到那里的话，光是路上往返就得占去九天时间。"

"有的时候，一天的时间要比一年还宝贵。"彼得罗夫反驳道。

"好吧，既然是这样……既然您有自己特殊的原因非去那儿不可，"医生嘀咕道，"那我只好随您的便了。我会同意的。"

火车必须经停莫斯科。列车是在半夜里抵达莫斯科的，而从莫斯科开往那座中亚的小城则要等到第二天早晨。显然，他不得不在莫斯科火车站里度过一个难熬之夜。

火车冒着蒸汽，穿越一片片的白桦林，飞驰在斯摩棱斯克的土地上，这里离莫斯科还很遥远，可是彼得罗夫就已经开始激动不安起来。夜幕降临，车窗外驶过一幢幢没有灯光的别墅、白雪皑皑的土地、打上霜的花园，以及昆采沃[2]站。随后，车窗外开始出现昏暗的莫斯科那微弱的灯光，最后，车窗外终于可以看到回声很大的

1　维捷布斯克位于白俄罗斯境内。

2　昆采沃是莫斯科市郊的一个地名。

104

空荡荡的站台，火车终于在夜间开进了白俄罗斯火车站[1]，停靠在站台上。

叶莲娜·彼得洛芙娜关上电灯，走近窗台，拉上窗帘。暖气片正散发着热气。昏暗之夜笼罩在莫斯科的上空。

"好吧，又从中亚回到莫斯科了。熟悉的工作、朋友们——一切如故。那你还想要什么呢？"叶莲娜·彼得洛芙娜将手指按在眉头上，思忖着。当她有心思的时候，常常会这样做。

"你到底还要什么？"她又重问了一遍，沉默下来。

眼角里涌出了泪水。她没有擦眼泪，而是目不转睛地注视着窗外。路口处的灯光顿时变得异常刺眼，犹如金箔制成的新年枞树上的小星星。

"若是能知道，什么才叫神秘的幸福，这种幸福在哪里——总是一个人面对着这一切，不断地涌现各种念头，这太痛苦了——要是能和某个人一起面对着这个夜晚，微笑地看着他，把手搭在他的肩膀上，说'看，雪下得多大呀'，这该多好啊。"

桌上的电话小心翼翼地响了。叶莲娜·彼得洛芙娜拿起听筒。电话里传来一个男人的声音，说是要找玛莎。

"玛莎已经不住在这儿了，"叶莲娜·彼得洛芙娜回答道，"您是谁？"

"是这么一回事，"男人的声音犹豫不决地说道，"她并不认识我。我说出自己的名字也是没用的。"

"这太奇怪了！"叶莲娜·彼得洛芙娜感到很滑稽。

"是的，的确很奇怪，"那个男人的声音应答道，"我刚从前线回来……"

---

1 白俄罗斯火车站是莫斯科市内的一个火车站。

"那么我究竟该转告她什么呢？您是不是从他哥哥那儿来？她哥哥也在前线。"

"不，我不认识她哥哥。"那个男人的声音回答道，随后便沉默了。

"那么我究竟该做什么呢？我等您的话，"叶莲娜·彼得洛芙娜说道，"要不，我们就此结束通话？"

"别，请等一等！"那声音恳求地说，"我在莫斯科转车。我现在在白俄罗斯车站给您打电话。我不知道还让不让我把话讲完，排队打电话的人挺多的。"

"那您就快点儿说吧。"

叶莲娜·彼得洛芙娜站在桌子旁，听着电话那一头的声音。她眉头紧锁，尔后又露出一丝微笑，将手伸向窗户——原来，她看见一只小灰猫睁着一双大眼喵喵叫着爬到窗帘上。她对着小灰猫轻声地说："安静！你怎么啦！"

"哦，我不是说您，"她笑着说，"我说的是一只小猫儿。我在听您说话，尽管我还没弄明白是怎么回事儿。是的，没错，这的确有点儿奇怪。也许，这很好……我不清楚……车站、夜晚、风，这些我都记得，只是我不记得您了。难道能通过说话声音？您可真是个怪人。您什么时候离开莫斯科？我不知道我该怎么做，我没有主意了……当然，这话很伤人。您负了重伤吗？是头部受伤？那么在火车站您会感到非常疲惫的。夜里您不可以在莫斯科市里走动！绝不可以！您会被扣押的。是的，我在听您说话。您说吧！"

谈话突然中断了。叶莲娜·彼得洛芙娜将话筒缓缓放下。

"他大概会再打过来的。"她自语道，坐到桌旁的椅子上，找到一根丢弃的香烟，贪婪地抽了几口。

一刻钟过去了，半小时又过去了，可是没人再来电话。挂钟响了，已经是夜里两点。

"不！这不可能！"叶莲娜·彼得洛芙娜跳了起来，大声说道，"这样下去我可真的会发疯的。"

她奔向衣橱，猛地一下打开橱门。小猫惊恐地钻到沙发底下。叶莲娜·彼得洛芙娜急匆匆地翻出一件黑色衣服，接着给自己喷了点香水。小猫儿坐在沙发底下，张开爪子，带着一股狩猎般的狂热，试图抓住任何一件从它眼前飘过的东西，一会儿抓抓衣服的花边，一会儿又抓一下薄薄的手绢。它看来很喜欢这个游戏，尽管这些东西散发出来的怪味儿让它眯缝起双眼，甚至让它打起了喷嚏。

当叶莲娜·彼得洛芙娜走出房门时，挂钟敲响三下，已经是夜里三点了。在路灯和白雪的昏暗的光线下，整个莫斯科城都已昏睡过去。

在普希金广场上，巡逻队拦住了叶莲娜·彼得洛芙娜。她给巡逻队出示了自己的证件，告诉他们说，自己的丈夫在前线负了伤，马上要路过莫斯科，此刻正在白俄罗斯火车站，她必须见丈夫一面。在说到"丈夫"这个字眼的时候，叶莲娜·彼得洛芙娜的脸上泛起了一阵红晕，不过巡逻队员们都没有觉察出来。

巡逻队员们犹豫了片刻，思忖了一下，随即，一位年纪最大的队员开口了：

"假设你说的都是真的，可是，女公民，莫斯科现在在军事管制。"

"我剩下的时间太少了。"叶莲娜·彼得洛芙娜绝望地说。

"就是嘛！"那位最年长的队员咕哝道，"要是您时间充足的话，我们倒是一定会把您扣下的。这一点千真万确！"

"喂，西多罗夫，"他对一位身材矮小的队员说道，"你去拦一辆汽车。"

个头矮一点儿的那个队员随即拦下了一辆空车。年长的队员检查了一下司机的证件，对他说了些什么，而后转身对叶莲娜·彼得洛芙娜说：

"请上车吧，公民！西多罗夫，你也跟车去火车站，查看一下，"他随即又微笑着补充道，"同时也是为了让您不再被别的巡逻队拦下。"

叶莲娜·彼得洛芙娜快步走进灯光有点儿发绿的车站大厅，可是，此刻她感到喘不上气——她觉得心脏似乎停止了跳动。如若可能，她会闭上眼睛，靠在墙上，就这样站着倾听那远处细微的声响——或许，是车站大厅里的吊灯的火光，抑或是她自己的太阳穴里的血流的声响。

精疲力竭的人们坐在木头椅上打盹。在稍远一点儿的椅子上坐着一个消瘦的军官，面色疲惫。他的左眼蒙着一块黑色的纱布。

叶莲娜·彼得洛芙娜走到她跟前，说：

"嗨，您……"

军官迅速站起来。

"嗨，您……"叶莲娜·彼得洛芙娜重复了一遍，微微笑了一下，"您完全是我想的样子，一点儿都没有变。"

大厅仿佛晃动了一下，好像斜着移动了片刻。彼得罗夫扶着叶莲娜·彼得洛芙娜，让她坐到椅子上，那位不知所措的士兵不知道从哪里拖来了一只装东西的袋子垫在了椅子上，好让她坐得更舒服点。

叶莲娜·彼得洛芙娜凝视着彼得罗夫那张忧虑的脸庞，觉得是那样的亲切，好像一点儿也不陌生，于是低声问道：

"您明白这一切吗？"

"不，"彼得罗夫回答道，"可是真的需要去弄明白吗？"

"哦，当然，不需要，"叶莲娜·彼得洛芙娜叹了口气，点头应道，"可怜的人儿，瞧我把你吓成什么样了。手都完全冰凉了。"

她握着彼得罗夫冰凉的双手，用自己的手掌温暖着它们。

她好像在对自己说："得长久这样……"

彼得罗夫一言不发。叶莲娜·彼得洛芙娜的话里有一股温情和忧郁，犹如当年那个十二月的夜晚，当沙漠里的风吹来干燥的雪的时候，在那个火车站所听到的一样。彼得罗夫沉默不语，可是他感到他已经说了许多话了，好像已经对叶莲娜·彼得洛芙娜说出了一切。

　　中亚的小城迎接彼得罗夫的是皑皑的白雪和挂在洋溢着春天气息的明净的天空中那一轮巨大的太阳。树枝上、栅栏上，甚至是电线杆上，都覆盖着一层厚厚的白雪。宽阔的大街被一座座银光闪闪的雪堆散发出的无数的白色光点所照亮，仿佛是那雪堆中的峡谷。原来，这是那些飘浮在空中总也不落地的清一色的雪珠所射出的晶莹透亮的光芒所致。

　　阿拉套山脉那淡蓝色的冰山放射出纯净的光芒，照耀着整座城市。山上有时会发生雪崩，那时，山上就会升起由无数条雪柱形成的白色的粉尘。

　　毛驴抖动着挂满雪霜的耳朵，碎步走在大街上。灌溉渠的冰层下，传来水流的声响，栅栏里，冰冻的金菊开花了，花瓣上盖满了毛茸茸的雪花。

　　彼得罗夫呼吸着这里的空气，却感到怎么也吸不够。冬天的空气甚至使他感到头疼。

　　彼得罗夫惊讶地想到，这座小城一年前在他眼里还是那么忧郁，那么阴沉，那么充满不祥之兆。可是现在，固执的记忆却在对过去的回忆展现出那阳光明媚的日子，展现出那纯净无比的天空，展现出那枯萎的树叶的气息，展现出那一座座有着百年历史的古老花园的静谧。过去，他从未发现这一切。为什么呢？或许，这是因为那时他是孑然一身，总是孤独地看着所有这一切。那时，他的身旁没有一只温暖的手，没有一双微笑的眼睛，没有那轻柔的说话声。

　　彼得罗夫住在城外的疗养院，那里群山环抱，极为寒冷，似乎夜晚的星星都上了冻，都被刺人的冰块包裹住一样。

他一直处在不间断的轻微的激动当中。这种激动的心情日益增强，直至接到一份只有几个字的电报："20 号到，接我。"此刻，先前的激动已经变成一种似乎并不真实的、几乎是难以忍受的幸福感。

收到电报之后，一切都仿佛是雪山上吹来的旋风，让人无法呼吸，一切都变得耀眼夺目，将整个世界变成了白色的虹。

夜晚的火车站，彼得罗夫又看到了那冰冷而颤抖的温柔的双唇，又聆听到她的说话声，走在长满野苹果树的森林里那条通向疗养院的夜间小路上，那白雪和断树枝中泛着沉重的飞沫的瀑布发出阵阵轰鸣。以永恒的迷人的顺序缓缓升上山顶的群星发出蔚蓝色的光芒。他们俩在一个陡坡上停了片刻，眺望着那闪烁着暗淡的光芒的雪山，眺望着那一座座消逝在无尽的夜色中的群山之巅。此刻，荒漠和群山上吹来的冬天的空气打在他们俩的脸上，彼得罗夫耳边响起了叶莲娜·彼得洛芙娜轻柔的、几乎带着绝望的声音：

"这将是长久的，长久的……也许，是永远。"

1945 年

晚　春

　　波罗的海在这座爱沙尼亚小城边的海岸永远不会结冰。暴风雨来临之际，在房子里能听到大海里的砂石在每一个翻腾的浪涛后面发出的轰鸣声。

　　部队早已向西挺进，去剿灭已乱作一团的德国鬼子。小城里只剩下一支水兵小分队。这支小分队负责海岸防卫。

　　这支小分队的一位军官——鲁戈沃伊中尉，就住在小城郊外沙丘上一座废弃的房子里。沙丘上长满了石楠花和低矮的松树。正值寒冷的晚春，每天都会从波罗的海上刮来夹杂着雨水的雪暴，或许，正是这潮湿的空气使鲁戈沃伊那只受伤的手隐隐作痛。

　　"这个鬼天气！"水兵们骂骂咧咧地抱怨道。

　　可是，仿佛刻意要同这种气候作对似的，邻居家的窗户上盛开着风信子和其他一些白色的鲜花。在当地春天这种糟糕的天气里还能种植这些美丽的鲜花，人们的忍耐力让鲁戈沃伊惊讶不已。一位患病身体虚弱的爱沙尼亚姑娘偶尔会从邻屋里走出来，她就是这些花儿的主人，一位长着淡黄色头发和白色睫毛的姑娘。

　　四月底，这支小分队得到通知，歌唱家纳达丽娅·萨莫伊洛娃就要从莫斯科来到这座小城，为这支海军小分队办一场音乐会。是年轻的中尉奥西波夫把这个消息带给鲁戈沃伊的，这位奥西波夫中尉是个爱嚷嚷的年轻军官，总是不时地被什么事情搞得激动不安，海风的侵蚀已经在他的脸上留下了痕迹。

"您明白吗！"他冲着鲁戈沃伊大声嚷嚷，并没有发觉他的大嗓门已经使鲁戈沃伊皱起了眉头，"她可是带着自己的歌曲来的，而且她只专门去那些像我们这样的连队，也就是说，被派到天知道是什么鬼地方的连队。这太棒啦！人们还说，她来自茨冈人的家庭。您为什么皱眉头啊？是不是手又疼啦？"

"是的……有一点儿疼。不过，您说话声音也太大了，简直就是大声嚷嚷。"

"是吗？"奥西波夫有些惊讶，"那是因为我遇到了特殊的情况。上面吩咐我负责迎接萨莫伊洛娃，所有的事情都由我来安排。您以前听说过她吗？"

"听说过。"

"她真是茨冈人吗？"

"这我上哪儿知道呀！"

"大家都很开心，就只有您闷闷不乐。"奥西波夫懊恼地说。

"我没有不开心。我只是身体有些不舒服。"

"喝杯咖啡吧。"奥西波夫建议道。

"她会在哪儿演唱？"鲁戈沃伊问道。

"在市剧院。"

"可是那儿没有灯光！"

"嗨！"奥西波夫不屑一顾地答道，"蜡烛是干吗用的？她将要在烛光里演唱。我们，海军战士们，将要重现十八世纪的场景！"

奥西波夫走开了。鲁戈沃伊站在窗前，眺望着波涛翻滚的大海和低矮的天空，然后披上外套，走了出去。不过，他不是朝着城市方向，而是沿着海边的沙滩。

阵阵风声从湿润的松林里传来。鲁戈沃伊清楚地看到，每一根松针末端如何聚集成一颗水滴，随后这颗水滴又是如何脱落，滴落在石楠花上。就这样，一滴接着一滴，仿佛这些低矮的松树一整天都在不停地落下眼泪。

"是的……"鲁戈沃伊自言自语道，"这一切太奇怪了。我最好还是别去听音乐会吧。"

可是随即他又琢磨着，这场音乐会他是非去不可的。"到时候我就坐在最后一排。在烛光下谁也不会发现我的。"鲁戈沃伊走到海边，久久地伫立着，凝望着波罗的海那滚向岸边的浑浊的绿色波浪。

萨莫伊洛娃走进旅馆冰冷的房间，没脱外衣就坐在椅子上，摸出一支香烟抽了起来。风暴和炉子烟囱发出单调的嘈杂声。

萨莫伊洛娃喜欢这儿的一切，她是头一回来到这个海岸边。她喜欢这儿的矮房子，喜欢大海的咆哮，喜欢阴沉的天空，喜欢松树和炊烟的气味，喜欢这儿异常干净而寒冷的房间，喜欢房间里同样异常干净而冰冷的毛巾和被褥，以及盛在白色瓷瓦罐里的凉水。

服务员走进来，这是一位面带病色的爱沙尼亚姑娘，她把几束蓝色的风信子花插在桌上的杯子里。

"这儿怎么会有鲜花？"

姑娘没有说话，只是微笑地看了她一眼，而后坐在炉子边开始朝里面放木柴。显然，她没听懂萨莫伊洛娃的话。

炉子里的火苗正旺，屋子里暖和起来。萨莫伊洛娃脱掉大衣和靴子。女服务员一边帮她，一边饶有兴趣地打量着眼前这位声音轻柔、长着一双快乐的绿色眼睛的年轻女人。

"住在你们这儿真好！"萨莫伊洛娃一边收拾着箱子，一边说道，"我真想一直住在这儿……"

"这可太好啦！"姑娘微笑着点点头，"是的，是的，住在这里挺好的！"

姑娘离开后，萨莫伊洛娃坐到桌旁，用手掌托住下巴，一动不动地坐了很久。

"明天就是五一劳动节了，"萨莫伊洛娃最终抬起头，自言自语道，"可我又得孤零零一人待着。这太糟糕了！"

有人敲门。奥西波夫走了进来。他说，一切都已安排妥当，钢琴已经调试好了，将由他们这儿最好的钢琴家 —— 司务长布加乔夫来伴奏，还说，激动的听众的呼吸会一下子就让整个观众厅暖和起来。

"是的，"奥西波夫特意指出，"您会成功的。气压计的指针往上升了。看来，我们将会在晴朗的天气里过节。"

他不再往下说了。

"您不会拒绝跟我们一起迎接五一节吧？就在音乐会结束的那天晚上。"

"当然不会拒绝。我本来就一个人嘛。"

"晚会很简单的，按照军人的方式。不过我们聚会的房子非常舒适，甚至还有点儿神秘呢。这是郊外沙滩上的一座小房子。四面临风。我们的鲁戈沃伊中尉就住在那里。"

"他在这儿？"萨莫伊洛娃走近奥西波夫，握住他的手，迅速地问道。她的脸上泛出了点点红晕。

"是的，就住在这里。"奥西波夫面带窘色地答道。他已经不知道怎样摆布自己的手了。

萨莫伊洛娃紧紧地握了握他的双手，然后放开，从烟盒里拿出一根香烟，结果不慎揉坏了，随即又抽出一根。奥西波夫划了一根火柴，可是萨莫伊洛娃把它吹灭了，扔掉手中的香烟，低声地说：

"现在我不能。不应该。"

她的手指在颤抖。

"如果可以，"她避开奥西波夫的目光，恳求地说，"别对鲁戈

114

沃伊说这件事。"

"哪件事呀？"

萨莫伊洛娃沉默不语。

"是关于我们和您一起过节这件事吗？"奥西波夫小心翼翼地问。

"没错。"

"好的！"奥西波夫应道。

"天呐！"萨莫伊洛娃沉默了片刻，低声自语道，"对不起，我的行为多么愚蠢啊！"

奥西波夫有些不知所措地同她道了别，走出房门。他在走廊里点燃一支烟，久久地注视着火柴上正燃烧的火苗，直到火苗烧到了他的手指，他摇了摇头，自言自语道："真弄不明白，简直莫名其妙！"随即便跑下楼梯。一位淡黄色头发的姑娘正迎面走上楼梯，手里端着盛满热水的罐子。奥西波夫让开道，说道：

"玛尔塔，今天我们会把你们这儿的鲜花全买光。"

"啊，真的吗？"姑娘回应道，"谢谢啦。不过你们为什么要那么多花呢？是因为要过节吗？"

"所有的活动都需要花，"奥西波夫说，"五一节、音乐会，还有……总之，我们要买下所有的鲜花。晚会之前我会派人来取的。"

他说完就走了。玛尔塔惊讶地抬起眉头，望着这位身穿黑色外套的活泼开朗的水兵消失在玻璃门外。

……萨莫伊洛娃快步走上舞台，站在舞台的最前沿。她身上的白色绸缎衣服轻轻摆动，使蜡烛的火苗微微颤抖，向四下里晃动不定。而后，这些火苗停止了晃动，重新又向上直立地燃烧，发出轻微的干裂声。在黄色的烛光下，萨莫伊洛娃那双激动的黑色眼睛迅速地环视整个演出大厅，但是除了奥西波夫外，并没有看到一张熟悉的面孔。莫非他没有来！难道发生的所有这一切都无法挽回了！可是究竟发生了什么呢？是错误、伤害……各种情形的愚蠢的交织。

"我不知道！我一点儿都不知道！"萨莫伊洛娃俯身接过一束鲜花，自言自语道。那束鲜花是坐在第一排的一位头发灰白的水兵献给她的，那是整个小分队的领导。她微笑了一下，重又抬起眼睛，突然感到，此刻包围着她的这个环境是多么的奇幻，多么的美妙。

蜡烛的油一滴一滴地淌下。烛光在摇摆晃动，仿佛与隐藏在大厅深处那红色天鹅绒地毯和盖满灰尘的水晶吊灯之间的黑暗捉迷藏。

一张张被海风吹皱的骄傲的脸庞看着萨莫伊洛娃。他们脸上的这份骄傲的神情，萨莫伊洛娃从未在莫斯科的观众脸上看到过。

窗外传来大海那低沉的轰鸣声。舞台帷幕后面吹来的微风吹动了她衣服的褶皱。场地外，海风终于把阴沉的天空中那一片片密布的乌云吹向北方，人们的头顶上终于现出了闪烁着绿色之光的苍穹。

终于，一阵喜悦的、同时还伴随着一点儿苦涩的心情使她激动不已，她意识到，她所爱的人就在这儿的某个地方，就在她的身边，她爱他已经很久了，她后来失去了他，可是在战争岁月里，她一直在寻找他，从没停止过，甚至自己都不敢承认这一点。萨莫伊洛娃向钢琴前的海军战士点了点头。整个大厅顿时安静下来。

鲁戈沃伊在走进剧场之前，把小城绕了个遍。他决计在音乐会进行到中间时悄悄地进去。漫无目的地走在大街上，一股难以忍受的忧郁之情向他袭来。他总是觉得，好像音乐会现在已经结束了，他迟到了。于是，他加快了步伐，然而他又立刻停下脚步，迫使自己回忆过去，仿佛希望过去所受到的伤痛再次降临，所有的自尊再次被激起，这样，那些枉然的痛楚就不会再缠绕他了。

可是，说来也奇怪：过去的事情并没有唤起他的忧伤和痛楚。是的，他爱过她，并且这完全是另一种爱。这种爱使他的生活充满了清新和光辉，仿佛在心灵里开始出现那虽然还很朦胧，但却异常壮丽华美的黎明。他们俩很少相见，可是每一次会面都仿佛是一场暴风雨的临近，伴随着激动不安的心情，伴随着心灵的颤抖，伴随着一些无关紧要的温柔的话语；而每一次分别都充满了悲伤和忧虑：她的眼睛里流露出恳求的目光，恳求别忘记她，恳求早点归来，恳求时时思念她。而后，愚蠢的结局到来了。他走了，就这么简单。他们俩没有留下任何联系方式。

鲁戈沃伊最终还是走进了剧院。那里正响起雷鸣般的掌声。他掀起厚重的门帘，坐到随意看到的第一个空位上。他的眼前尽是水兵们那宽大的后背。

鲁戈沃伊垂下眼帘，为的是不看见萨莫伊洛娃。他只是聆听她的声音，并且在她的声音里听出了往日的担忧和温存，听出了某种明晰的哀愁。

　　您是否在荒芜黑暗的森林中遇见

　　爱情的歌手，歌唱自己的悲伤？

　　您是否看见这爱情歌手的泪痕、微笑，

　　抑或充满忧愁的安静的目光？

　　您是否遇见？……

对那些逝去的日子的苦涩追忆唤起了一股难以平复的惋惜之情，这种情感是那么强烈，那么有力地碾压着鲁戈沃伊的心，他竟难以自持，几乎快要发出痛苦的呻吟。他站了起来，迅速走了出去。在门槛边，他环顾了一眼，看到她站在钢琴边，浑身好像透着温暖的光芒，如往昔一样，脸色依然是那么苍白，那么美丽。

鲁戈沃伊回到沙丘上自己的小屋里。桌子上已经摆满了晚会用的东西。鲁戈沃伊关了灯，久久地站在房间的中央，没有把外衣脱掉。

几位军官陪同萨莫伊洛娃走出剧院。大海已经安静下来，只是间或发出低沉的喘息声。

小分队的领导道了声歉，说他来晚了，可现在又不得不去处理事务，随后便离开了。另外两个军官也以同样的借口同他一起离开了。

接着，那位头发略微有些棕黄色，沉默寡言的军官好像一下子想起什么事来，说他把一瓶白兰地忘在家里了，得回家去取。

当他们走到小城的关卡时，奥西波夫突然不安起来，说酒杯可能不够，于是请一位目光腼腆的年轻中尉赶快跑步去取。中尉爽快地同意了。这样，就只剩下奥西波夫同萨莫伊洛娃两人了。他们俩默不作声地走着。

"哎呀，真见鬼！"奥西波夫突然说道，"对不起，是我把事情弄糟了。瞧我这坏习惯！"

"怎么啦？"

"我忘了给父亲发电报了。祝贺节日的电报。这是我们家一直保持的传统。"

他看了看手腕上的表。表盘发出柔和的光亮。

"噢，还来得及。正好，我们已经到啦。瞧，那儿有一座小屋，看见了吗？门口的台阶看见了吗？就在那儿。"

可是，就在这时，他又补充了一句，这就让他露出了马脚：

"假如您害怕的话，我就站在这儿等着，一直等到有人给您开门。"

"您走吧！"萨莫伊洛娃回答道，脸上甚至连一个微笑也没有。

奥西波夫转身离开了。不过，他在第一棵松树后面停了下来，一直看着萨莫伊洛娃走上台阶，坐到椅子上，将额头靠在木头栏杆上。她就这样坐了几分钟，而后突然猛地一下站起来敲门。直到这个时候，奥西波夫才迅速转身，沿着低矮松林里的石楠花丛跑开了。

萨莫伊洛娃轻轻地敲了敲门。顿时传来一个男人的声音:"请进!"她打开门,站在门槛边,身体靠在门框上。鲁戈沃伊后退了几步。他只看见她那双充满泪水的眼睛。

　　"科利亚,亲爱的,"萨莫伊洛娃说,"那时什么也没发生呀。您为什么要离开呢?……"

　　她没有把话说完。她的嗓子突然哽咽住了。鲁戈沃伊上前扶住她,她一把搂住他的脖子,整个身子开始往下沉。鲁戈沃伊小心翼翼地把她扶到椅子上,端详着她那张冰冷苍白的脸庞。

　　"我只祈求一样东西,"鲁戈沃伊低声地说,"那就是得到您的原谅。"

　　"我找到了您……我来了……这就是说,我原谅您了……完完全全地原谅了,"萨莫伊洛娃微微地笑了笑,说道,"这儿可真闷呐!我们到外面的台阶上吧。"

　　他们走到台阶上。萨莫伊洛娃抱住鲁戈沃伊的双肩,似乎能听到他的身体发出颤抖的细微声息,于是,她轻轻地,以非常微弱的声音说:"喂,放心吧。现在一切都好极啦,妙不可言。我会永远和您在一起的。永远!"

　　海面上泛着暗淡的白光。云层后面微微透出一点儿月亮的身影,雾蒙蒙的夜色笼罩在一片淡蓝色的光中,四周是一片难以适应的深深的静谧。只是从远处传来军官们的说话声 —— 他们正有说有笑地从四面八方走向沙丘上的这座小屋。

1945 年

细雨蒙蒙的早晨

　　轮船在夜间驶进了纳沃洛基[1]的码头。库兹明少校走上码头。正下着毛毛细雨。码头上空无一人，只有一盏路灯亮着。

　　"城市在哪儿？"库兹明暗地思忖，"黑暗、阴雨，天知道这是什么鬼地方！"

　　他打了一个颤，把外套的扣子扣好。河面上吹来冷飕飕的风。库兹明找到船长助理，询问船在纳沃洛基是不是要停靠很长时间。

　　"得要三个小时左右，"助理回答说，"这得看装货的情况。您为什么要关心这个？您还没到站呢。"

　　"我得转交一封信。这封信是医院邻床的病友交给我的。让我交给他的妻子。他妻子就住在这儿，在纳沃洛基。"

　　"唔，这是个任务！"助理吸了口气，说道，"无论如何都得完成！您可得注意听汽笛声，否则您就会滞留在这儿啦。"

　　库兹明走上码头，登上湿滑的台阶，爬上陡峭的河岸。耳朵里传来雨水滴落在灌木丛里的沙沙声。为了让自己的眼睛能尽快适应这儿

1　纳沃洛基是伏尔加河沿岸的一座小城。

的黑暗，库兹明站了一小会儿，随即便看到一匹没精打采的马和一辆歪歪斜斜的马车。车棚已经撑开了。里面传来一阵阵鼾声。

"嘿，伙计，"库兹明大声喊道，"你可睡得实啊！"

车夫翻了个身，探出头，擤了擤鼻涕，用衣襟擦了擦鼻子，这才开口问道：

"这就走吗？"

"是的。"库兹明点头示意。

"去哪儿？"

库兹明说出了街道的名字。

"够远的，"车夫有点儿不安地说，"在山上呢。至少得要一刻钟的时间。"

他勒紧缰绳，吆喝一声。马车不情愿地开动了。

"怎么，你是纳沃洛基唯一的马车夫？"库兹明问道。

"我们有两个车夫，都是老头儿。其他人都去打仗了。您这是去找谁？"

"我找巴什洛娃。"

"我认识，"车夫快活地转身应道，"您要找的是安德烈·彼得罗维奇大夫的女儿奥尔嘉·安德烈耶芙娜吧。她是去年冬天从莫斯科搬来的，就住在父亲的房子里。安德烈·彼得罗维奇两年前去世了，而他的房子……"

马车颠簸了一下，发出一阵叮当声，驶出了水坑。

"你看着点儿道，"库兹明提醒了一下，"别东张西望。"

"这条道的确是……"车夫嘴里咕哝着，"白天在这种路上赶车，当然会害怕的。不过到了夜里就没什么可怕的了。夜里什么坑洼都看不见的。"

车夫不吭声了。库兹明点上一根烟，仰头靠在车后座上。雨水淅淅沥沥地滴落在车棚顶上。远处传来一阵狗吠声。空气中弥漫着土茴香的味道、潮湿的木栅栏味儿，以及河面上飘来的潮湿气味。"至少夜里一点钟了。"库兹明暗暗猜想。正在这时，远处某个钟楼上的有无数小裂缝的大钟还真的敲了一下。

"真想整个假期都在这里待着，"库兹明思忖道，"光是呼吸呼吸这儿的空气就能让受伤后所有的不痛快都烟消云散。我可以找一幢窗户向着花园的房子，租下里面的一间。在这样的夜晚，打开窗户，躺在床上，披上一件衣服，静静地聆听打在牛蒡草上的雨滴声，这是多么惬意的事啊。"

"您是她丈夫吗？"车夫问。

库兹明没有回答。车夫以为这个军人没有听到他的问话，可是他也不想再问一遍。"很显然，就是丈夫，"车夫自己推断，"可是这儿的人都在议论，说她早在战争爆发前就把丈夫给扔了。看来他们是在胡说。"

"嘿，你这个撒旦！"车夫突然喊了一声，用马鞭朝那匹瘦瘦的马狠狠地抽了一鞭，"我可不是雇你来揉面的！"

"轮船误点了，深更半夜才到达，这真蠢，"库兹明暗暗想，"为什么我的邻床病友巴什洛夫在知道我要路过纳沃洛基时，会请求我一定要亲手把这封信转交给他的妻子呢？我现在不得不把别人叫醒了，上帝才知道除此之外还会有什么别的法子！"

巴什洛夫是一个好讥讽人的高个子军官。他特别喜欢讲话，说起话来总是滔滔不绝。在讲诙谐俏皮话之前，他总要沉默很长时间，一言不发，只是在那儿独自发笑。在被应召入伍之前，巴什洛夫是电影导演助理。在医院里，他每天晚上都会给邻床病友们详细讲述那些著名的影片。伤员们也都很喜欢巴什洛夫所讲的电影故事，都渴望听到更多这样的故事，也都惊诧于他超强的记性。巴什洛夫评价人与事，评价书本的态度都很尖刻，非常固执，任何人想要反驳他，都会遭到他的嘲笑。不过，他是狡猾地嘲笑别人的，是通过暗示，通过讲笑话的方式，那些被嘲笑的人往往要过一两个小时才会恍然大悟，才会发现自己被欺负了，才会想一些恶毒的话去回应。可是，这个时候自然为时已晚，无济于事了。

在库兹明出发前一天，巴什洛夫把写给妻子的信交到库兹明手上，库兹明在他脸上第一次发现一种无奈的微笑。到了夜里，库兹明听到巴什洛夫在病床上辗转反侧，不停地擤鼻涕。"大概，他并不是那种没有感情的干巴巴的人，"库兹明思忖道，"这不，看来他在哭泣。这就是说，他爱那个女人。并且，很显然，他爱得很深。"

第二天，巴什洛夫一整天都没有离开库兹明半步，一直凝视着他，送给他一只军用水壶，临行前，巴什洛夫还把自己珍藏的一瓶葡萄酒拿出来，俩人把酒喝了个精光。

"您为什么这样看着我？"库兹明问。

"您是一个好人，"巴什洛夫回答道，"您能成为一个艺术家，亲爱的少校。"

"我是一个地形测绘员，"库兹明回答道，"而地形测绘员天生就是艺术家。"

"为什么呢？"

"他们都是流浪者。"库兹明尝试着这样回答。

"被放逐的人、流浪的人和诗人，"巴什洛夫带着讥讽的口吻宣称，"谁都渴望做这样的人，但是都无法真正成为这样的人。"

"这是谁说的？"

"是沃洛申[1]说的。不过问题不在这儿。我之所以看着您，是因为我嫉妒您。这就是真正的原因。"

"您嫉妒我什么呢？"

巴什洛夫转动着酒杯，身子靠在椅子背上，笑而不答。他们俩

---

1 马克西米杨·亚历山德罗·沃洛申（1877—1932）：苏联早期诗人。

就这样一直坐在医院走廊尽头的藤桌边。此刻，窗外的风在幼林上空吹过，树叶哗哗作响，尘土飞扬。河对岸，一片乌云携带着雨水飘向城市的上空。

"我嫉妒您什么？"巴什洛夫把自己红扑扑的手放在库兹明的手上，反问道，"我其实嫉妒您所有的一切。甚至嫉妒您的这双手。"

"我什么也弄不明白，"库兹明一边说着，一边小心翼翼地抽回自己的手。接触到巴什洛夫那只冰冷的手，这让库兹明非常不舒服。不过，为了不让巴什洛夫发现这一点，库兹明抓起酒瓶斟酒。

"那就别去琢磨啦！"巴什洛夫生气地回答。他沉默了片刻，垂下眼帘，说道："要是我们俩能调换一下位置该多好！可是，这当然都是废话！两天以后您将会到达纳沃洛基。您将会见到奥尔嘉·安德烈耶芙娜。她会跟您握手的。我就是嫉妒这个。现在您明白啦？"

"瞧您都说些什么呀！"库兹明有些局促不安地说，"您也会看见您妻子的。"

"她不是我妻子了！"巴什洛夫冷冷地回答道，"还算不错，您没用'夫人'这个字眼。"

"哎，抱歉。"库兹明咕哝道。

"她不是我妻子了！"巴什洛夫再次冷冷地重复了一遍，"她是我的一切！她是我的生命。哎，够啦，别再说这个啦！"

他站起来，把手伸向库兹明："再见啦。别生我的气。我不是坏人，不比别人坏。"

马车驶向堤坝。天更暗了。老柳树林里传来昏沉沉的雨滴声，那是雨水从树叶上滴落的声响。马蹄儿在桥面上吧嗒作响。

"路远着呢！"库兹明叹了口气，告诉车夫：

"你就在门口等我。过会儿再把我送回码头……"

"可以的，"车夫立刻答应道，随即暗自思忖："不，看来不是丈夫。要是丈夫的话，怎么着也会待上一两天再走的。看来是旁人。"

马车驶上了鹅卵石路面。车子颠簸起来，铁踏板发出叮当的响声。车夫把车赶向路边。车轮轻轻地在潮湿的砂石上碾压。库兹明又一次陷入沉思。

看来，巴什洛夫是在嫉妒他。当然，其实是没有任何嫉妒的。巴什洛夫只是用词不当而已。相反，在医院的窗口同巴什洛夫聊过之后，库兹明反倒开始嫉妒巴什洛夫了。"难道我也是用词不当吗？"库兹明伤感地自言自语道。他不是在嫉妒。他只是怜惜起自己而已，他已经是四十岁的人了，可是他还没有经历过像巴什洛夫所经历的那种爱情。他一直是孑然一身。

"夜晚，雨水滴落在空荡荡的花园里，陌生的小城，草地上升起一团薄雾——生活就这样匆匆而过。"库兹明不知道为什么会有这样的想法。

他又有了留在此地的念头。他喜欢俄罗斯的小城，在小城里的台阶上可以眺望到河对岸的草地、宽阔的山坡，还有轮渡上装满干草的大车。对俄罗斯小城的向往使他自己感到惊诧。他是在南方的一个海员家庭里长大的。从父亲那里，他继承了对探索的向往，他喜欢看地图册，喜欢远足探险。于是，他成了一名地形测量员。这份职业在库兹明看来带有偶然性，他觉得，如果他在另一个时间里出生，他或许会成为一个猎人，成为一个新土地的发现者。他很喜欢这样来琢磨自己，不过他想错了。他的性格里并没有成为那种人的天然秉性。库兹明待人腼腆、和气。少许白发暴露了他的年龄。可是，这位消瘦的、个头不高的军官在任何人眼里都不会超过三十岁。

马车终于驶向漆黑的小城。只有在可能是一家药店的玻璃门后面，有一盏灯还亮着，发出蓝色的灯光。整条街通向山坡。为了让马匹轻松一些，车夫从座位上爬了下来。库兹明也跳下马车。他走在马车后面，突然感受到自己的生活里有那么多奇怪的东西。"我在哪儿？"他思忖道，"纳沃洛基、偏僻的地方，还有这匹用蹄儿不断踢打着路面溅出火花的马儿。就在不远的地方，有一个不相识的女人。我不得不在深夜把一封重要的、也许是不愉快的信交到她的手上。而就在两个月前，我还在前线，在波兰，在宽阔而宁静的维斯瓦河[1]岸。这一切都太奇怪了！不过也挺好的。"

到了山顶。车夫把车拐向侧面的一条街道。云雾消散了，头顶上黑暗的天空中间露出点点星光。星光在水洼里闪耀了片刻后，随即消失了。

马车在一幢带阁楼的房子前停下。

"到啦！"车夫说道，"门铃在栅栏的右边。"

库兹明摸到门铃的木头把手，按了按，可是一点儿声音也没听到，只是生锈的金属丝发出咝咝的响声。

"使点劲儿！"车夫建议道。

库兹明又按了一下把手。房子的深处似乎传来铃声。可是房子里依然悄然无声，看来，谁也没有被铃声唤醒。

"哈！"车夫打了个哈欠，说道，"下雨的夜晚睡觉最好不过啦。"

库兹明等了一会儿，又按了按门铃，这回他使劲更猛了。从木制小走廊里传来了脚步声。好像有人向门口走来，停下脚步，听了一会儿，然后不满地问道：

"这是谁呀？有什么事吗？"

库兹明本想答话，可是车夫抢了先。

"开门呀，玛尔法，"车夫喊道，"是从前线来的，找奥尔嘉·安德烈耶芙娜。"

1　维斯瓦河是波兰境内的一条河流。

126

"谁从前线回来了？"门后的声音再次冷冷地问道，"我们并没有等什么人从前线回来。"

"不是等，这回可是真的等来啦！"

门开了，不过还拉着铁链子。库兹明在黑暗中说明了自己的身份和来意。

"老天爷呀！"这个女人在门后恐慌地喊道，"让您费心啦！我这就开门。奥尔嘉·安德烈耶芙娜还在睡着呢。您进来吧，我这就叫醒她。"

门终于打开了，库兹明走进了黑洞洞的走廊。

"当心这儿有台阶，"现在这个女人已经用完全另一种口气——一种和蔼的口气提醒了，"深更半夜的，您居然亲自跑来啦！等等，慢点儿，别扭伤了脚。我这就去点灯，我们这儿到了晚上就停电。"

她走开了，库兹明独自留在走廊里。房间里飘来茶的气味和某种微弱的沁人的香味。一只猫走进走廊，在库兹明脚边蹭了蹭，咕噜咕噜地叫了几声后，又折回黑乎乎的房间里，似乎是在邀请库兹明跟在它后面走。

敞开的房门后面闪着微弱的光亮。

"请进吧。"那个女人说道。

库兹明走进屋子。那个女人向他鞠了一躬。这是一位身材高大的老太婆，脸色黝黑。库兹明竭力轻手轻脚地脱下外衣、帽子，把它们挂在靠门的衣架上。

"您别担心，我反正会叫醒奥尔嘉·安德烈耶芙娜。"老太婆微笑地说。

"从这儿能听见码头上的汽笛声吗？"库兹明压低嗓音问道。

"听得到的，老爷！听得很清楚。和在船上听旁边的船的汽笛声一个样儿！您请坐吧，坐到沙发上来。"

老太婆走开了。库兹明坐到带有木头靠背的沙发上，犹豫了片刻，掏出一支香烟抽了起来。他有些激动，这股激动的情绪好像让他很生气。当一个人深夜时分突然置身于一座陌生的房子，闯进别人的充满神秘的谜一样的生活时，都会有这种激动不安的情绪，此刻，库兹明就是被这样的情绪所控制。这种神秘的生活犹如一本遗忘在桌上的书，碰巧打开在第六十五页上。你看一眼这一页，你会竭力去猜测：这本书写的是什么？里面有什么有趣的内容？

桌子上还真的放着一本打开的书。库兹明站起来，俯身看了看这本书，听到了门后急促的窃窃私语和衣服的沙沙声，他暗自默读那早已遗忘的诗句：

　　　不可能终究成为可能，
　　　道路轻轻伸向远方，
　　　当远方的道路上
　　　传来那头巾下瞬间的目光……

库兹明抬起头，环顾四周。低矮而温暖的房间在他心里重又唤起留在这座小城里的愿望。

餐桌上方挂着一盏灯，灯罩是白色的，没有光泽，墙上挂着一幅油画，油画的上方挂着几只鹿角。油画里，一只小狗蹲在床前，床上躺着一位生病的小女孩。这样的房间有一种非常朴实的舒适感，这样的房间往往会唤起一种微笑：房间里所有的陈设都是老式的、熟悉的，都是早已被遗忘了的。

四周的一切，甚至包括玫瑰色贝壳制成的烟灰缸，都能体现出一种长久而祥和的生活，库兹明再一次觉得，倘若真能留在这儿，像这幢老房子的主人那样生活 —— 不慌不忙地过日子，劳动，休息，平静地度过一个个春夏秋冬，度过一个个阴雨天和阳光灿烂的日子，这样的生活该有多好啊。

不过，房间里除了一些旧物件外，还有别的。桌子上放着一束野花，有甘菊、肺叶草、野艾菊。这束野花看来是不久前刚刚采摘来的。桌布上还摆着一把剪刀和刚刚剪下的多余的花茎。

这束野花旁边放着一本打开的勃洛克[1]的诗集。钢琴上有一只黑色的女士小帽，搭在放照片的蓝色毛绒相框上。这是非常时髦的帽子，款式一点也不旧。桌子上还有一只随意扔在那儿的手表，表链是镀金的。表针悄无声息地走着，指向一点半。在这样的夜晚，尤其是这么一个深夜，房间里总会有一股略带忧伤的香水味儿。

一扇窗户敞开着。窗外栽种着几盆秋海棠，窗户里透出的一缕微弱昏暗的光线投射在一株丁香花丛上。夜色中传来微弱的雨滴声。沉重的雨滴急促地落在屋檐上的铁皮槽里。

库兹明静心聆听着雨滴声。此刻，在这个夜晚，在这间几分钟之后就要离开，并且永远不再回来的屋子里，库兹明突然感受到了时光的流逝，感受到了每一分钟的无可挽回的流逝。这是多少世纪以来一直折磨着人们的念头啊。

"是不是我老了？"库兹明转过身思忖道。

穿着一身黑色衣服的年轻女人站在门槛上。显然，她由于匆忙出来见库兹明而没有完全梳理好头发。年轻女人的目光紧紧地盯在库兹明脸上，她略带羞涩地笑了笑，把垂在肩上的一根辫子用发卡别在脑后的头发上。库兹明向她俯身问好。

"抱歉，"年轻女人把手伸向库兹明，说道，"让您久等了。"

"您就是奥尔嘉·安德烈耶芙娜·巴什洛娃？"

"是的。"

库兹明仔细打量起眼前这个女人。她身上的年轻气息和略显怅然的黯淡而深邃的目光让库兹明惊讶不已。

---

1 亚历山大·亚历山德罗维奇·勃洛克（1880—1921）：俄罗斯白银时代象征主义诗人。

库兹明为自己深夜到访表示歉意，随即从制服口袋里拿出巴什洛夫写的信，将它递给眼前这个女人。她拿起信，道了声谢，可是却没有拆开看，而是随即放到了钢琴上。

"我们为什么要站着呢！"她说道，"请坐吧！请这边坐，坐到桌子这里。这儿光线稍微好些。"

库兹明坐到桌边，询问是否可以抽烟。

"当然可以抽，"女人应道，"我也抽烟。"

库兹明递给她一支烟，划着了火柴。当她点燃这支烟时，燃烧着的火柴的光亮落在了她的脸上，库兹明觉得，这张额头洁白、神情凝重专注的脸好像似曾相识。

奥尔嘉·安德烈耶芙娜坐到库兹明的对面。库兹明等着她的盘问，可是她两眼一直望着淅淅沥沥落着小雨的窗外，沉默不语。

"玛尔福莎，亲爱的，"奥尔嘉·安德烈耶芙娜转身走向门口，说道，"把茶炊端来吧。"

"不，您别麻烦了！"库兹明窘迫起来。"我着急赶路呢。车夫就在门外等着呢。我只负责把信转交给您，并且告诉您……关于您丈夫的一些情况就行了。"

"有什么好说的呢！"奥尔嘉·安德烈耶芙娜回答道，顺手从桌上那束野花中抽出一朵母菊，开始毫不吝惜地扯掉花瓣，"他还活着，我就满意了。"

库兹明沉默不语。

"别匆忙，就像老朋友一样坐一会儿，"奥尔嘉·安德烈耶芙娜说道，"我们这儿听得见汽笛声的。在天亮以前，自然是不会开船的。"

"为什么？"

"老爷，我们这儿，往纳沃洛基下游去，"隔壁房间传来玛尔法的声音，"河底有一个很大的坡。晚上通过这个地方很危险的。所以船长们都会等到天亮以后再开船。"

"是这样的，"奥尔嘉·安德烈耶芙娜证实道，"如果穿过城市花园的话，步行到码头只需要一刻钟。到时候我会送你的。您可以把车夫打发走了。是谁把您送来的？是瓦西里吗？"

"我可不认识什么瓦西里。"库兹明笑了起来。

"是季莫菲送来的，"玛尔法站在门后面说道，可以听到，她此刻正在摆弄茶炊的烟筒，"您好歹喝杯茶吧。要不这算是怎么回事呀，冒雨来又冒雨去的。"

库兹明同意留下了，他走出房门，向车夫付了车钱。车夫并没有马上离开，而是在马匹旁来回走动，整理车套，忙活了半天才驾车离去。

库兹明走回屋子的时候，看到桌子已经布置好了。桌上摆着老式的蓝色茶杯，都带有金色的环边，还有盛满热牛奶的罐子、蜂蜜，和一瓶打开的葡萄酒。玛尔法端上了茶炊。

奥尔嘉·安德烈耶芙娜为没有准备丰盛的食物而向库兹明表示歉意，说她正准备返回莫斯科，现在暂时还在纳沃洛基的市立图书馆里工作。库兹明一直在等着她问起巴什洛夫，可是她始终没有提起。这使库兹明倍感不安。还在医院的时候，他就猜测巴什洛夫已经和妻子离婚了。而现在，当看到她把信往钢琴上一扔，看都不看一眼，库兹明就更加确信了，他由此而觉得自己没有完成巴什洛夫的托付，心里十分内疚。"显然，她过会儿也许会读这封信的。"库兹明思忖道。不过有一点是明确的：库兹明以为这封信很重要，并且也正是因为这封信的缘故他才会在这个非常不合适的时间里来到这个房子里，可是现在看来，这封信已经不重要了，不会引起任何人的兴趣了。库兹明最终并没能帮上巴什洛夫，仅仅是让自己陷入了这个窘境。奥尔嘉·安德烈耶芙娜似乎猜出了库兹明的心思，说道：

"您别生气。这儿有邮局，也有电报，我就不明白了，他为什么还要麻烦您。"

"这算什么麻烦呀！"库兹明赶紧回应道，他沉默了片刻，又补充道，"恰恰相反，这样倒挺好。"

"什么挺好？"

库兹明脸红了。

"什么挺好？"奥尔嘉·安德烈耶芙娜又提高嗓门问了一遍，并抬头看了看库兹明的眼睛。她注视着他，仿佛在竭力猜测他究竟在想什么，身体稍微前倾，表情严肃，等待着库兹明的回答。

可是库兹明什么话也没说。

"究竟什么挺好？"她又问了一遍。

"该怎么跟您说呢，"库兹明若有所思地答道，"这可是不一般的谈话。我们所向往的东西，我们很少能够得到。我不知道别人如何，可是我自己就有这样的体会。所有美好的东西几乎总是和我擦肩而过。您明白我说的话吗？"

"不是很明白。"奥尔嘉·安德烈耶芙娜答道，皱起了眉头。

"该怎么向您解释呢，"库兹明嘴里说着，心里对自己生起气来，"您大概也有过类似的经历。透过火车的车窗，您突然看到白桦林里的一片空地，您看到秋天的阳光下一闪一闪的蜘蛛网，这时，您就想从火车上跳下来，留在这块林中草地上。可是火车匆匆而过。您探出身子向后看，看着这一片片树林、草地、马儿、羊肠小道消逝在远方，您会听到一种模糊的声音。究竟是什么东西发出响声，您不清楚。或许，是森林，是空气，或者是那些电缆线，也可能是火车在铁轨上飞驰发出的声响。这种感觉是瞬间形成的，但却是永志不忘的。"

库兹明不说话了。奥尔嘉·安德烈耶芙娜递给他一杯葡萄酒。

"我在生活中，"库兹明刚一开口，脸就红了，平时，每当他说到自己的时候，脸都会红的，"总是在等待这样的突如其来的平凡普通的东西。如果我找到了，就会感到很幸福。这种幸福感不会长久，但的确会有。"

"那么现在也是如此吗？"奥尔嘉·安德烈耶芙娜问道。

"是的！"

奥尔嘉·安德烈耶芙娜垂下了眼睛。

"为什么？"她问道。

"我说不准。只是有这种感觉。我是在维斯瓦河边受的伤，躺在医院里。所有的伤员都收到了家信，可我一封信也收不到。这不奇怪，不会有人给我写信的。我躺在病床上幻想，当然也像别人一样，幻想战争结束以后的生活。未来的生活必定是幸福的，不平凡的。后来我伤养好了，领导批准我去休假。还指定了休假的城市。"

"哪个城市？"奥尔嘉·安德烈耶芙娜问道。

库兹明说出了城市的名字。奥尔嘉·安德烈耶芙娜什么也没说。

"坐上船，"库兹明继续说道，"沿岸都是村庄和码头。孤独的感受越来越明显。上帝保佑，您可千万别以为我这是在抱怨。孤独当中也有很多美好的东西。下一站就是纳沃洛基了。我怕睡过头，于是在深更半夜走到甲板上寻思：多么奇怪啊，在这个似乎笼罩了整个俄罗斯的巨大的夜幕下，在这个雨夜的天空下，成千上万形形色色的人正在熟睡。后来我坐马车来到这儿，一路上还在猜测，我将会遇到什么样的一个人。"

"那么您究竟为什么会感到幸福呢？"奥尔嘉·安德烈耶芙娜问道。

"是因为……"库兹明支支吾吾，突然蹦出了这么一句话，"总之感觉很好。"

他不吭声了。

"您怎么啦？说话呀！"

"说什么呢？我说得够多的啦，尽是些废话。"

"随便说，"奥尔嘉·安德烈耶芙娜回应道，她好像根本没有听到库兹明说的最后一句话，"想说啥就说啥。"她又补充道："尽管你说的这一切都有点儿奇怪。"

她站起来，走到窗前，拉开窗帘。雨还在下。

"有什么奇怪的？"库兹明问道。

"雨还在下！"奥尔嘉·安德烈耶芙娜转过身来，说，"这次见面就挺奇怪的。还有我们俩的夜谈，难道说不奇怪吗？"

库兹明不好意思地沉默不语了。

窗外潮湿的夜色里能听到轮船的汽笛声，那声音是从山脚下传来的。

"好啦，"奥尔嘉·安德烈耶芙娜仿佛一下子轻松了许多，"轮船汽笛响啦！"

库兹明站起来。奥尔嘉·安德烈耶芙娜则一动不动。

"等等，"她平静地说道，"让我们按老规矩那样，上路前再坐上一小会儿吧。"

库兹明于是又坐了下来。奥尔嘉·安德烈耶芙娜也坐了下来，心思沉重，甚至还背过身去。库兹明望着她那高高的肩膀、用发卡盘在后脑勺上的沉沉的辫子，以及轮廓清晰的脖子，心想，倘若不是因为巴什洛夫，那么他就不会离开这个小城，他哪儿都不会去，一定会留在这儿把伤假休完，并且一想到身边有这么一个可爱的、如今又非常忧郁的女人，一定会激动不安。

奥尔嘉·安德烈耶芙娜站了起来。在狭小的过道里，库兹明帮她穿上披风。她在头上披了一条头巾。

他们俩走出房门，在黑乎乎的街道上走着，默默无语。

"天就要亮了。"奥尔嘉·安德烈耶芙娜说。

河对岸，湿润的天空泛着微弱的蓝光。库兹明发现，奥尔嘉·安德烈耶芙娜的身体有些微微颤抖。

"您冷吗？"他不安地问道，"您真没必要出来送我。我自己能认识路的。"

"不，不是没必要。"奥尔嘉·安德烈耶芙娜简短地回应道。

雨停了，不过屋檐上仍然有水滴落下，砸在木板铺成的人行道上。

街道的尽头是城市花园。栅栏门是开着的。栅栏门后即是浓密而荒凉的林荫道。花园里弥漫着夜晚的凉意和潮湿的沙土气味。这是座古老的花园，里面生长着黑压压的高大的椴树。椴树花已经凋落，发出淡淡的清香。只要有风吹过，整个花园都会哗哗作响，仿佛一阵暴雨在花园上空倾泻下来，瞬间又停止。

花园尽头是河岸上的陡坡，陡坡前面就是黎明前细雨蒙蒙的远方，已经可以看见陡坡下那一个个浮标泛出的昏暗的闪光，看见一团团的薄雾，还能感受到夏日阴雨天所具有的一切忧郁的心境。

"我们该怎么下去呀？"库兹明问道。

"往这边走！"

奥尔嘉·安德烈耶芙娜在一条小径上转弯，径直朝陡坡走去，来到木头台阶处，台阶一直向下延伸，最终消失在茫茫夜色中。

"把手给我！"奥尔嘉·安德烈耶芙娜说，"这儿许多台阶都烂掉了。"

库兹明把手伸给她，两人开始小心翼翼地顺着台阶向陡坡下走去。由于下雨的缘故，潮湿的台阶之间长出了小草。

在最后一级台阶上，他们俩停了下来。码头和轮船上红绿色的灯光都已清晰可见。轮船上的蒸汽咝咝作响。库兹明的心一下子揪了起来，他意识到，此刻，他即将同这个陌生的、但却近在咫尺的女人分别了，可是他却什么也不能对她说！甚至都不能对她表示感激，感谢她接见了正在旅途中的自己，感谢她伸出戴着湿乎乎的手套的结实的小手，小心翼翼地领着自己走在腐烂的台阶上，感谢她每次看到台阶的栏杆上有潮湿的树枝，可能会划到脸上时，都会轻声地提醒："低下头！"而库兹明则顺从地低下头。

"我们就在这儿道别吧，"奥尔嘉·安德烈耶芙娜说道，"我就不再往前送啦。"

库兹明抬头望了她一眼。头巾下传来忧虑而严肃的眼神。难道此时此刻，所有这一切都将成为过眼烟云，都将成为他和她生命中充满痛楚的回忆里的一部分？

奥尔嘉·安德烈耶芙娜把手伸给库兹明。库兹明吻了吻她的手，闻到一股淡淡的香水味，那正是他刚走进那间黑暗的屋子时伴随着细雨声闻到的味道。

当库兹明抬起头时，奥尔嘉·安德烈耶芙娜开口说了些什么，不过声音太低，库兹明什么也没听见。他觉得她好像只说了这么一个字眼："枉然……"她或许还说了些别的话，可是河面上传来了轮船的鸣叫声，仿佛在抱怨着湿寒的早晨，抱怨自己在雨水中，在雾霭里漂泊的生活。

库兹明没有敢再看她一眼，径直朝河岸边跑去，穿过飘着蒲苇和焦油气味的码头，跑上船，直接登上了空旷的甲板。开船了，轮桨已经缓缓地发动。库兹明跑到船尾，向陡坡和台阶那边望去 —— 奥尔嘉·安德烈耶芙娜仍然站在那儿。天刚蒙蒙亮，还很难看清楚她的脸。库兹明挥了挥手，可是奥尔嘉·安德烈耶芙娜没有回应。

船越开越远，将一波又一波的长长的浪涛赶向砂质岸边，河上的浮标在波浪中摇晃，岸边的柳树丛也在轮船掀起的波浪下急促地哗哗作响。

1945 年

电　报

　　十月的天气异常寒冷，阴雨连绵。木板房的房顶都变黑了。

　　花园里到处是蓬乱的杂草，一切都凋谢了，只有栅栏边的一棵小向日葵还没有凋谢，花儿还没有落尽。

　　草地上弥漫着一层松散的雾，那是从河上飘过来的，薄雾轻轻地挂在已经落叶的树枝上。薄雾里总是落下雨水，雨固执地下个不停。

　　行人和车辆已没法在泥泞的道路上行走了，牧童也不再把牲口往草地上赶。

　　牧笛声一直要等到春天才会响起。卡捷琳娜·彼得洛芙娜愈来愈艰难地每天早晨从床上爬起来，面对着眼前同样的东西：每个房间里都弥漫着一股呛人的气味，那是没有生火的炉子发出的气味；桌上放着积满灰尘的《欧洲通讯》杂志，几只发黄的小茶杯，一个没有清洗的茶炊；还有墙上挂着的几幅画。或许是因为屋子里光线太暗，而卡捷琳娜·彼得洛芙娜的眼睛里已经出现了暗淡的眼泪，抑或也许是因为这几幅画由于年代太久已经褪色了，反正画上的内容什么也看不清。卡捷琳娜·彼得洛芙娜只是通过记忆来辨认，这幅画上画的是父亲的肖像，那幅小一点儿的，镶在金色画框里的画是克拉姆斯柯依[1]送的礼物——他的《陌生女人》这幅画的画稿。

卡捷琳娜·彼得洛芙娜在她父亲建造的这座老房子里一直生活到晚年，她的父亲是一位著名的画家。

这位画家晚年的时候从彼得堡回到故乡，住在自己的村子里，干点儿园艺活，过着平静的生活。他已经不再能作画了：手会哆嗦，而且视力下降了，眼睛还时常疼痛。

卡捷琳娜·彼得洛芙娜说，这座房子是有"纪念意义"的。它在州立博物馆的管辖之下。可是，卡捷琳娜·彼得洛芙娜并不清楚，等到她——也就是这幢房屋最后的居住者死去以后，这幢房屋的命运又将会是怎样。

而在名叫扎波里耶的这个村子里，找不到任何人可以谈谈这些画，谈谈彼得堡的生活，谈谈那个在巴黎之夏，卡捷琳娜·彼得洛芙娜同父亲一起见证了维克多·雨果的葬礼。

这些话就别跟玛纽什卡谈了，她是邻居的女儿，父亲是集体农庄里的一个鞋匠，她每天都跑来给卡捷琳娜干活儿：抬井水，拖地板，生茶炊。

卡捷琳娜·彼得洛芙娜把一些皱巴巴的手套、鸵鸟毛做的毛笔和镶着玻璃珠的黑色帽子送给玛纽什卡，作为对她的奖赏。

"为什么送给我呀？"玛纽什卡常常一边挖着鼻孔，一边用沙哑的声音问道，"难道我是一个好打扮的女人吗？"

"亲爱的，你可以把这些东西卖掉呀，"卡捷琳娜·彼得洛芙娜悄悄地说。这一年以来，她变得很虚弱，已经不能大声说话了，"你就卖掉它们吧。"

"那我把它们卖到废品站去吧。"玛纽什卡合计着，收起东西离开了。

1　伊凡·尼古拉耶维奇·克拉姆斯柯依（1837—1887）：俄国巡回展览画派画家。

消防棚的看守季洪——头发棕色的瘦瘦的老头儿，偶尔也会过来看望她。他还记得当年卡捷琳娜·彼得洛芙娜的父亲从彼得堡搬来，在这儿造房子、建庄园的情形。

季洪那时还是个小孩，不过对老艺术家的尊重他还是保留了一辈子。看着艺术家留下的画作，他深深地叹了口气：

"这可是真正的艺术作品啊！"

季洪时常会出于同情而叨咕一些毫无意义的话，不过他还是会尽量帮忙做一些家务活儿：把花园里干枯的树木砍掉，把木头锯开，劈成柴火。每次干完活儿准备离开的时候，总是靠在门口问：

"喂，卡捷琳娜·彼得洛芙娜，听见我说话吗，娜斯佳有没有来信？"

卡捷琳娜·彼得洛芙娜坐在沙发上一言不发，这个驼背的小老太婆只是一个劲儿地在棕色皮手提包里翻找着什么纸片。季洪擤了老半天的鼻涕，在门槛边磨蹭了许久。

"唉，怎么说呢，"他不等老太太回答就开口道，"那我就走啦，卡捷琳娜·彼得洛芙娜。"

"走吧，季洪，"卡捷琳娜·彼得洛芙娜轻声地说道，"走吧，上帝保佑你！"

他小心翼翼地关上门，走了出去，而卡捷琳娜·彼得洛芙娜则轻声地哭了起来。窗外，风在光秃秃的树枝间飒飒作响，吹落了最后一批叶子。桌上小煤油灯的火苗在风中微微颤动。这盏灯仿佛是这座孤独的房屋里唯一还有点儿生气的东西，倘若没有这微弱的火苗，卡捷琳娜·彼得洛芙娜简直就不知道该如何挨到天亮。

夜已经变得沉重而漫长了，如同失眠的感觉。黎明到来得愈来愈晚，总是姗姗来迟，好像很不情愿地映照到脏兮兮的窗户上，窗框间的棉絮上面还残留着去年就有的树叶，那时还是黄黄的秋叶，如今已经腐烂变黑了。

卡捷琳娜·彼得洛芙娜的女儿娜斯佳是她唯一的亲人，住在遥远的列宁格勒。她最后一次来这儿还是在三年以前。

卡捷琳娜·彼得洛芙娜明白，娜斯佳如今已经顾不上她这个老太婆了。他们年轻人有自己的事业、自己的兴趣、自己的幸福，而年轻人的兴趣，老人们是不会明白的，所以，最好别去打搅他们。卡捷琳娜·彼得洛芙娜很少给娜斯佳写信，不过总是挂念她，时常静静地坐在压坏了的沙发的边缘思念着娜斯佳，一句话也不说，安静得连耗子都被蒙骗了，竟然从炉子后面跑了出来，直起身子，后脚着地，久久地嗅着这凝滞的空气。

娜斯佳也不回信，不过每两三个月，那位快乐的年轻邮递员瓦西里总会给卡捷琳娜·彼得洛芙娜捎来两百卢布的汇款。当卡捷琳娜·彼得洛芙娜需要签名的时候，他小心谨慎地扶着卡捷琳娜·彼得洛芙娜的手，以免她签错地方。

瓦西里走了，而卡捷琳娜·彼得洛芙娜则握着钱，茫然地坐着发呆。尔后，她会戴上眼镜，把写在汇款单上的留言读上几遍。留言总是一样的——事情很多，别说过来看她，就是写封真正的家信的时间也挤不出来。

卡捷琳娜·彼得洛芙娜小心翼翼地掂量着厚厚的一沓钞票。由于上了岁数，她已经忘记了，其实眼前的这些钞票完全不是娜斯佳在邮局往这里寄的时候手里拿的那一叠了，她似乎从这些纸币上闻到了娜斯佳身上的气味。

有一次，在十月末的一个晚上，有人长时间地敲栅栏的门，这扇门位于花园的深处，已经有好几年钉死不用了。

卡捷琳娜·彼得洛芙娜感到一丝不安，她花了好长时间才用一条暖和的头巾裹住头，穿上一件旧斗篷，这一年里头一次走出家门。她步履蹒跚地摸索着向前走，寒冷的空气使她感到头疼。被遗忘的星星以刺眼的目光凝视着大地。飘落的树叶让她难以行走。

在栅栏门边，卡捷琳娜·彼得洛芙娜轻声地问：

"谁在敲门？"

可是栅栏外没有人回应。

"兴许，是我的错觉。"卡捷琳娜·彼得洛芙娜自言自语道，便转身回屋。

她叹了口气，停在一棵老树旁，用手摸了摸冰冷潮湿的树枝，认出了这棵树来：这是棵槭树。她是在很久很久以前种下这棵树的，那时她还是一个快快乐乐的大姑娘呢，可现在，这棵树已经凋零了，上冻了，在这个刮着风的孤独的夜晚，这棵树好像也无处可去。

卡捷琳娜·彼得洛芙娜很同情这棵槭树，她碰了碰粗糙的树干，步履蹒跚地踱回屋子，当晚就给娜斯佳写了封信。

"我亲爱的百看不厌的娜斯佳，"卡捷琳娜·彼得洛芙娜写道，"我恐怕熬不过这个冬天了。过来一趟吧，哪怕只待一天。让我好好看看你，握握你的手。我老了，虚弱得很，不但走路困难，就连坐着和躺着都吃力，看来死神是忘了到我这儿来的路了。花园干枯了，跟以前完全不一样了，我也看不到它。今年的秋天很糟糕。日子太难熬了，我的这把老命好像都没有今年的秋天那么漫长。"

玛纽什卡用鼻孔大声地抽着气，揣起这封信去了邮局，花了好半天才把它塞进邮箱里，还朝里面望了望——邮箱里有些什么东西呢？可是里面空荡荡的，就是一个空铁桶，什么也看不到。

娜斯佳是艺术家协会的秘书。她的工作很忙，有许多事情要做。举办展览、组织竞赛，都要她经手去办。

娜斯佳是在工作的时候收到卡捷琳娜·彼得洛芙娜的信的。她没有读就把信塞进了小手提包里，决计下班后再看。所有来自卡捷琳娜·彼得洛芙娜的信都会使娜斯佳长舒一口气：既然母亲能写信，这就意味着她还活得好好的。不过与此同时，这些信也在娜斯佳心里唤起了一丝模模糊糊的不安，好像每一封信都是一种无言的责备。

下班之后，娜斯佳必须到青年雕塑家季莫菲耶夫的工作坊去一趟，瞧一瞧他究竟生活得怎样，以便向艺术家协会管理机构汇报。季莫菲耶夫抱怨工作坊里太冷，抱怨他受到压制，不能自由发展他的事业。

在一个小广场上，娜斯佳拿出一面小镜子，给自己扑了点儿粉，对着镜子笑了起来 —— 此刻她对自己的形象感到满意了。因为自己长着一头淡褐色的头发和一双冷峻的大眼睛，艺术家们都叫她索尔维格。

季莫菲耶夫自己开的门。他身材矮小，但态度坚定果断，表情凶狠。他穿着一件大衣。他用一条很大的围巾把自己的脖子围住，娜斯佳还发现他的脚上竟然穿着一双女式的细毡套靴。

"别脱衣服，"季莫菲耶夫含糊不清地咕哝道，"要不然会冻坏的。请原谅！"

他领着娜斯佳走过漆黑的走廊，上了几个台阶，打开一扇窄门，走进工作坊。

工作坊里传出来一阵呛鼻的气味。在靠近装湿黏土的大桶边的地板上点着一盏煤油灯。台架上摆放着各种雕塑，由湿乎乎的布罩着。宽大的窗户外，雪花斜着飘下，雪花在涅瓦河上形成一团雾，又融化在涅瓦河深色的河水里。风在窗框间呼啸，吹动了地板上的旧报纸。

"天呐，多冷啊！"娜斯佳说道。身处这间工作坊里，置身于凌乱地沿墙摆放的白色大理石浮雕之中，她就更觉得冷了。

"好吧，您就欣赏吧！"季莫菲耶夫说道，将一把沾满黏土的脏兮兮的椅子推到娜斯佳跟前，"我真搞不懂，我怎么就没憋死在这熊窝里。可是在别尔申的工作坊里，取暖器吹出的热风就像是撒哈拉大沙漠里吹来的风一样。"

"您不喜欢别尔申？"娜斯佳小心谨慎地问道。

"一个爱出风头的人！"季莫菲耶夫生气地答道，"一个匠人而已！他雕刻出来的人物的肩膀根本就不是肩膀，不过是挂大衣的衣架而已。他雕塑的集体农庄女庄员就是一个披起裙子的石头妇人而已。他雕塑的工人活像尼安德特人[1]。他就是在用木头铲子雕刻。可是，我亲爱的娜斯佳，他可太狡猾了，像红衣主教那样狡猾！"

"把您雕刻的果戈理塑像让我看看吧。"娜斯佳为了转换话题，特意提出这个请求。

"请上这儿来！"雕刻家阴郁地命令道，"不，不是上那儿！往这个角落去。对啦！"

他挑出一个人物塑像，揭掉了湿乎乎的盖布，从四方挑剔地查看了一番，蹲在煤油灯旁，对手哈着气，说道：

"这位就是尼古拉·瓦西里耶维奇[2]！现在请看吧！"

娜斯佳浑身颤抖了一下。这个尖鼻子的驼背之人带着讥笑的目光直视着她。娜斯佳看到他的太阳穴上颤动着细细的硬化血管。

"小手提包里的信还没有拆封吧，"果戈理那犀利的目光仿佛在责备她，"唉，你可真是个爱唠叨的人呀！"

"怎么样？"季莫菲耶夫问道，"是不是一个挺严肃的大叔？"

"太棒啦！"娜斯佳费力地答道，"的确很棒。"

季莫菲耶夫苦笑了一下。

"太棒啦，"他重复道，"所有的人都说太棒啦。别尔申和马吉亚什，还有其他的来自各式各样的委员会的内行专家们也都这么说。可是有什么意义呢，在这儿说太棒啦？在决定我这个雕刻家命运的地方，还是那个别尔申，就会含含糊糊地发出哼哼声，于是我的命运就这样被决定了。既然别尔申含其辞，那么这就意味着，这事儿就完啦！……晚上就别想睡好觉啦！"季莫菲耶夫叫喊着，踩着胶靴，

1　尼安德特人是人类学意义上的旧石器时代的人。

2　系果戈理的名字和父名。

在工作坊里跑来跑去，"潮湿的黏土让我的手得了风湿病。三年里逐字逐句地读果戈理的作品。这帮丑陋的家伙！"

季莫菲耶夫从桌上拿起一堆书，在空中晃了晃，又使劲儿扔了回去。桌子上顿时扬起了一阵石膏灰。

"这都是关于果戈理的书！"说完，他又突然平静下来，"怎么？我大概吓着您了吧？对不起，亲爱的，不过，上帝保佑，我想同他们开战。"

"怎么说呢，我们一起同他们斗吧。"娜斯佳说完便站了起来。

季莫菲耶夫紧紧地握了握她的手，她起身离去，心里已经决定要不惜一切代价把眼前这个人从默默无闻的状态里拯救出来。

娜斯佳回到艺术家协会，找到协会主席，同他谈了很久，情绪激动，竭力证明立刻举办季莫菲耶夫作品展的必要性。协会主席在桌子上敲着铅笔，再三斟酌了良久之后，终于同意了。

娜斯佳回家去了，她的家在莫伊卡河畔的一幢老房子里，房间的天花板是装饰过的，还镀上一层金色的涂料。直到回到这间旧屋里，娜斯佳才想起来把卡捷琳娜·彼得洛芙娜的信拿出来看。

"现在让我如何走得开！"她边说边站了起来，"难道说让我从这儿立刻飞出去吗！"

她设想了一番拥挤不堪的火车、列车换轨的过程、摇摇晃晃的大车、干枯的花园、必定要看到的母亲的眼泪、节奏缓慢而没有任何色彩的无聊的乡村生活，便把信塞进了书桌的抽屉里。

接下来的两周里，娜斯佳一直在为举办季莫菲耶夫作品展而忙碌奔波。

在这段时日里，她同这位不好相处的雕刻家争执又和好了好几回。季莫菲耶夫摆出的姿态，好像他把自己的作品送出去展览是降低了作品的品位。

"你们什么结果也得不到的，亲爱的，"他幸灾乐祸地对娜斯佳说，仿佛她举办的是她自己的作品展，跟季莫菲耶夫毫无关系，"讲老实话，我这是在白白浪费时间。"

娜斯佳起初很失望，感觉受到了侮辱，不过后来她明白过来了，所有这一切任性的举动只不过是季莫菲耶夫那受伤的自尊心在作祟，他那些任性的言行不过是装出来的，他其实很高兴，内心深处对即将举办的作品展充满了期待。

作品展在晚上拉开帷幕。季莫菲耶夫发火了，说根本不能在灯光下观看雕塑作品。

"该死的灯光！"他抱怨道，"简直无聊透了！哪怕是煤油灯也比这好些。"

"您究竟需要什么样的灯光？您的脾气简直坏透了！"娜斯佳突然发起火来。

"我需要蜡烛！蜡烛！"季莫菲耶夫痛苦地叫道，"怎么可以把果戈理放到电灯下去观看，简直荒唐透顶！"

参加作品展的还有一些雕塑家和画家。如果不知内情的话，很难从他们的谈话中猜出来，他们究竟是在赞赏还是在批评季莫菲耶夫的作品。不过季莫菲耶夫心里明白，他的作品展成功了。

一位性急的画家走到娜斯佳跟前，拍拍她的手，说：

"非常感谢。我听说了，是您把季莫菲耶夫拉回到这个世界上来的。做得真漂亮。不然的话，不知您知不知道，我们有很多人一直在抱怨对这个艺术家关注不够，没有关心体贴他，没有爱护他，可是一碰上具体事情就干瞪眼啦。再次感谢您！"

人们开始议论纷纷。大家你一言我一语，各种想法都有，有赞赏的，也有不愉快的争执，不过所有的人都重复了那个老画家的想法：要关心年轻人，要关注本不该被遗忘的年轻雕塑家。

季莫菲耶夫无精打采地坐在一旁，两眼盯着镶木地板，显出一副闷闷不乐的样子，不过总是不停地偷偷斜眼望一望那些发言者，心里琢磨着，究竟该如何对待他们的言辞，现在相信他们是否为时尚早。

协会通信员出现在门口 —— 这是一位善良而糊里糊涂的姑娘，名叫达莎。她向娜斯佳做了几个手势。娜斯佳于是走到她跟前，达莎微笑着把电报递给她。

娜斯佳回到自己的座位上，悄悄地拆开电报，读了一遍，什么也没明白：

"卡嘉要死了。季洪。"

"哪一个卡嘉？"娜斯佳不安地思忖道，"季洪又是谁呀？可能这封电报不是发给我的。"

她看了看地址：不对，电报的确是发给她本人的。直到这时，她才发现了电报纸上那一行细小的印刷体字母："扎波里耶"。

娜斯佳把电报揉成团，紧锁眉头。此时，别尔申正在发言。

"如今，"他微微晃动着身体，扶了扶眼镜，说道，"对人的关爱正在成为美好的现实，这将会极大地帮助我们成长，帮助我们工作。我很幸福地看到，在我们的雕刻家和画家的圈子里出现了这种关心和爱护。我说的是季莫菲耶夫同志的作品展。这个作品展归功于我们协会的一个普通工作人员，她就是我们可爱的阿纳斯塔西娅·谢苗诺芙娜，我希望我们的领导不要因此而感到委屈。"

别尔申对娜斯佳鞠了一躬，大家一齐鼓起掌来。掌声响了很久。娜斯佳激动得快要流出眼泪了。

不知是谁在她身后碰了碰她的手。原来是那位急性子的老画家。

"怎么啦？"他悄悄地问道，望了望娜斯佳手里揉成一团的电报，"没什么事吧？"

"没事儿，"娜斯佳回答道，"是这么回事……我的一个熟人……"

"哦！"老人咕哝一声，继续听别尔申讲话了。

大家都在盯着别尔申，可是娜斯佳觉得，总是有一束沉重而有穿透力的目光盯着她，因此她始终不敢抬起头。"会是谁呢？"她思忖道，

"莫非有人猜到了？这种念头太愚蠢啦。又在发神经啦。"

她吃力地抬起头，迅速地环视四周，突然发现，果戈理正面带讥笑地看着她。娜斯佳仿佛听到了果戈理从紧闭的牙缝里挤出的字："哎，你这个人呀！"

娜斯佳迅速站起身，走出房门，在楼下慌慌张张地穿好衣服，迅速跑到街上。

外面正下着湿润的雪。伊萨基耶夫大教堂上出现了灰色的雾凇。昏暗的天空愈来愈低地压向城市，压向娜斯佳，压向涅瓦河。

"我亲爱的，百看不厌的女儿！"娜斯佳想起了不久前收到的那封信。

娜斯佳走到靠近海军部的街心花园里，在一张长椅上坐了下来，失声痛哭。雪在脸上融化掉，与她的眼泪混杂在一起。

娜斯佳浑身颤抖了一下，感到一阵寒冷，她突然明白过来，这个世界上没有人会像这个衰老的妇人那样疼爱她，而如今，这个老太婆却被所有人遗忘在了扎波里耶。

"太晚了！我已经不会再看见妈妈了。"她自言自语道，突然记起来，这一年来，她还是第一次说出这么亲切的孩童时期的用语——"妈妈"。

她从椅子上跳起来，迅速地迎着落在她脸上的片片雪花，朝前走去。

"妈妈究竟怎么样啦？究竟发生什么事啦？"她琢磨着，什么也看不到了，"妈妈！怎么会发生这样的结果呢？我生活中一个亲人也没有了。不会再有谁比妈妈更亲了。要是她还能再看我一眼，能原谅我，那该多好啊。"

娜斯佳走到了涅瓦大街上，向火车站走去。

她来晚了。火车票已经卖完了。

娜斯佳站在售票窗口旁，嘴唇发抖，她简直无法开口说话，感到一旦开口说出第一个字眼，就会马上号啕大哭起来。

一位戴眼镜的老售票员看了看窗外的娜斯佳，问道："女公民，您这是怎么啦？"她好像不太高兴地问。

"没什么，"娜斯佳应道，"我的妈妈……"

娜斯佳转过身，迅速地朝出口处走去。

"您这是上哪儿呀？"女售票员喊道，"我这就看一看。您稍等片刻。"

娜斯佳当晚就出发了。一路上，列车迅速地穿越黑暗中的森林，喷出蒸汽，发出阵阵拖长了的轰鸣声，可是，她总感到这列"红色箭头"仿佛不在飞奔。

……季洪来到邮局，和邮递员瓦西里轻声嘀咕了几句，从他那儿拿了一张电报纸，捏在手里摆弄了好一阵子，用衣袖擦了擦胡子，在电报纸上歪歪斜斜地写了点什么。写完之后，小心翼翼地把电报纸折上，塞进帽子里，慢吞吞地朝卡捷琳娜·彼得洛芙娜家走去。

卡捷琳娜·彼得洛芙娜已经是第十天卧床不起了。她什么病也没有，可是浑身乏力，像是昏厥似的虚弱压迫着胸和头，压迫着双腿，甚至呼吸都很困难。

玛纽什卡整整六天六夜没有离开卡捷琳娜·彼得洛芙娜身边一步。夜里，她就穿着衣服躺在被压坏了的沙发上打盹儿。有好几次，玛纽什卡觉得卡捷琳娜·彼得洛芙娜好像已经停止呼吸了。这时，她便啜泣起来，叫唤道：

"奶奶！奶奶！你还活着吗？"

卡捷琳娜·彼得洛芙娜动了动被子底下的手，于是，玛纽什卡安心了。

已经是十一月了，房间里各个角落从早晨开始就黑乎乎的，光线很暗，但却很暖和。玛纽什卡总是把炉子生得很旺。当欢快的火苗照

148

亮了房间里的四面木墙时，卡捷琳娜·彼得洛芙娜总是小心翼翼地喘着气——火苗使房间变得非常舒适温暖，同很久以前、当娜斯佳还在家的时候一模一样。卡捷琳娜·彼得洛芙娜闭上双眼，眼角里淌出了一滴泪珠，顺着发黄的太阳穴滑落，落到了灰白色头发里。

季洪来了。他咳嗽了几声，擤了擤鼻涕，看样子很激动。

"怎么啦，季沙？"卡捷琳娜·彼得洛芙娜无力地问道。

"天冷啦，卡捷琳娜·彼得洛芙娜！"季洪强打精神地回答道，同时不安地看了看自己的帽子，"大雪很快就过去了。天气就要变好了。寒冷的天气会让道路变得好走些的，这就是说，她来这儿会很方便的。"

"说谁呀？"卡捷琳娜·彼得洛芙娜睁开眼睛问道，干瘪的手开始颤巍巍地抚摸着被子。

"除了娜斯塔西娅·谢苗诺芙娜，还能有谁呢，"季洪勉强地笑了笑，答道，顺手从帽子里取出电报，"这不就是她嘛。"

卡捷琳娜·彼得洛芙娜想坐起来，可是没有力气，于是重新躺到枕头上。

"瞧，没有力气啦！"季洪说着便小心翼翼地摊开电报，递给卡捷琳娜·彼得洛芙娜。

可是卡捷琳娜·彼得洛芙娜并没有伸手去接，仍然带着一副哀求的目光盯着季洪。

"念一下吧，"玛纽什卡沙哑着声音说道，"奶奶已经没力气看了。她眼睛不好使了。"

季洪胆怯地向四周望了望，理了理衣领，摸了摸业已稀疏的褐色头发，用低沉的声音迟疑不决地念了起来："我这就出发，等着我。一直爱着您的娜斯佳。"

"不用念了，季沙！"卡捷琳娜·彼得洛芙娜轻声地说道，"不用念了，亲爱的。愿上帝保佑你。谢谢你说了这些吉利的话，谢谢你的好意。"

　　卡捷琳娜·彼得洛芙娜吃力地翻过身，面向墙壁，随后就像睡着了似地安静了下来。

　　季洪低头坐在冰冷的外屋里的椅子上抽烟，不停地吐唾沫，不停地叹气，直到玛纽什卡招呼他进卡捷琳娜·彼得洛芙娜的内屋。

　　季洪蹑手蹑脚地走进去，不停地用手掌抹着脸。身材瘦小的卡捷琳娜·彼得洛芙娜面色安静地躺在那儿，面色苍白，好像平静地睡着了。

　　"她还是没能等到，"季洪嘀咕着，"唉，她吃的苦可够多的，遭了多少罪，简直写不完呢！可是，你这个傻瓜，瞧瞧吧，"他生气地对玛纽什卡说，"要知恩图报，可不能犯糊涂。你就在这儿坐着，我这就去村苏维埃报告。"

　　他走了，而玛纽什卡坐在凳子上，蜷起膝盖，哆哆嗦嗦地紧盯着卡捷琳娜·彼得洛芙娜。

　　卡捷琳娜·彼得洛芙娜是第二天下的葬。天很冷，上了冻。飘着小雪。天亮之后，整个天空是干燥而明亮的，可是却显得灰蒙蒙的，仿佛头顶上罩着一张结了一层薄冰的洗干净了的大麻布。远处，在河对岸，天空则呈现出一片瓦蓝色。空气中飘来阵阵浓郁的雪花气息，夹杂着遭遇到第一次严寒袭击的柳树皮的气味，沁人心脾。

　　老太婆们和孩子们都参加了葬礼。季洪、瓦西里和马利亚文兄弟俩一齐把灵柩抬到了墓地，马利亚文兄弟是两个老头儿，都长了一脸大胡子，好像是清一色的麻絮。玛纽什卡和哥哥瓦洛季卡抬着棺材盖，目不转睛地注视着前方。

　　墓地在村子外的河边。墓地里生长着高大的柳树，树干上长满了黄色的苔藓。

　　路上遇到一位女教师。她不久前从州府来到这儿，在扎波里耶没有一个熟人。

"女教师来啦，女教师来啦！"男孩子们窃窃私语道。

这个女教师还很年轻，非常腼腆，有一双灰色的眼睛，简直就是一个小姑娘。她看到葬礼，就怯生生地停了下来，害怕地看着棺材里躺着的瘦小老太婆。刺人的雪花落到老太婆的脸上，没有融化。女教师的母亲还留在州府里，也是这样一位瘦小的满头灰白发的老太婆，也同样整天为女儿操心。

女教师站了一会儿，便缓缓地跟在灵柩后面。老太婆们不时地向她瞟几眼，窃窃私语，好像是在说，瞧啊，这个姑娘多么文静啊，她第一次和孩子们在一起一定会很难为她的 —— 咱们扎波里耶的孩子可是够调皮的，都很有主意的。

女教师终于决定开口问一个老太婆 —— 玛特廖娜老太太：

"大概这位老太太是孤身一人吧？"

"可不是嘛，亲爱的，"玛特廖娜顿时拖长了声调说道，"可以说完全是孤苦伶仃啦。多好的老婆子啊，善良的、热心肠的人啊。每天都是一个人坐在家里的沙发上，找不到人说话。太可怜啦！她有一个女儿在列宁格勒，是的，显然是远走高飞啦。这不，死的时候身边没有一个亲人。"

在墓地上，人们把灵柩抬到一个新墓穴边。老太太们对着灵柩鞠了躬，用她们黑黝黝的手碰了碰土地。女教师走到灵柩跟前，深深地鞠了一躬，吻了吻卡捷琳娜·彼得洛芙娜那发黄的干瘪的手。她迅速直起身子，转身向那业已毁坏的砖砌的围墙走去。

围墙后面，漫天飞舞的雪花落在了亲切的、有些伤感的故乡的土地上。

女教师久久地注视着墓地上的人，聆听着那些老人们在她身后的窃窃私语，聆听着泥土敲打着灵柩盖，聆听着远处院落里传来的公鸡的声声啼鸣 —— 这些声声啼鸣仿佛在预告着明朗的日子，预告着即将到来的微微的寒冷，预告着冬日的宁静。

葬礼后第二天，娜斯佳才赶到扎波里耶。在墓地里，她面前出现了一座新的坟丘——坟上的泥土已经冻成块，她又来到卡捷琳娜·彼得洛芙娜生前居住的寒冷黑暗的小屋，如今，生命好像早已从这间屋子里消逝。

娜斯佳在屋里哭了一整夜，直至黎明那沉重而朦胧的蓝光出现在窗外。

娜斯佳悄悄地离开了扎波里耶，尽量不被人看到，不被人询问。她觉得，除了卡捷琳娜·彼得洛芙娜，没有谁能够从她肩上卸掉无法弥补的负罪感和无法承受的重压。

1946 年

雪 原

　　傍晚开始下起了雪，到深夜，整个平原都已盖上一层薄薄的白雪。

　　大海那长长的浪涛将细沙推向岸边。海浪不知疲倦地发出隆隆声响，月复一月，年复一年，永不停息。阿兰早已习惯了这种声音，已经不再留意它了。相反，倒是周围的宁静让阿兰颇为惊讶。他觉得，这份宁静仿佛是伴随着雪花一同从天上飘下来的。

　　天上飘着冰冷的雪花，黑色的窗玻璃透出烛光。海上的波涛包围着沉重的渔船，或许，从海面上就能看到烛光。渔夫们看着烛光，常常会想到沸腾的饭锅和干燥的床铺。

　　阿兰笑了笑。永恒的自我欺骗，人类希望和幻想永恒是那么天真！假如那些渔夫们都是好样的，那么他们一旦能有机会上岸，他们必定会走过平原来到他的房屋里！那么他们会在这儿看到些什么呢？他们将会看到空荡荡的房间、蜡烛、行军床和壁炉里冰冷的灰烬。当然，也会看到他——围着破围巾，冻得瑟瑟发抖的阿兰，他是那么的忧郁，甚至连开口说话都难以做到了。这是因为没有谁像他那样孤独。就连藏在炉灰里叽叽喳喳叫的老鼠都比他幸福。这是一只快乐的灰色老鼠，可是阿兰却是一个伟大的但无人需要的美国诗人，这个幅员辽阔的国家已经开始进入漫长的冬季。

人们喜欢讨论什么是幸福。可是没有人知道，最大的幸福在于被理解。他其实不需要荣耀，也不需要宁静。他只渴望一样东西，那就是：周围的人能够明白，他的想象力和让人愉快的本领不是仅仅只为两三个人的，而是为成百上千的人服务的。

他想永无止境地给予人们馈赠。他馈赠得愈多，就愈感到自己很富有。

他能够坐在十字路口的石头上，对一个黑人小男孩讲自己新的构思。这个构思太像童话故事了，阿兰讲述的时候，自己都会因为感到意外而会心地笑起来。黑人小男孩也哈哈笑起来，不断地用黑黝黝的手拍打着自己的两肋。

他能够在驿车里对同车的女性旅伴表达自己即刻产生的爱慕之情。这份爱将会很短暂，结局就在眼前 —— 当她在下一站下车离去时，爱也就完结了。不过阿兰也知道，这份爱其实是没有尽头的，因为还有记忆，记忆是不会让他安宁的。

阿兰异常清晰地想象着这次相遇，似乎他应当立刻坐到桌前把它写下来。年轻女人那张因旅途劳顿而略显疲惫的脸庞、昏暗的水面上海鸥的鸣叫、马匹的呼哧声、车轮下砂石的响声……寥寥数语后，周围的世界将会充满某种神奇。

女人会抬起眼睛，会露出微笑，他将会觉察出她脸上的激动和不安。这个人是谁？是来自我们时常静静地想，却又不相信它的存在的那个国度的客人？抑或他根本就是一个疯子？

为什么太阳穿透了湿润的云层，海浪泛起的泡沫在阳光下发出耀眼的闪光，好似那蓬松的雪花？为什么马车夫会吟唱那位没有说出一句爱慕之辞就掠走了他的心的姑娘？为什么从那遥远的山冈上会传来森林的呼啸声，而稀疏的雨滴会重重地落到驿车的顶盖上？为什么彩虹会在旷野的上空翻转过来，好似边界线上的拱门？那密集的嗡嗡声是从哪里来的？莫非是一只金龟子在窗外飞舞？为什么她的手会颤抖得那么厉害，而双唇则会尽力地说："您是谁？您不必对我说这些话。"

他知道，她是对的，他破坏了岁月形成的神圣的生活历程，从今往后，她的贴满条纹墙纸的房间、丈夫的说话声、咖啡磨的噼啪声，以及行为端正得体的客人——所有这一切都将仿佛是僵死的，无趣的，就像充满了力不从心的操劳的普通日子一样。

"人们可能会怪罪我迷恋女人和儿童。"阿兰思忖道。

那么好吧。让我们回忆另外的事情吧。莫里斯顿的一家医院里，邻床的一个伐木工死了。一棵松树砸到他身上，这个老头非死不可了。

他自然很快就死了。可是夜里，在临死前两小时，他突然睁开双眼问阿兰：

"邻居！喂，邻居！您知道森林意味着什么吗？"

"我知道，"阿兰略微思忖了片刻，答道，"如果你从同样的高度看去，森林和海洋差不多。它们都会流动，都会发出轰鸣声，太阳光落到树叶上，就跟照到海洋那黑暗的深渊里一样。假如鸟儿蹲在你的头顶上方鸣叫五次，那么这就意味着，就在你周围五尺范围内，埋藏着古人的宝藏。这宝藏很容易找到，于是，从沙石里拖出了一只铁皮包着的大箱子。打开箱子就可以发现——不，当然不会是古代金币！——而是为您女儿准备的婚礼服。您女儿好像名叫查尔曼？"

"是的，"伐木工说，"她叫查尔曼。"

"您有没有过和熊面对面站着？"阿兰问道。

"那还用说嘛！"伐木工应道，"那只熊用绿色的眼睛盯了我好一会儿，然后我们互相使了使眼色，各自走开了。我们都是森林里的

155

住户，我们之间不应该有争斗的。可是查尔曼，"伐木工突然补充道，"她才十九岁。我给她写过信，告诉她我很快就会好的。"

还能怎样去安慰他呢？只能用谎言了。

"您知道吗，"阿兰说，"只要您闭上眼睛，深吸一口气，在记忆中呼唤查尔曼，那么您所希望看到的一切就会发生的。试一试吧！喂！看吧！风总是在傍晚时分静下来，太阳在您的破旧小屋上方，照亮了松树。无论您怎么眺望天空，您只会看到唯一的一朵云彩，一朵小小的云彩，犹如松鸦身上掉落的一片羽毛。再看不到其他东西了。我知道，您渴望等待，渴望等待黑暗的降临，渴望等到暮色很深的时候，可以看到繁星满天的景象。这就意味着，现在到了该吃晚饭的时候了。当然，晚饭已经准备好了 —— 查尔曼把饭盆弄得叮当响，嘴里还哼着歌儿。哎，真见鬼！我忘了歌词啦。"

"啊，"伐木工猜测道，"这是不是关于一只乞讨的小熊的歌？这只小熊向一个小姑娘乞求施舍。"

"是的，是的！就是这支歌。我记起来啦。我这就唱，不过得轻轻地唱，别让护士们听见。她们总是以为，所有给我们带来欢乐的东西都是有害的。"

于是，他开始轻声唱起来：

突——突！有一只湿漉漉的野兽

在敲门——

一只饥肠辘辘的小熊。

"对不起，——

能不能向查尔曼

借一块钱？"

伐木工听着这支歌，慢慢地睡过去了，再也没有醒过来。生命之火如同那远去的歌声，在他的身上渐渐熄灭了。

伐木工被安葬在离医院不远的一个墓地里。在青色的坟墓间，几只马匹被拴在树桩上吃草。

人们让阿兰在木头十字架上写下墓志铭。他是这样写的：

"这里沉睡着托马斯·彼尔，一位伐木工，六十三岁，被一棵倒下的松树砸死。他劳作了一生，因此是一个高尚的人。愿上帝保佑，让他安息于乡村的规矩教民当中吧。"

阿兰康复了，他在医院里又住了一些日子。他时常走到彼尔的墓前。他常想，就在这块还没有被青草覆盖的小土堆下躺着一个人，这个人很有可能和他成为朋友的。

他们也许真的会成为亲近的朋友，因为伐木工不需要像阿兰那样耗尽生命去解释生活中的一切复杂性。而阿兰可以到他跟前聊聊天，休息一会儿，询问一下如何使用锯子，如何招引小鸟。

出院前，阿兰给伐木工的女儿写了封信，描述了她父亲临终前的状况。随后他就消失了，仿佛害怕查尔曼会赶过来，会在莫里斯顿遇到他。

阿兰走到窗前。大海波浪翻滚，不断冲击着海岸。

"永远回不来！"阿兰自言自语道，冻得瑟瑟发抖，"永—远—回—不—来！"他又重复了一遍。

逝去的生活永远不会再回来。这逝去的生活令他惋惜。倘若抛开穷困的年月，抛开潦倒的日子，抛开他每每跟人打交道都会发生的那些混乱不堪的日子，那么总还会剩下几十天温馨的、宁静的日子，犹如空中飘下的雪花那么温柔。

弗吉妮娅已经死了。人们管她叫"三色堇"。这个州的人喜欢这样称呼这种春天里开的小花。

他对弗吉妮娅的死深感内疚。他没有能力挣得几十美元来替她找医生，替她在这间破旧的屋子里把炉子生上，给她创造出哪怕是近似于安宁的环境。他只会幻想。这是他生命中唯一的事业。

他还会什么呢？他只会在弗吉妮娅躺在铺满干草的床垫上发烧的时候，给她盖上自己的破大衣。他只会扭过身去咽下眼泪。甚至住在他们屋子里的那只流浪猫都比阿兰更清楚该做些什么。最后几夜，它都是躺在弗吉妮娅的怀里，用自己的体温给她取暖。

那时，也是这样一个冬天，大海也是这么咆哮——它跟弗吉妮娅的痛苦毫不相干。几千年来，它就是这样把绿色的海浪不断地推向陆地。这项事业是如此宏伟，人类的不幸在它面前就显得渺小多了，就像细沙的声响，不值一提。

"莫非永远也不可能？"阿兰转过身去，面对黑暗的房间，自言自语地问道。

他跟这些简陋的陈设生活了多久啊！这些陈设是多么顺从地同他一起忍受着生存的艰辛！那是弗吉妮娅还在世的时候。她时常触摸它们。可以同它们低声交谈，不过无论怎样也无法听到它们的任何回答。

"为什么你们还活着，可她却死了？"阿兰大声地问道。

那些东西沉默不语。

"那么好吧，没关系，"阿兰说道，"别生气。我永远不会把你们扔掉的。"

那些东西仍然沉默不语。

"我的上帝！"阿兰叹道，"我该怎样熬过这个夜晚啊！"

他坐到桌子旁开始写作。这使他稍稍安定了一些，尽管他知道，他写出来的每一篇新的故事都会招致充满恶意的质疑，至少也是相当大的怀疑。在美国，人们都把他看作是外星人。

这位贫穷的诗人怎敢用自己尖锐的、闪光的语言摧毁那套社会规范和坚固的概念，把那个清醒的世界变成嘲弄的标本！他怎敢将自己的想象变为某种实实在在的真实，就像现实中的交易所、星条旗、教堂和律师事务所一样真实！

这种想象除了能给予短暂而虚幻的快乐和长久的揪心的苦闷之外，还能给予什么呢？为什么要毒害人们的心灵，虚构那些美丽的故事呢？是为了多余的眼泪？为了唤起失望之情？究竟为了什么？

"不对！"阿兰自言自语道，"我是一个快乐轻松的人。别愁眉苦脸的！我要让你们欢笑。我想给你们增加一点点幸福。可是你们却躲闪开，就像躲避毒药。你们可真蠢啊！"

"我坚信，"阿兰写道，"人可以创造奇迹。假如我不能很好地证明这一点，那么五十年或者一百年之后，会有另一个人比我做出更好的证明。我并不是想说：'上帝保佑！只有我才能造出奇迹。'不过我还是发现，人们愿意相信我为他们虚构出来的故事，他们会立刻互相讲述这些故事。我虚构出来的故事他们都坚信是真的，难道说这不是奇迹？

"我们知道，麦哲伦的船队环绕过整个世界，而纳尔逊将军[1]死于特拉法尔战役。不过，我们同样也相信，有过哈姆雷特王子，同样也相信，麦克白夫人无法洗清自己沾满鲜血的手指……"

好像有人在用拳头使劲敲打墙壁。阿兰用散落在桌上的一张写有一串歪歪斜斜的数字的泛黄的稿纸盖住写好的那页，起身走到前厅里。风灌进那扇破窗户，已经可以听到门槛外那匹坐骑呼哧呼哧的喘息声，它正烦躁地踢打着冻硬的土地。

阿兰没有向这位夜晚突然出现的不速之客打招呼，直接打开了门。

---

1 霍雷肖·纳尔逊（1758—1805）：英国海军将领。

"啊哈！"他说道，"是格列戈里大夫！您为什么在这个夜晚到我这儿来呀？"

格列戈里环视了一下四周，走进前厅，摘下帽子，掸掉上面的雪。这是个相貌冷酷的家伙，个头很高，长着一双红褐色面颊。他眯缝起本来就不大的眼睛，微笑着向阿兰伸出手。

"来看看你是我的本分，"他沙哑着嗓子回答道，"我就在离这儿不远的地方，在弗雷德那儿。他得了水肿，快死了。阿兰，人们已经有两个礼拜没在西点看见你了。我决定顺道来看一下，您是不是一切都好。"

他们走进房间。

"很遗憾……"阿兰咕哝道，瞟了一眼冰冷的黑色壁炉。

"不用担心，"格列戈里答道，"既然在我口袋里永远有这玩意儿……找两个杯子来。"

他从口袋里掏出一瓶威士忌放在桌上。

他俩一开始是慢慢地喝，什么话也没说。大海咆哮得愈来愈厉害了，像恶魔一样凶狠。旧橱柜上立着一尊帕拉斯女神[1]的半身大理石雕像，烛光在女神的脸上颤动。

"您这儿可是攒了不少灰呀，"格列戈里最终还是开口了，"您这儿除了灰尘就是寒冷！"

他转身面向帕拉斯女神像。

"您应该把这个胜利女神的头像打碎！"

"为什么呢？"

"她没给您带来任何胜利，甚至连成功也没有给您。"

"谁知道呢。"阿兰克制地答道。

"这叫什么话？什么叫'谁知道呢'！"格列戈里嚷了起来，"您

1　帕拉斯是希腊神话中智慧女神雅典娜的别称。

的命运就跟这只杯子一样，再清楚不过了。随便您把自己想成是谁。就当是天堂的使者吧。或者是来自地狱的使者。这对我来说都无所谓。您还能想出点儿什么来呢，阿兰？还能构思出很多东西吗？那可太好啦！可是您又能得到什么呢？得到灰尘和寒冷吗？噢，当然，还能得到壁炉里那只耗子的吱吱叫声？"

阿兰的眼睛紧盯着格列戈里。医生喝得不多，但已经有了醉意，跟平时喝醉了一样，开始百般挑刺了。阿兰笑了起来。

"您有想象力，您为此而感到骄傲，"格列戈里生气地说，"可是您却不能从您的想象力里面得到任何东西。您根本不了解，什么叫生活。您像我一样，在夜里到处乱转。还冒着这么大的雪。骑着这么一匹老马。可是为了什么呢？是为了穷人和那些无所事事的闲人的感激？他们的感激和您的诗歌一样，不会给我带来任何好处。"

"我很认真地在听呢。"

医生用拳头在桌子上捶了一下。

"就让魔鬼把我捉去好啦，可我就该过上最好的日子！我在泰勒将军的部队里谋到一个军医的位置。我很喜欢墨西哥战争。在那儿发大财很容易。"

"在美国到处都是卑鄙小人，到处都是探险家。"阿兰低声答道。

"都是淘金的人，"格列戈里纠正道，"在这个时代不值得做一个老实人，阿兰。"

格列戈里的目光紧紧地盯着阿兰。

"看来我是喝多了点儿。没错！阿兰，您怎么看呢？您能从您的幻想里抖落出哪怕是一块钱吗？那么您的脑袋瓜子还值多少钱呢？"

"继续说！"

"嚯！"医生喊了起来，"您的脑袋还不值我的那只破伞呢。"

"我没兴趣听任何醉话，"阿兰平静地答道，"您妨碍我做事啦。"

"不管怎样，您现在已经没有选择的机会啦，您必须听我说下去，"格列戈里咕哝道，"我妨碍您什么啦？妨碍您发明点金石啦？或者是妨碍您发明返老还童的药方啦？"

阿兰的眼睛因为愤怒而变得黯淡。

"好吧！"他喊了起来，"既然您那么嘲笑想象……您看到这张写满数字的破纸片了吗？"

"是伙计的账单吧，"格列戈里一边说，一边给自己斟满一杯威士忌，"看出来了。让我们看看，就您现在的处境，您还能想象出一些什么来。"

"这可不是伙计的账单。您的领悟力可真差，格列戈里。尤其是你喝醉了胡言乱语的时候。我是在一本旧书里找到这张纸的。那本书写的是海军上将庞塞·德·莱昂[1]发现佛罗里达的故事。我在西点的时候从一个黑人那儿买下这本书。书里有一股胡椒的气味，还有历史的气息。"

"只不过有黑人身上的气味而已。"格列戈里反驳道。

"这张纸片是粘在两页纸当中的。根据墨迹、纸张和笔迹来看，它是差不多两百年前的东西。这可是一段神秘的记载。您能辨认出来吗？"

"这我可从来不敢想！"

"您就是缺乏灵活的头脑，"阿兰出于礼貌，微笑着解释道，"需要寻找到解开它的钥匙。我找到了，把这段记载恢复还原了。总共花了我好几个小时。"

"啊——啊，"格列戈里心不在焉地拖长了声音说道，"那儿写了什么特别的东西吗？"

"在学校的时候您不是学过征服美洲的历史吗？您当然应该听说过那些海盗和他们的船了吧。其中有一个海盗名叫布莱克。他是个英

1　庞塞·德·莱昂（1460—1521）：西班牙探险家。

国人，不过替西班牙国王效力。"

"这可真新鲜呀！"格列戈里嘟哝道，"布莱克！他可算得上是这个世界上最富有的坏蛋啦。"

"临死前，布莱克把自己的财产埋了起来。谁也不清楚他埋在了哪儿。人们寻找了一百年……"

"找到啦？"格列戈里问。

"没有。不过现在已经不值得去找了。"

格列戈里失望地挥了挥手。

"嗨，这算什么呀，不就是一个老掉牙的故事吗，阿兰！这些故事只配讲给那些围在壁炉边的瘫痪的老太婆们听。"

"记下来！"阿兰严肃地命令道，"我将解开这个古老记载的秘密，把它口述出来。我现在读这些数字是很轻松的，就像您读您开的药方一样简单。不过到目前为止我还没能腾出空来解读这些记载的数字。"

"太妙啦，真好玩！"格列戈里咕哝道，拿起鹅毛笔，把阿兰的手稿重重地推到一边，做好听写的准备。

"写下！'我，感谢上帝的仁慈，也就是著名的布莱克，将把所有这些遗产赠给那位能够看到这张遗嘱，并能做到把这份财产用于善事而非恶事的人。我要他在至高无上的宝座跟前发誓将遵守诺言。如果他找到我在那些海战中积累下来的财宝——上帝啊，为那无辜的流血宽恕我吧！——他只能自己拿走百分之一，其余的都要赠给他在周围遇到的第一个小女孩，这个小女孩除了一身破衣裳外，一无所有。'

"'假如我的这条命令没有被遵照，那么到死者复活的那一天，我将从坟墓里钻出来，以人的理性难以想象的最可怕的惩罚方式同那个骗子算账。'

"'财宝埋在布隆斯维克要塞以南的杰克岛上，如果从这个岛的最北端，也就是从伊格拉海岬算起，应该是埋在第三座小山上。找到山的半坡，必须朝西南偏南一点的方向测量一百一十七步的距离，在一堆乱石中会看到一块黑色的矿石。从这块矿石的地方再朝 241 度的方向量出三十步的距离，然后开始挖掘。'

"'这些宝藏足以使整个人类目瞪口呆。甚至我神圣的国王的财富也不及它的三分之一，虽然他是日不落帝国的国王，虽然所有的飓风还没有飞到他的国土的一半位置就早已偃旗息鼓。'"

等到格列戈里写完最后一个字，阿兰问道："都写下了吧？"

"是的。真是个有趣的玩意儿。"

"谢谢您，"阿兰从格列戈里大夫手边拿走写好的那张纸，随意地塞进那本旧书中，"现在您应该相信想象的力量了吧？"

格列戈里慢慢地朝阿兰望去，瞟了一眼那本书，用红乎乎的肿胀的双手敲打着自己的双膝，大笑起来。

"您可真会捉弄人啊，"他笑吟吟地承认，"那您为什么直到现在也没去把这宝藏挖出来呢，阿兰？是没有工夫？或者您已经足够富有，根本看不上这笔财富？"

阿兰没有回答。

"那么好吧！"格列戈里和气地说，"够啦。我们还是把这些小孩子的胡诌放一边吧。我现在得问一问别的事啦。您现在身体怎么样啦？"

"失眠，"阿兰回答道，"愈来愈严重了。我想把整个晚上我脑海里不间断闪过的念头都写下来。那样，这些念头就都留下来了。"

"身体很虚弱？"格列戈里问。

"是的，身体很虚弱。"

"您的神经绷得像琴弦那么紧，"格列戈里诊断道，"可是神经已经很脆弱了，不会比蜘蛛网更结实，很容易绷断的。"

他陷入沉思。

"我该拿您怎么办呢？坦白地说吧，您该住院治疗。"

"又来了！全是老一套，"阿兰苦恼地大声喊叫起来，"不！说什么我都不去医院！"

"哦，上帝啊！"格列戈里叹了口气，"全乱套了！我可以开给您一些安眠药。可是这些药救不了您的。"

"什么也救不了我。"

格列戈里冷冷地望了阿兰一眼，从背心口袋里掏出几个小纸包，翻寻了一会儿，把其中一个递给了阿兰。

"现在就把它服了。您到早晨就会睡着的。可以就着威士忌服。这样效果更佳。"

阿兰往威士忌酒杯里倒了一些蓬松的白色药粉，一口气喝了下去。

"天快亮了，"格列戈里说，"我可以在您这儿一直坐到早晨，这样我就能观察您的身体状态。可是等您睡下之后，谁来替我关门呢？"

"我现在就可以关门。"

"您还是那么客气。"

格列戈里嗖地一下站起身，身体带起的风差点儿把蜡烛给吹灭了。此时，天已经开始发亮了，阿兰透过窗户，看到反射进来的那犹如冰冷月色的光亮，而在这黎明时分的光亮里，阿兰看到了远处那泛着白沫的大海，看到了窗外那棵黑色的大树。

"喂，您怎么说呀？"格列戈里有些恶狠狠地问，"您究竟要不要关门？我建议您还是把蜡烛点上。"

格列戈里走到前厅，在黑暗中一下子撞到了凳子上。他走出房门，解开马索，拍了拍马儿的脖子，大喊了一声：

"晚安，阿兰！"

阿兰没有回应。敞开的房门外响起了远去的马蹄声，他起身来到前厅。马儿已疾驶而去。

"清晰的马蹄声在山谷里回响！"阿兰自言自语道，尽力使重音和马蹄声儿的节奏保持一致。他又重复了一遍："清晰的马蹄声在山谷里回响！"

他走回屋里，点上蜡烛，拿起书，倒过来，在桌子上翻抖。随后，他一页一页地把书翻找了一遍。格列戈里写下的那张纸不见了。阿兰笑了起来。

"我赢了。我甚至战胜了这只老狐狸。就让他现在去把整个杰克岛都挖个遍吧。那儿的沙子可够他挖上一千年的。"

阿兰拿起那页写有数字的纸。那是从小学练习本里撕下的一页。上回在小铺里买奶酪时，店主就是用这张纸把奶酪包上递给阿兰的，所以纸上留下了油迹。

"可怜的孩子！他怎么也做不出二元方程题目。"

海面上突然传来遥远的炮击声。深红色的朝霞升起来了。

阿兰吹灭蜡烛，凝视着黑暗中的远方。那儿出现了什么？急速升起的朝霞映红了海面，海浪仿佛染上了深铜色，一艘装着四十门大炮的船出现在海面上。它升起所有的帆，不停地开炮射击。桅杆上高挂着一面黑色的旗帜，上面画着一只白色的人手。

是布莱克！他在追踪谁呢？烟雾遮住了海浪。没错，当然是布莱克，从上世纪来的客人。

可是，他为什么要离开海岸，在沙滩上深一脚浅一脚地走向阿兰的小屋呢？微风吹拂着他那件短上衣的领口，他向阿兰的小屋走去。大鼻子布莱克的脸上布满了沧桑。他这个强盗也挺幽默的，居然想出了在旗帜上画一只人手这么一个主意。

"我和他是很容易讲和的。"阿兰说完就闭上眼睛，伏案睡着了。

周围一片黑暗，让人透不过气来，可是阿兰还是看到，在这片黑暗中，平原上开满了紫罗兰。花儿发出细微的声响，仿佛每一朵花上都安上了一个小小的琴弦。

"没错，这只是一场梦！"阿兰思忖道，心情放松下来，"这毒药好甜蜜。我想活下去，可是无力抗拒这毒药。弗吉妮娅，你的三色堇已经盛开了。把你的手给我！对，就这样。为什么你的手这么冰冷，为什么我听不出来你的声音？我了解你的每一根手指，因为我对你的每根手指都曾轮番讲过童话故事。哪儿来的深渊？我好像掉进了大漩涡里，我往哪儿坠？"

"救救我！睁开你的眼睛吧，弗吉妮娅！"

早上，一位瘦小的姑娘怯生生地来到阿兰的小屋，她就是查尔曼·彼尔。

风已经停了，不过天空仍然一片昏暗。海面上空微微泛蓝。

查尔曼敲了敲门，无人应答。她发现，门并没有锁，于是轻轻地走进屋子。

只见一个身材瘦小的人坐在桌旁。他的脑袋躺在那本打开的书上。

"阿兰先生！"查尔曼喊了一声。

那人没有回答。

查尔曼的心怦怦直跳，她走到阿兰身边，抬起他的头。他已经死了。

查尔曼费力地将他抬到了行军床上。

阿兰的脖子上挂着一个带链子的精巧装饰。查尔曼把它打开了。里面有一张女人的相片，一位年轻的女子，罕见的美人。侧面是阿兰的笔迹：我的母亲。

查尔曼俯下身，小心翼翼地用手掌托起阿兰的头，温柔地抱住它，吻了吻阿兰的嘴唇。

阿兰的脸庞安详而端庄。他似乎从来没有像现在这样得到过女人的爱。

阿兰被葬在靠近海边的沙丘上。人们在他的墓上立了一个石碑，刻上他的名字，写下了这么一句话：他在这个世界上只活了四十年。

阿兰死后一年，在一个狂风大作的寒冷夜晚，格列戈里大夫骑着一匹老马来到阿兰的墓前。他跳下马背，环视了一眼四周，径直来到墓碑前，从披风里迅速掏出一把沉重的锤子，抡起胳膊朝墓碑砸去。墓碑顿时裂开了。

马儿被锤子的击打声惊吓住了，跳了起来，沿着海岸狂奔起来。格列戈里默默地跟在它后面跑，不过他还是耽搁一小会儿，把那把锤子扔进了海里。随后，马儿和格列戈里一同消失在远方。

春天来了，墓碑的裂缝里长出了三色堇的嫩芽，没过多久，这种轻巧的花儿愈长愈多，整个石碑就淹没在浓密的花丛中。

1949 年

玛 莎

这些年来，季洪·彼得洛维奇总是觉得，冬天是一年比一年长了。日历上显示的倒是一切正常。春天总是在该来的时候按时到来，可是对春天的等待却是愈往后愈艰难。

"大概是因为我年岁大了，"季洪·彼得洛维奇自言自语道，"老人已经是在数春天了，他会估算，他还能享受多少次春天的温暖。所以他才会心绪不安。年轻人就完全不会这样！"

可是季洪·彼得洛维奇之所以迫不及待地等待春天的到来，当然还有更重要的原因。他如此焦急地盼望春天的温暖倒不是为了自己，而是为了自己栽培的那些植物，照他自己的话说，就是为了"树之家"。季洪·彼得洛维奇从来没有过家庭，他是个老单身汉。甚至从外表上就能看出来——干瘦的身材，表情严肃，习惯于自言自语，甚至自己同自己吵架怄气。

季洪·彼得洛维奇住在区里的一座小城里，在一个果树苗圃里工作。季洪·彼得洛维奇有自己的一块地，那儿有花园和温室，他在那儿种植试验用的植物，如果用科学崇高语体来说的话，那就是块"试验基地"。这块试验地很狭小，但由于绿色葱葱，植物茂密，反倒觉得很大了。

季洪·彼得洛维奇在当地早就出名了，他是一个经验丰富的园艺师，常常有大胆的奇思怪想。"他是我们这儿的米丘林[1]，"小城的居民们常常会这样充满自豪地说起他，"他忠于自己的事业，同时又全力帮助别人，是我们大家公认的热心肠。只是有一样挺糟糕的——光顾了事业，忘了成家啦，现在还是单身一人。"

季洪·彼得洛维奇所在的苗圃虽然地处一座小城里，但早已名声远扬了。常常有来自俄罗斯各地的园艺家们前来拜访季洪·彼得洛维奇，有的人甚至是从莫斯科来的，而他则热情地接待他们，很乐意与他们分享自己的知识。所以，在自己小小的居所里，季洪·彼得洛维奇不得不住在阁楼上，把楼下的两个房间腾出来安置来访的客人。季洪·彼得洛维奇有时把这两个房间称作"客房"，有时又称作"实习间"，因为每年夏天都有一批州农业技术学校的学生来这儿实习。

人们早已发现一个规律：一个人如果暂时没有机会从事他喜爱的工作，那么他一定会时不时地做这方面的准备。比如，猎人们整个冬天都会经常把猎枪拿出来擦洗一番，装上弹药；渔夫们会在冬天编织网线，给浮漂上色；海员会在冬天里绘制地图。而季洪·彼得洛维奇冬天则会一有空就坐在上图里耶那间狭小的阁楼上撰写《果树、灌木、蔬菜和花卉栽培指南》。

季洪·彼得洛维奇的这本书内容极其详细和全面，完全配得上"指南"这个称呼。的确，季洪·彼得洛维奇仿佛在领着一位没有经验的人，紧紧抓住他的手，带着他走在田畦间，不慌不忙地讲解给他听，该如何让土地变得肥沃，变得更有生长力，如何长出可爱的吐露芬芳的花朵。我们可是很久都没有体会过突然闻到花香的惊

1　伊凡·弗拉基米洛维奇·米丘林（1885—1935）：苏联著名生物学家和育种专家。

喜了。

"没有闻到花香可真是不应该，"季洪·彼得洛维奇说，"人永远都不应该丢掉让自己惊喜的能力，假如他真是一个人，而不是一只塞满了各种工作总结的公文包。"

这话当然是对的。可是这么些年来，季洪·彼得洛维奇不仅感到冬天愈来愈漫长，而且感到自己愈来愈不中用了。

事实上，光棍汉的生活虽然很独立，不需要听从任何人的摆布，而且还必须从事必要的、有益的劳动，可是毕竟还是缺了家庭的快乐。甚至都懒得关心自己的事了，日子过得一年比一年单调无趣。

"要是能把自己最心爱的东西送给某个人就好了，"季洪·彼得洛维奇思忖道，"能让自己的亲人心满意足，那该多好哇。可是我竟然没有人可送。别人可都有自己的老婆孩子，而我就单身一个。"

不过，季洪·彼得洛维奇随即又开始自我安慰起来：孩子对于他的工作来说就是灾难——孩子会把他种的所有秧苗都踩坏，甚至比母鸡都麻烦。别说看到一根折断的枝子或者花朵，甚至连看到一片被踩踏的草地，季洪·彼得洛维奇都会皱起眉头痛苦很久，这样的人还谈什么养孩子。

春天如往常一样，一大清早就来了。当你感受到照在阁楼木墙上的那一缕橙黄色阳光的温暖时，春天就已经到来了。木墙缝里那一滴松脂在整个漫长的冬日里一直都无人发觉，这天早晨也开始闪闪发光，宛如一颗黄玉。这滴松脂里竟然还能看见银白色的细微纹路，它们将这滴微小的松脂划分成好多神奇的部分。

"时候到了！"季洪·彼得洛维奇看了一眼这滴松脂，说道，随即把尚未写完的《指南》藏到桌子里，冬天到来之前是不会再碰它了。立刻开始选种，将它们播撒在一个个花盆里，又把这些花盆摆放在暖和的房屋里的每一个窗台上，摆放在镶着玻璃的台阶上。

随后，四周笼罩上一层厚厚的浓雾，冬天里封冻的道路一片棕色，好像彻底生了锈，森林里吹来阵阵潮气，木屋房顶上冒出了蒸汽。四月里的一个夜晚，河里的冰块仿佛喘了口气，与往常一样，一大清早就开始迅速融化，河水溢出了河堤，蔓延了整整七公里。

春水传来石油和白雪的新鲜气息。岸边的柳树枝上好像栖息着一排排蓬松的灰色熊蜂 —— 那是刚刚冒出的新芽。

从州府开来了第一艘船。季洪·彼得洛维奇坐船去了趟城里，主要是有关苗圃的事情，顺便也采购点儿秧苗。路上得花五个钟头。

船离开城市返航是在黄昏时分，直接在溢出河堤的水面上航行。河面上的浮标还没有点亮。

虽然河面上很冷，但是季洪·彼得洛维奇还是坐在甲板上。他把装着秧苗的小提包放在脚边。尽管在下面的公共舱里很暖和，甚至有点儿热，但他还是决定待在上面的甲板上，因为秧苗一受热很快就会蔫掉。

甲板上旅客不多。有一些木工和头巾裹得严严的女人，还有一位二十岁上下的年轻姑娘，她带着一个瘦弱的小姑娘，看样子大概六岁左右，脸色苍白，对什么都很好奇，说什么也不肯离开甲板。

木工们一根接着一根地抽烟，甚至河面上吹来的风也没能盖过马合烟的味道，他们都在听一位穿着坎肩的上年岁的同伴侃侃而谈。

"这算个啥！"他慢条斯理地说，声音沙哑，"傻瓜才会笑，可是聪明的人心里都明白着呢！你们在嘲笑我们的主席巴坚科夫，可是我还是劝你们等一等，别还没弄明白就急着嘲笑他。"

"可是我们都明白。"一个年轻的木工说道。

"那好，我这就让你们知道，你们究竟明白不明白！"上了年纪的木工生气地说道，"他，巴坚科夫，究竟哪儿值得你们嘲笑呢！

172

难道是他在河面化冰的时候从大冰块里一下子抓了五只兔子这件事吗？"

"我们可不是笑这件事，萨哈雷奇。"年轻的木工怯生生地反驳道。

"这我明白！"年老的木工带着威胁的口气说道，"年轻人，我可太了解你们啦。让你们感到奇怪的是，他没有把这些兔子放上大葱煮熟了，没有就着伏特加酒把它们吃了，而是把它们放到了邻近的树林子里去了。你们是不是觉得这样做毫无意义？"

"巴坚科夫的确很有同情心。"黑暗里传来不知是谁的声音。

"不，兄弟！根本不是什么同情心的事。道理很简单。不管兔子跑到哪儿，就让它在那儿繁殖去吧。见过鸟窝没有？那是用小石子和羽毛粘成的。道理是一样的，伙计，财富就是这么积下来的。全体人民的财富。房子是用砖一块一块地砌起来的。看到了吗，莫斯科的二十八层大楼就这样盖起来啦！"

"你可真能瞎掰！"年轻木工说道。

"我可没瞎说！"老木工回应道，"确实得好好想想。我们这儿流传着这么一个有趣的故事：一只蜜蜂掉到了河里，把翅膀弄湿了。这只蜜蜂可就要彻底完蛋了。弄湿的可是翅膀啊！一群鱼儿在它周围来回游动。蜜蜂只能在河面上祈祷了。'救救我吧，'蜜蜂对虎视眈眈盯着自己的鱼儿说，'我会报答你们的。''你拿什么来报答我们呀！'鱼儿问道，'我们生来就不吃蜂蜜。'蜜蜂叹了口气，说：'你们说的没错！没法子啦，只能等死啦。'这时，蜜蜂看到一只青蛙跳过河面，便对它发出乞求：'救救我吧，我不会拖欠你的。''可是，我甚至连蜂蜜的味道都不能闻啊。'青蛙说道。这么一来，蜜蜂彻底绝望了。不过，当它看到一只深色笨鸟飞过河面时，还是发出了央求。'好吧，'鸟儿回应道，'我可以把你拖上来。因为你给人酿蜂蜜，而人给我筑巢。'"

"到底拖上来没有？"年轻木工问。

"当然喽。永远要帮助那些有益的动物。"

"娜斯秋莎，"小姑娘悄悄地对自己的同伴说，"我也会把蜜蜂拖上来的，绝不是为了蜂蜜。"

"小姑娘，你真棒。"季洪·彼得洛维奇心里悄悄地说。不知道为什么，他对眼前这个瘦弱的大眼睛女孩产生的不是同情，而是某种难以解释清楚的隐隐作痛的感觉。"你去问问妈妈，她也会这么回答你的。"

"她不是我妈妈，"小姑娘回答道，"她是我姐姐。"

季洪·彼得洛维奇听了只好向她的姐姐道歉。

"没关系的。"姑娘说道。

"你们姐妹俩这是在周游世界吗？"季洪·彼得洛维奇问道。

"我们去拉兹戈瓦罗沃。"姑娘不太肯定地答道。

黑暗中，季洪·彼得洛维奇看不清她的脸，不过似乎能看到她那双害羞的眼睛，能看到她轻轻地拉了拉头上那温暖的头巾的穗子。

"是去走亲戚吗？"

"不，不是，"姑娘答道，"我是被派到拉兹戈瓦罗沃的教师。我这次就是去那儿……带着我的妹妹玛莎。现在就我们俩了。父亲在远东工作，妈妈1942年在列宁格勒……"

"都明白啦。"不等姑娘说完，季洪·彼得洛维奇就开口说道，随后又沉默下来。姑娘也沉默不语了。

季洪·彼得洛维奇从脚下拖出手提包，不知为什么又碰了碰秧苗。秧苗的叶儿像暖和和的手掌，已经有些蔫了，不过还是活的。"没关系，会活过来的。"他默默地思忖道。随后他转身对姑娘说：

"你们没必要去农民家。白费劲。在我们拉兹戈瓦罗沃找住处可不那么容易。不过我的房子倒是空着的。一间房给你们住，另一间给实习生。大学生夏天会到我这儿来，我教他们园艺。"

"不，看您说的，这怎么行啊！"姑娘低声推辞。

"你们就别客气啦，"季洪·彼得洛维奇有些生气地说道，"你们就在我那儿安顿下来吧。想住多久就住多久。"

轮船的汽笛响了。有人在岸上晃着灯，指向轮船停靠的地方。木工们上了岸，把马合烟蒂扔进了黑乎乎的河水。"停！"头顶上的船长室里传来一声浑厚的命令。顿时，周围一片寂静，只听见轮船四周的河水低低地发出拍打的声音。

季洪·彼得洛维奇把娜斯佳和玛什卡这两个不速之客领到底层的一个房间里。底层的两个房间里都摆满了父辈以前用过的旧家具。虽然房间只有两间，可是各种小走廊、过道、储藏室、穿堂、旁屋和门却很多，玛莎头一回置身其中时，简直就像是在大森林里一样，吓得她大叫起来：

"娜斯佳，你在哪儿？我不知道怎么走出去啦。娜斯佳，你听见了吗！"

季洪·彼得洛维奇遇到娜斯佳就有点儿不好意思了。他知道，娜斯佳和玛什卡把他当作房屋的主人了，为此他很窘。主人！这个词儿可不怎么好听。

他最终还是没能忍住，对娜斯佳说："阿纳斯塔西娅·米哈依洛芙娜，你们就直接住这儿吧，就像住在家里一样。就当这儿没我。否则，我会担心你们太见外啦。平时别去花园找我，也别放玛莎进去。"

"瞧您说的。"娜斯佳赶紧应道，脸上露出内疚的微笑。

不过，第二天早晨，玛莎还是出现在花园里。没错，这就是说，娜斯佳并没有不让她进去。

每天早上，季洪·彼得洛维奇去苗圃之前，会一直在花园里干活。这天早上，他正在给刚栽下的秧苗浇水。

天色还早，太阳的光线还没有爬到金银花丛上面，花园里还很凉爽。不过，狭长的光线已经透过栅栏的缝隙照了进来，给里面的花草蒙上了一层令人惊讶的神秘的色彩。

倘若光线落到丁香花丛上，那么你就能看到那一个个仿佛因为害羞而泛着宛如暗红色红晕的花冠上，一滴滴露珠正闪闪发光。古老的木头椅子上长满了绿色的地衣，好似沸腾后又立刻冷却下来的青铜。椴树叶子上闪烁着极其细微的蜘蛛网，叫人难以相信，仿佛树汁从蜘蛛网上滴了出来。

季洪·彼得洛维奇的帮手阿尔西普老爹正在菜畦的拐角翻土。新翻好的土地冒出一股水汽，融化在空气中。麻雀蹲在阿尔西普老爹头顶上的灌木丛里，两眼不停地瞅着翻好的泥土。可是没发现一条蚯蚓。看来，蚯蚓爬出来的时辰还没到。

"可爱的小淘气们，"阿尔西普对麻雀嚷嚷道，"最好飞到集体农庄的马厩里去，别在这儿浪费工夫啦。你们又不是刚生出来的，怎么还这么不懂事啊。小脑袋瓜子指甲盖那么点儿大，问你们干啥呢。"

可是，麻雀根本不听老爹的话。它们仍旧蹲在枝头，甚至好像跟阿尔西普对骂开了。

阿尔西普可不是一个安分的老头。找不到说话的伴儿对他来说可就是最糟糕不过的事啦。因此，他琢磨了一会儿，嘴里哼哼叽叽的，对季洪·彼得洛维奇说：

"你的园子里阳光太少了。"

季洪·彼得洛维奇默不作声。

"我对你说，真的太少了，"阿尔西普又说了一遍，"不如苗圃里多。"

可是季洪·彼得洛维奇还是没有吭声。

"看来我的话伤着他啦，"阿尔西普思忖道，其实，他自己心里倒是稍稍有些委屈，"这两天季洪·彼得洛维奇总是有些怪怪的，没法理会。"

一束淡淡的玫瑰色光线落到了阿尔西普身边的土地上。

"是的，"阿尔西普嘀咕道，"白说了，全是废话！还没说上几句呢，这不，太阳光已经照过来啦。"

阿尔西普抬起头，抓着铁锹，一动不动地站在那儿，简直不敢相信眼前的情形：他身后站着一个大约六岁的小姑娘，穿着玫瑰色衣服，小辫子上还扎着红飘带，大概老是用冷水洗脸的缘故，小脸蛋通红通红的，看了简直让人心疼——比她那双灰色的眼睛还要吸引人。

阿尔西普把铁锹猛地插进土里，把手放在额头上，就像人们仰望太阳一样，惊讶地望着眼前的小姑娘。季洪·彼得洛维奇也直起身子，看着玛莎。

"怎么样，阿尔西普，"季洪·彼得洛维奇问道，他的眼角周围已经布满了浅浅的皱纹，"难道我的园子里没有太阳？"

"说什么废话啊！"阿尔西普答道，和季洪·彼得洛维奇一样，他的眼角边也有了棕色的皱纹，"你这儿阳光太足啦，季洪·彼得洛维奇。你是从哪儿弄来这么一株秧苗的？这苗会长大的，简直看不够哟。"

玛莎当然不明白季洪·彼得洛维奇和阿尔西普究竟在说什么。她微微一笑，难为情地问道：

"这花园叫什么名字呀？"

"就叫玛莎的花园。"季洪·彼得洛维奇答道。

玛莎看了看他，皱了皱眉头，好像没听明白。阿尔西普老爹把铁锹深深地插进地里，把土和去年的草皮一并翻过来，一边慢慢地松土，一边说道：

"真没法猜，一个人将会在哪儿找到什么，又将会在哪儿丢失什么。你可真幸运，季洪·彼得洛维奇。瞧，我们的生活翻个儿了。"

麻雀们发现阿尔西普脚边有一条蚯蚓，于是带着可怕的尖叫声，呼啦一下子都飞奔过来，彼此争打起来。玛莎看着这群麻雀，拍手笑了。

1950 年

野蔷薇

夜里，浓雾降临到河面上。轮船已经无法继续前行了：浓雾里没法看清浮标和指航灯。

轮船驶向陡峭的岸边，安静下来。连着轮船与河岸的跳板发出有节奏的咯吱声。水手们顺着这些跳板把缆绳拖到岸上，拴在一棵老柳树上。

玛莎·克里莫娃夜里醒了过来。周围静悄悄的，可以清楚地听见远处船舱里旅客的打鼾声。

玛莎从床铺上坐了起来。清新的空气吹进敞开的窗户，里面有一股柳树叶子那甜丝丝的味道。

灌木丛在浓雾中隐约可见，它的枝叶伸向甲板上方。玛莎觉得，这艘船好像是以一种莫名的方式不知不觉地出现在这个世界上，出现在这片灌木林里。当她听到河水轻快的拍打声时，她就已经猜到，轮船靠岸了。

灌木林里传来一阵声响，随即又变得一片寂静。接着又是一阵声响，然后又安静下来。好像有人在里面故意发出响声，随后又静心聆听，通过这声响来体味夜的宁静和温柔。没过多久，这声响就变成了悠长婉转的声音，虽然不时地被短促的口哨声打断。口哨声引起了数十种鸟儿的啼鸣，夜莺那响亮的鸣叫突然传遍了整个树林。

"听到了吗，叶果洛夫？"不知是谁问了一句，这声音是从上面传来的，应该是船长室。

"即使在舍克斯纳河边也听不到这样的夜莺的叫声。"一个沙哑的声音从船舱下面传来。

玛莎笑了起来，摊开双手。朦胧的夜色中，这好像是一双非常黝黑的手，唯有指甲是白色的。

"我为什么会忧伤呢？我真不明白，"玛莎轻声问自己，"是在等待什么吗？可是究竟在等什么，我自己也不清楚。"

她记起来了，老人们常说，姑娘的忧愁是最让人弄不明白的。这句话她现在想起来啦。她自言自语道：

"真蠢！哪儿有什么姑娘的忧愁啊！只不过我要开始新的生活了。所以才会有那么一点点害怕。"

玛莎不久前从林学院毕业，现在正从列宁格勒前往伏尔加河下游去工作——去集体农庄种植森林。

当然，玛莎心里感到有些害怕，有那么一点点在自己面前故弄玄虚的味道。不过，她倒的确有些担心呢。她想象自己来到林区，迎接她的领导必定是一个满面灰尘的阴郁的人，穿着一件黑外套，口袋拖得老长，脚上的靴子沾满了泥块。这位领导看着她那双灰色的眼睛（玛莎觉得自己的眼睛就像锡制的小碟子）和辫子，一定在琢磨："这可太好啦！我们这儿像这样扎小辫的姑娘还嫌少吗！她一定又是不停地唠叨自己肚子里记得的那些课本。可是我们这儿跟课本一点儿都不搭界！我们这儿有的是'阿斯特拉罕'热风暴，你们的那些课本，亲爱的，在这儿可派不上用场喽。"

在漫长的旅途中，玛莎已经习惯了把未来的领导想象成穿着一件黑色外套的表情阴郁的人，因此渐渐不再怕他了。不过内心的忧虑还是没有消失。

玛莎并不知道，这其实根本不是忧虑，而是一种还不能准确地表达出来的感觉——面对无法预料的未来的紧张心情，面对朴素而美丽的土地，面对这块土地上的河流、雾霭、深夜和岸边垂柳的沙沙声时的紧张心情。

玛莎没能入睡。她穿上衣服，走到甲板上。一切都蒙上了一层露水——栏杆、船舷边的金属栅栏和藤椅上，到处都是露水。

船舱里传来低沉的交谈声。

"我对他讲，"年轻的水手说，"'爷爷，爷爷，就让我抽上一口烟吧。'他就给了我一个烟头。我大吸了一口，问他：'爷爷，你晚上在草地上做什么呀？'他对我说：'我在保卫朝霞。'他说完，自己都笑了。他还说：'可能这是我生命里能看到的最后一个朝霞啦。小伙子，你还年轻，不明白这个道理的。'"

水手们不说话了。灌木林里又有动静了，那是夜莺在扑腾。

玛莎靠着栏杆。远处的黑暗中传来公鸡整齐的啼鸣，显然，远处雾霭中有个村庄。

"这是第几次鸡鸣了？第一次还是第二次？……"

玛莎琢磨了一下，知道自己并不清楚什么时候公鸡开始啼鸣，什么时候会再次啼鸣。她曾在书本上多次读到过这个内容，但却记不起来了。

是玛莎的奶奶建议她坐船去的，奶奶是一位长期在河上航行的船长的遗孀。此刻，玛莎感到，幸亏当初听从了奶奶的话。轮船先在深蓝色的涅瓦河里驶了一段，尔后穿过了拉多加湖。玛莎还是头一回看到拉多加湖那灰色的湖水和低矮的岬湾上的一个石头做的灯塔。她还看到了波涛汹涌的斯维里河，看到了马林斯克运河上的水闸，看到了长满水草的河岸，还看到码头上总有几个小男孩手持弯曲的鱼竿，专心致志地垂钓小雅罗鱼。

乘客换了一批又一批，可是在玛莎眼里，他们都是很有趣的人。在别洛泽尔斯克上来了一位飞行员，虽然还很年轻，不过鬓角已经有点儿灰白了。他大概是在别洛泽尔斯克休假的，就住在母亲那儿。此刻，给他送行的应该就是他的母亲——一位穿着灰色印花布衣服的瘦小老太婆。她站在码头上轻声地哭泣，而飞行员则站在甲板上对她说："妈妈，我把钓到的那条鱼挂在地窖里啦，就在小梯子后面。你给瓦斯卡一条鲈鱼，别忘了。"

"我不会忘的，巴沙，绝对不会忘的。"老太太不住地点头，用揉成一团的手帕擦着眼泪。

飞行员笑了起来，开了几句玩笑，不过仍然目不转睛地看着母亲。他的面颊在颤抖。

随后，几位演员也登上了船。他们吵吵嚷嚷，有说有笑，不一会儿就和全船的人混熟了。客舱里那架被河面上的雾气浸湿的钢琴自此就几乎静不下来了。

一位动作敏捷的尖下巴老演员比其他演员唱得更多。玛莎惊讶地聆听着他唱的歌——此前，她还从未听过这里面的任何一首歌。这个演员尤其喜欢一遍又一遍地吟唱一首波兰歌曲，这首歌唱的是一个盗贼爱上了一个姑娘。他没能从夜空中偷下星星送给心爱的她，姑娘就把他赶走了。

老演员每唱完这首歌，总要砰的一声把钢琴盖重重地合上，说："这首歌的道德力量再明显不过了。对恋爱中的人要宽容。别反驳！谈话到此结束。"

他理了理黑色领带上的蝴蝶结，坐到桌边，给自己点了杯啤酒和一份鱼。

在切列波维茨，船上出现了几个建筑学院的学生。他们是从基里尔·别洛泽尔斯基修道院[1]来的，打算回莫斯科。他们是去修道院实习的——丈量和测绘古建筑。

一路上，大学生们争执不休，争论的话题要么是石刻、拱门，要么是安德烈·鲁布廖夫[2]，抑或是莫斯科的高楼大厦。玛莎听着他们的讨论，不禁为自己的无知感到脸红。

大学生出现在船上以后，上年纪的演员不知为什么就安静下来了，不再哼唱那首歌咏窃贼的歌谣了，而是久久地坐在甲板上读斯坦尼斯拉夫斯基的《我的艺术生活》。他边读边戴上眼镜，这使他的脸变得和善而苍老。玛莎明白过来，演员那高傲的高谈阔论只是他们身上根深蒂固的习惯，眼前这位演员其实远比他刻意表现出来的要好。

此刻，所有的旅客，包括飞行员、演员和大学生，都已睡下了。只有玛莎一个人还留在甲板上倾听夜晚的声响，竭力想要辨别出这些声响。

远处的天空传来一阵轰鸣声，又渐渐消失。也许是一架夜间航行的飞机驶过云层。鱼儿在水下撞击着河岸，随后，远处又传来了牧笛声。这声音是那样遥远，玛莎一开始根本没有听出来，这悠扬悦耳的声音就是牧笛声。

有人在玛莎背后划了根火柴。她回头望了一眼。那个飞行员站在她身后抽烟。他把燃烧的火柴扔进了水里。火柴缓缓地穿过浓雾，掉进河里。火柴燃起的火苗周围瞬间出现了彩虹般美丽的蒸汽。

"看来，夜莺不让人睡觉，"飞行员说道，黑暗中，玛莎虽然什么也看不见，但能猜出来，飞行员此刻正面带微笑，"太美啦，就像歌里唱的那样：'夜莺啊，夜莺，请别打搅战士们，让他们稍稍睡一会儿吧……'"

---

1 该修道院的创建者即基里尔·别洛泽尔斯基（1337—1427），大司祭。

2 安德烈·鲁布廖夫（1360—1430）：莫斯科公园的圣像画家。

"我还从来没有听过夜莺这么鸣叫的呢。"玛莎说。

"那您就周游整个苏联吧，"飞行员回答道，"那您就不只是听到夜莺的叫声了，您就会发现，这样的国家是您梦里都没见过的呢。"

"那是因为您是飞行员呀，"玛莎回应道，"整个大地都在您的飞机翅膀下不停地变化。"

"我可不这么看。"飞行员回答道，沉默了半晌。"天快亮啦，"他最后终于又开口了，"东边的天已经有点儿蓝了……您这是去哪儿？"

"去卡梅申。"

"伏尔加河边的确有这么个小城。那儿夏天很热，不过有很多西瓜，还有西红柿……"

"那您去哪儿？"

"我去更远的地方。"

飞行员倚在栏杆上，眺望着黎明的曙光。牧笛声愈来愈近。起风了。浓雾开始移动。风吹着一缕缕雾霭，在河面上漂移。潮湿的灌木林已隐约可见，林中柳叶编织的窝棚也现出了身影。窝棚旁生起了炉火。

玛莎也在眺望黎明。在金色的天边，最后一颗星星仍在闪烁，宛如一颗银色的水滴。

玛莎心想："从今天起，我将开始全新的生活。以前我从来没有好好去发现事物。从现在开始，我要好好去发现，把我看到的所有东西都记下来，好好珍藏在心里。"

飞行员瞄了玛莎一眼。

"这姑娘看来在沉思呢。"他嘟哝了一句，转过身去，不过随即又看了她一眼。

他想起了很久以前读过的一部小说里的话：世上再没有比清晨

时分孩子和姑娘的眼睛更迷人的东西了——夜色还遗留在这眼睛里，可同时晨光已然闪现。

"唔，这话说得不错。"飞行员思忖道。

身穿帆布雨衣的船长助理从驾驶室里跑出来，大概因为长年风吹日晒，他的脸上布满了皱纹。

"睡不着？"他愉快地同玛莎打了个招呼，"船要一小时后才开。您可以到岸上走走。"

"我想下去走走，"玛莎对飞行员说，"顺便采几朵花。"

"那好吧，"飞行员应道，"一起走吧。"

他们踩着跳板来到岸上。从窝棚里走出一位老人，大概就是那个保卫朝霞的老人。太阳此时正好从云雾上方升起。

四周的草地呈深绿色，犹如静静的深水。夜晚冰凉的寒气还没有退去，依然滞留在草地上。

"爷爷，你是干什么的呀？"飞行员问老人。

"我是个编篮匠，"老人答道，不好意思地笑了笑，"稍微编织一点儿。鱼篓呀，装集体农庄的土豆的篮子呀，口袋呀……你们来这儿干什么呢？对草地感兴趣？"

"是的，我们想大概看一看。"

"哈，你们本事可真大啊！"老人笑了起来，"我在这儿住了七十个年头了，可是还没能看遍这块草地呢。你们就沿着这条小道走吧，一直走到一棵黑杨树那儿。然后就别再往前走啦。再往前可就是没过人头的草地啦，那儿的露水会让你们浑身湿透的，一整天都干不了。你们可以把那儿的露水装进罐子里喝呢。"

"你喝过吗？"飞行员问。

"怎么没喝过！这可是好东西，有益健康。"

玛莎和飞行员顺着小道慢慢地向前走。一棵枯萎的黑杨拦在小道上，玛莎向前走了几步，来到黑杨树下，停了下来。

小道两旁是高大而挺直的野蔷薇，开着鲜红的湿漉漉的花儿，这红色的野蔷薇花甚至使洒在叶子上的清晨的阳光相形见绌：与它们相比，阳光反倒显得冰冷而苍白。看来，野蔷薇花总是以带刺的枝条著称，总是高挂在空中，仿佛一团小小的火焰。一群熊蜂在野蔷薇丛中发出忧虑的嗡嗡声，这是一群黑色的熊蜂，背上长着金黄色的条纹。

"它们是获得乔治勋章的军人。"飞行员说。

的确，这群熊蜂真的很像乔治勋章上的短短的绶带。它们像老兵一样勇猛无畏，根本不把人放在眼里，甚至对人的到来颇为不满。

野蔷薇丛会在一些地方中断，空地上便盛开出深蓝色的、几乎是黑色的翠雀花，宛如匀称的烛光。翠雀花后面生长着浓密得难以置信的杂草，点点阳光洒在草丛上，五色斑斓：红白两色的三叶草、猪秧秧草、雪白的滨菊、阳光下有着清澈而透明的玫瑰色花瓣的野锦葵，还有数以百计的各种野花，玛莎和飞行员都叫不出它们的名字。

鹌鹑会惊叫着从脚下的草丛里飞出。一片长在水里的湿润的灌木里躲藏着一只长脚秧鸡，它尖叫着，仿佛在嘲笑周围的一切。云雀抖动着翅膀，飞向高空，可是不知为什么，它们发出的嗡嗡声并不与它们在空中盘旋的地方一致，这声音好像是从河边传来的。原来，是轮船发出几声低沉的叫声后，拉响了汽笛，好像是在招呼玛莎和飞行员回来。

"这可怎么办呢？"玛莎望了望满地的野花，慌张地说，"这可怎么办？……"

她匆匆忙忙用双手采摘了好多鲜花。轮船第二遍响起了汽笛声，这回已经是在严肃地警告了。

"这可怎么办才好！"玛莎苦恼地说道，转过身，喊了一句："马上就来啦！"只见灌木林上空已经升起了一股从轮船烟囱里冒出的浓烟。

他们俩迅速走向轮船。玛莎衣服上全是露水，从头到脚已经湿透了。拖在脑后的辫子原先是扎着蝴蝶结的，现在也已散开垂了下来。飞行员走在后面。他顺路用小刀剪了几束野蔷薇花。

水手们正等着他们上船，以便收起跳板，他们瞟了一眼花束，说："哟，真不简单啊！整个草地都采遍啦。喂，谢苗，注意啦，使劲儿！"

船长助理在驾驶室里说："把花都送到客舱里。让所有旅客都来欣赏欣赏！……"随后，他对着扩音喇叭发出指令："低速向前！"

船桨开始缓缓地转动，河水翻起泡沫，船身开始慢慢离开河岸，惊动了岸边的灌木丛。

离开河岸，告别这片草地，告别那个窝棚和编筐老人，玛莎有点儿依依不舍。不知怎的，玛莎突然觉得这地方是那么亲切，好像她就出生在这里，就是在这位爷爷的养育和教导下长大的。

玛莎一边攀着舷梯走向客舱，一边思忖着："我甚至都不知道，我们现在究竟是在什么地方，究竟是在哪个州，哪个区，靠近哪座城市，这可真奇怪。"

客舱里很干净，不过有点儿冷。太阳还没有照暖光滑的木墙、桌子和胡桃木钢琴。

玛莎开始在客舱里整理花束，把它们分插在花瓶里。飞行员从后甲板上拎来一桶新鲜的河水。

飞行员一边帮着玛莎插花，一边说："我妈妈在别洛泽尔斯克有一座小花园，不过花园里的花可真多，特别是万寿菊。"

"您在别洛泽尔斯克休息得还好吗？"玛莎问道。

"还行吧。读读书，调理一下自己的生活。在别洛泽尔斯克别的可就做不了什么啦。"

"什么叫'调理生活'？"玛莎不解地问。

"把我看到的一切，把我所做和所想的一切都记下来。然后分析一下，我过得是不是正确，有没有错误，合计一下，最近生活都给予了我什么。"

"结果怎样呢？"

"过去的一切都很明朗了。可以头脑清醒地继续生活下去了。"

"我可不知道还有这种事。"玛莎咕哝道，仔细看了飞行员一眼。

"您不妨试一试，"飞行员微笑地建议道，"您自己都会感到惊讶，您的生活竟然是那么丰满。"

"太好啦！"一个熟悉的声音从玛莎身后传来。

玛莎转过身去。

只见那位演员肩上披着毛茸茸的毛巾，身穿一件带有棕色袖口的蓝睡衣站在门口。

"讲得太好啦！"他又说了一遍，"我就喜欢听清晨的交谈。我们的思想在清晨的时候就像刚洗好的手一样洁净。"

"您别这么说！"飞行员不满地说。

"是的，这当然都是废话！"演员应道，"您别生气。我不是有意要听你们谈话的，我只想补充一点，补充一点驳不倒的真理。可以说，我是到了我生命的终点时才悟到这个真理的。"

"这是什么伟大的真理呀？"飞行员问道。

"我可不喜欢你讽刺的腔调，"演员故意用蹩脚的朗读者那浑厚的嗓音说了这么一句，然后便笑了起来，"这其实是一个很简单的真理。生活中的每一天里其实总是有某种美好的东西。有时甚至是很有诗意的东西。按照你们自己的说法，当你们调理一下自己的生活时，你们多半会不自觉地想起生活里既富有诗意又合乎理性的内容。这太美妙啦！简直令人惊讶！我们周围的一切都充满诗意。你们只需要去寻找。这就是我这个老人给你们的赠言，它会受用一辈子的。别拒绝。谈话就此结束。"

演员笑着走开了，而玛莎则陷入沉思，因为她感到，周围的一切的确既很简单又不同寻常。在列宁格勒，在学院里，很难发现这一点，可是现在，在旅途上，却是非常明显的。或许，这就是以往被掩盖住的，而如今呈现在她面前的一份诗意，这份诗意就蕴藏在生活中的每一天里。

伏尔加河上，每天都在刮风。蔚蓝的风吹过河面和船舷，掀起层层波浪。玛莎觉得，风在她面前吹拂，带走了所有的夏日，一天接着一天。

每到夜晚，风就停息了。河水静静地流进远处的黑暗中。唯有船上的灯光划破黑暗，映照出水面上小小的涟漪。

玛莎感到很愉快，但有时又觉得有些惆怅。她怎么也无法相信，这已经有了很好的开端的新生活有可能是另一个样子。

玛莎在卡梅申下了船。伏尔加河上的风吹来了黄色昏暗的雾气。

飞行员和演员来到码头上给玛莎送行。

玛莎有些手足无措地同飞行员告了别。飞行员不知该如何是好，只能回到船上，靠在船舷上，远远地看着演员同玛莎道别。

演员脱掉帽子，抓住玛莎的手，眯缝起双眼，微笑地注视着她的脸庞。

"您会得到幸福的，"他说，"不过我的幸福比您的多。因为我是个老人。"

"您这是在说什么哪？"玛莎问道。

"年老的人获得的幸福，您是无法明白的！"演员自豪地说，"看到爱着别人的苔丝苔蒙娜[1]眼中的热泪，那就是一种幸福。"

他把玛莎的手松开，攥着帽子，转身走向跳板。轮船第三遍拉响了汽笛，驶离了码头。

1　苔丝苔蒙娜系莎士比亚悲剧《奥赛罗》中的女主人公。

河上的风迎面吹来，夹杂着汽油的味儿。一位身材矮小的灰白胡子老头儿在玛莎身边来回踱步，低声问道："女公民，需要搬东西吗？"可是玛莎并没有听见，什么也没说。于是，矮小的老头儿坐到一旁的木头椅子上抽起烟来，等待着玛莎最终恢复平静。

一天以后，玛莎已经在离卡梅申很远的地方了，她住在一个车厢式移动房里，这移动房建在草原上，靠近一个池塘，那池塘的岸边都是黏土。在这座被称作"船舱"的活动房屋里，住着为集体农庄种植森林的工人。

这个区段的领导原来完全不是玛莎想象中的满脸灰尘、神情阴郁的那种人，恰恰相反，动作非常利落，还爱说笑话。不过，从玛莎到达那儿的第一天起，那儿的工人们的情绪就开始不安了。大家都在担心：刚刚运来种植的橡实能否成活？他们所担忧的可怕的干热风正从东南方刮来，伏尔加河对岸的地平线上已经出现了玻璃状的昏暗的云雾。"盐沼泽"这个词儿不时地被他们提及。盐沼泽可是幼林最可恶最危险的敌人了。它们是草原上没有生命的苔藓，是因为含有盐分而闪着白点的黄土。

有一天，玛莎遵照飞行员的建议，审视了一番自己的生活，她发现，她的生活鲜明地分为三个部分——列宁格勒的生活、船上的旅途和伏尔加河沿岸草原上的工作。每一部分的生活里都有好的内容，都有那位老演员所说的诗意。

在列宁格勒有她自己的房间，从那儿可以望见拉赫蒂[1]上空的落日，有一群女友，有学院、书籍、剧院和花园。在旅途中，玛莎第一次懂得了邂逅的美妙，虽然是很短暂的相遇，但却深深地触碰到了灵魂，第一次懂得了俄罗斯宽阔的河流的美妙。而在这草原上，她又懂得了自己的工作所具有的伟大意义和力量。

---

1 拉赫蒂是芬兰的一座城市，靠近俄罗斯。

而在自己内心最深处，对飞行员的记忆并没有消失，仍然记得他抱怨夜莺的鸣叫时脸上露出的腼腆的微笑，仍然记得在卡梅申码头，他是如何从甲板上眺望自己的，那一刻，他的面颊都在颤动，和在别洛泽尔斯克时一样。这个年轻人就这样从身边擦肩而过，太遗憾啦。

玛莎频繁地想起不久前的这次旅行，甚至有一次做梦都梦见它。她梦见了那片茂密的沾满露水的野蔷薇丛。正是黄昏时分，一弯温柔的新月高挂在蔚蓝色的天空，仿佛是一把被割麦人遗忘了的银色的镰刀。四周一片寂静，令人心旷神怡，玛莎甚至在梦中都笑了起来……

种植的林子像一条绿色的浅浅的河流一样，经过小丘，蜿蜒至干燥的草原，在那儿扬起的红红的灰尘，在宽阔的大道上空飞扬。

工作很繁重。必须疏松橡树幼林间的土壤，种上合欢树。玛莎干起活来格外投入，甚至对幼林有了一丝温柔的爱。

玛莎晒黑了。日照使她的辫子褪了色。她长得愈来愈像草原上的姑娘了。衣服、双手，她身上的一切都散发出一股艾蒿的味道。甚至那条名叫纳尔扎的黑狗，蓬松的皮毛上也会散发出一股艾蒿味儿，每当工人们去草原上工作时，它就会蹲在移动房屋前看守整个车厢。

和纳尔扎一同看守房屋的还有一个名叫斯杰潘的七岁小男孩，他是段长的儿子。

一整天，小孩和狗都会坐在车厢式房屋的阴影里，聆听黄鼠的叫声，聆听弯曲的野梨树林里传来的风声。风吹过梨树林，就像是在敲打青铜器，声音特别大。

夏天快结束的时候，跳鼠开始侵犯这片刚栽好的树林了。它们在橡树周围挖洞穴，在这些洞穴的土里打滚，躲避跳蚤的侵扰。为了在树林上空喷洒掺和了毒药的燕麦来消灭跳鼠，人们特意从斯大林格勒[1]调来一架名叫"菜农"的飞机。

一天晚上，当斯杰潘坐在车厢式房屋前的台阶上削土豆时，纳尔扎突然抬起头狂吠起来。原来，一架低空飞行的小飞机不时地隆隆作响，懒洋洋地从太阳落山的地方沿着大草原飞过来。

飞机在活动房屋上空盘旋，急速地翻转，在一块干枯的草地上降落，滑行了几步便停下来了。

飞行员从驾驶舱里跳出来，摘下头盔，朝车厢走来。飞行员看上去还很年轻，但两鬓已经有些斑白了。斯杰潘看到飞行员的制服上有两条勋章绶带。

纳尔扎并没有朝飞行员叫喊，而是一头钻到车厢底下，在那儿低声哼哼。

"你好啊，小孩！"飞行员打了个招呼，挨着斯杰潘，坐到台阶上，掏出一根香烟抽了起来，"这是第十五区段吗？"

"是的，"斯杰潘怯生生地回答道，"您是要到我们这儿来吗？"

"是的，就是到你们这儿。我要帮你们灭跳鼠……"

"您身上有多少勋章啊，"斯杰潘想了想，说道，"可是您却来我们这儿灭跳鼠。我们还以为会派一个实习飞行员来呢。"

"是我自己请求派到你们这儿的，小孩子，"飞行员答道，随即沉默下来，"玛莎·克里莫娃是在这儿工作吗？"

"是，就在这儿，"斯杰潘答道，眯缝起眼睛，"怎么呢？"

"她在哪儿？"

"在那片森林里呢。"斯杰潘挥挥手，指向那片种植林。

"不错，是森林！"飞行员笑了笑，站起身，目不斜视地朝种植林走去。

斯杰潘望着他的背影。暮色已经降临，草原上什么也看不清了。

---

1 现更名为伏尔加格勒。

可是斯杰潘还是看到玛莎从草原上走来。飞行员快步迎向她，可是玛莎并没有走到飞行员跟前，而是停下脚步，双手捂住了脸。

天色已经完全暗下来了。草原上空高悬着一颗星星，正对着池塘眨巴着眼睛。

"为什么玛莎用手捂住脸呀？"斯杰潘琢磨着，重复着他父亲说起玛莎时常常挂在嘴边的玩笑话，"她可是我们这儿一个怪人儿！"

纳尔扎在车厢底下对着飞机哼哼了一整夜，而那架飞机则立在干燥而温暖的土地上，安详地打着盹。

1951 年

时间飞逝

　　莫斯科的画家拉夫罗夫被委派了一个任务 —— 画几幅伏尔加河风景画。拉夫罗夫愉快地同意了。不过，由于拖拉的毛病，他整个夏天都在准备行装，直到九月初才从莫斯科出发驶向伏尔加河。

　　一艘烟囱宽大的轮船就在眼前，窗玻璃上小小的水晶颗粒闪闪发亮。动力舱里的发动机隆隆作响。轮船平稳地载着灯火通明的船舱和满是穿着盛装的旅客的甲板，驶过莫斯科近郊别墅区的树林和水洼，这时，略带寒意的夕阳已经落山。两岸的森林早已被染上红色抑或金色。河道上的航标灯在深秋的雾霭中发出昏暗的光。

　　拉夫罗夫虽然已经上了年纪，但天生腼腆，因此很难和同船旅伴们混熟。他评价人首先是从这个人长得是否有特征，是否适合做素描对象这个角度出发的。

　　船上有两人让他特别关注 —— 晒得黝黑的年轻女领航员萨莎和一个胡子刮得溜光，眼帘稍微有些肿胀的老年旅客，这个老人是一位著名的历史学家。

轮船是在黎明时分驶过雷宾斯克海[1]的。拉夫罗夫来到甲板上。那儿空荡荡的，落满了露水。低矮的波浪迎着雾蒙蒙的晨光，从西面哗哗涌来，看来，天气可能要变坏了。

　　历史学家也来到甲板上。他倚在栏杆上，竖起大衣领，轻轻握着黑色的老人帽。

　　萨莎沿着陡直的梯子从驾驶舱里跑出来。她身穿深色大衣，手上套着一副皮手套，把自己褐色的辫子盘在贝雷帽里面。萨莎刚从夜班岗位上撤下来，脸冻得通红，嘴唇也被风吹得干裂了。

　　"您好！"她礼貌地对拉夫罗夫打了声招呼，微微笑了笑，"您这是在欣赏海景吗？"

　　"那还用说！"拉夫罗夫应道，"简直难以置信，所有这一切是靠人的双手造出来的。"

　　"我自己就出生在这儿，莫洛加河边。"萨莎回答道。"这海底就是我的家，"她指了指闪着玫瑰色霞光的波浪，"我还是小姑娘的时候，就在这儿采蘑菇。就是不久前的事儿。这片海比我还年轻呢。"

　　"事件的发展具有了如此惊人的速度，甚至历史都来不及追赶它们的脚步了，"历史学家说道，将帽子几乎拉到耳根，"事件飞速地发生，与我们细致而缓慢的思想相交并超越了我们的思想。为了在科学研究中确立这时间的飞逝，必须有一整支历史学家的队伍。"

　　轮船在靠近基涅什马的时候，超过了一排木筏。

　　一阵阵的风吹来了一片片形状各异的云彩。云彩的影子在河面和布满森林的河岸上飘荡，河水拍打着岸边的砂石。影子后面总会不断地露出一缕阳光，那一刻，周围的一切都会被照得五彩缤纷。有时，你会看到一群雪白的海鸥从阴影里飞了出来，又重新飞速地钻入

1　俄罗斯最大的水库之一，位于伏尔加河上游。

阴影；有时，你会看到一面红旗在远远的岸边农舍上空飘扬，大概，那里是村苏维埃；有时，你会看到一片针叶林在风中摇动，闪闪发光，仿佛有银光闪闪的雨水斜斜地浇到它的枝叶上；有时，你会看到，那片针叶林仿佛笼罩在暗绿色的罩布里，它那长长的轰鸣声雄伟而庄严，一直传到轮船上。

轮船掀起的波浪溅到木筏上。在紧系着钢索的一根根厚厚的松木上，站着一群姑娘，她们手握长杆，好像在呼喊，可是风把她们的喊声吹到了河对岸，根本听不清她们究竟在呼喊什么。唯一能看到的只是姑娘们坚固的牙齿、她们那一张张挂满了笑容的黑黝黝的脸庞、鲜艳多彩的头巾，以及黝黑的腿上那随风扬起的印花布裙摆。

萨莎站在驾驶舱里。她把铜制的扩音喇叭放到嘴边，开始喊话：

"姑娘们，一切都还好吗？"

"一切顺利，萨莎！"姑娘们挥动着头巾，友好地回应道。

"要漂到很远的地方去吗？"

"要去斯大林格勒呢！再会啦！别忘了我们伏尔加河上的姑娘！"

望着这些姑娘们，拉夫罗夫突然明白了，在她们眼里，萨莎就是自己人，这位女舵手应该在伏尔加河上很有名，很受人爱戴。这的确可以理解：伏尔加河上可不是经常能遇见女舵手的。

晚上，拉夫罗夫向萨莎抱怨说，在一个色彩变幻的有风的日子里，一群姑娘踩着木筏，这可是绝好的绘画题材，可是他甚至连一个素描都没能画下来：一切消失得太快了。

"您应该让船哪怕是停上一分钟也好哇。"拉夫罗夫开玩笑似地对萨莎讲。

"我明白，"萨莎回答道，"可是，弗拉基米尔·彼得洛维奇，这可使不得。"

"哎，瞧瞧！"拉夫罗夫叹了一口气，"你们可真是木头疙瘩啊！

看来你们是真不明白，我们生活里的美有多么重要的意义啊！"

"您说什么呀！"萨莎激烈地反驳道，"我们非常热爱美，也懂得美的价值。只是您得真正理解我们。"

"那我该怎样特别地理解你们呢？"

"您就想一想整个国家的发展吧，既复杂又和谐，"萨莎回答道，"想一想所有火车、轮船和飞机的行驶吧，想一想它们航线的犹如网一样的交叉点，这些交叉点要求精确的时间表。这就要求生活平缓地前进，没有不稳定的运行。难道这还不算美丽吗？"

"噢，"拉夫罗夫赞同地说，"我还从来没有思考过这个问题。"

轮船在伏尔加河上航行。陡峭的右岸是延绵不断的金色山冈。一片片秋林里矗立着高压电网的铁架。在那高挂着的紧绷的电线里的是源源不断的电流。拉夫罗夫不知为什么，总感到这股电流闪耀着蔚蓝色的光。也许只是因为电流突然闪现出蓝色之光，才显示出它的存在吧。

左岸消失在茫茫雾霭里。这浓雾好像被染上了多种色彩。浓雾里宽大而模糊的斑点一会儿呈玫瑰色，一会儿呈金黄色，一会儿呈蔚蓝色和淡紫色，一会儿又呈绛紫色和黄铜色。拉夫罗夫知道，这透过雾霭闪闪发光的，要么是夕阳映照下的森林和云彩，要么是陡峭的河岸，也许，还有雾霭中看不见的城市里遥远的白色建筑。

一天，拉夫罗夫坐在顶层甲板上一张靠近船长室的椅子上，那儿没有一个旅客。他把画架支在自己面前的凳子上，迅速地在画布上挥笔素描下眼前这个临近夜晚的静谧的世界：空气、雾霭、五色的河水、金色的远方的身影。

萨莎正站在船长室里的驾驶位置上。她疑惑地望了拉夫罗夫好几眼，接着又看了看天空。她很伤心，因为夜晚降临得如此迅速，所有这些闪光的色彩都会马上消失，暮色会给一切涂抹上清一色灰暗的色调。"他恐怕是来不及画完了！"萨莎思忖道，"该画得再快一点儿才对，没错！”

萨莎拽了拽绳索，汽笛响了一声，这长长的声音似乎是轮船发出的警告：原来，一只小船正迎面划来。

轮船迅速驶近小船，拉夫罗夫突然看到：小船上站着一位敞着外衣的年轻女人。她握着一把还带残留几片秋叶的树枝，注视着轮船。一位皮肤晒得黝黑的小伙子划着船桨。此刻，他停止摇橹，也注视着眼前的轮船。带着几片秋叶的树枝的倒影在小船边的水中晃动。

整个夜晚，眼前这个女人，还有河面上宛如一串葡萄般闪烁的云彩倒影，在拉夫罗夫眼里简直就是这个神奇故国一派祥和的鲜明体现，面对着即将迅速逝去的美景，他只能无奈地叹口气，生气地看了萨莎一眼。

有一瞬间，他抬起手腕，满怀期望地等着萨莎稍稍停一下船，哪怕只是停一分钟，可是萨莎的脸上毫无表情，像石头一样冷漠，甚至还有点儿凶。

载着女人的小船迅速离开，在暮色中摇晃。落日的最后一缕余晖洒落在那一捆带着秋叶的树枝上。暮色无论如何也无法扑灭树叶发出的金黄的色彩。

拉夫罗夫有些生气地合上颜料箱，回到自己的舱室。路过船长室的时候，他斜眼看了萨莎一下，只见她满脸通红，扭过脸去。

“好吧！”拉夫罗夫思忖道，“还是和她好好聊聊吧。”

在自己的舱室里，他思忖了很久，把想同萨莎讲的话通通想了一遍。这将是一番责备的话。可是，这天晚上拉夫罗夫并没有遇见萨莎：她显然值过班后就去睡觉了。到了晚上，那番责备的话就渐渐褪了色，他甚至觉得都是些蠢话了。

拉夫罗夫陷入沉思。他究竟想达到什么目的呢？是为了让生活在他面前停留下来？可是生活任何时候都不会停下来的，它将永远像一条宽广而多彩的河流，流向我们所称作的未来。你一旦落伍，生活的洪流就会滚滚向前，将你甩在后面，就会从你的视线里淡出，你就永远也追赶不上了。

"应该说，小姑娘做的是对的，"拉夫罗夫最终承认道，"我真不该对她生气……"

过了一天，拉夫罗夫在甲板上遇到了萨莎，他看着她那快乐而害羞的眼神，说道：

"我一定要给你画张像。只不过不是现在，而是等到冬天，在莫斯科的时候。您同意吗？"

"那好吧，"萨莎应道，"谢谢啦，弗拉基米尔·彼得洛维奇。"她信任地把自己的手轻轻地放在拉夫罗夫的袖口上。

拉夫罗夫望了望河面。河上的灯光连成一线，在秋夜的黑暗中闪烁着。空气清新而湿润，伏尔加河翻滚着，犹如一排排巨大的玻璃墙的波涛，流向无尽的黑夜深处，带走了这些灯火的倒影，将它们拉长成灯光带，又将它们拆开。轮船正驶向还在施工的古比雪夫大坝。

十二月的一天，萨莎来到特列恰科夫画廊参观一年一度的绘画展。

天色黑下来，雪花懒洋洋地飘落。朝街边那灯火通明的房屋窗户望去，会觉得在这些房子里好像点燃了好几千只蜡烛，仿佛正在举行某个节日聚会。

观看画展的人并不多。萨莎快步走过各个展厅，寻找着拉夫罗夫的作品。她在很远的地方就一眼发现了那幅画，她站在那儿一动不动，一瞬间竟然激动得喘不上气来……

为什么这个安静的，甚至看上去有点儿笨拙的人能够把河上那个令人惊奇的夜晚永远地保留下来？他靠的是什么神奇的力量，竟然能发现那个夜晚里有那么多美好的东西，那么多美妙的色彩，可是她在那个时刻却视而不见，这究竟是什么原因？是什么给了他如此大的力量？是他的才华？抑或是他的才华结合了他对神奇的祖国的爱？

"他是怎么做到凭记忆画出那个夜晚，画出那条小船，画出那个捧着一把带着秋叶的树枝的女人的？"萨莎思忖道，"我可根本没有把轮船停下来呀，尽管我那时非常清楚，他非常希望我那样做。"

萨莎愈是久久地盯着这幅画看，她就愈想感激拉夫罗夫，也许，甚至想带着柔情和惊讶再次触碰他那只消瘦的、沾满颜料的手。

萨莎站在远处凝望着这幅画，激动的心情转化成一股强烈的莫名的兴奋。"这一切是多么美好啊！"她思忖道，"甚至窗外这懒洋洋飘下的毛茸茸的雪落在脸上的感觉也非常美妙。一切，一切都是那么美好！……"

1951 年

巨型红杉树

　　疗养所就坐落在一个长满茂密的山杨林和老云杉树的山坡上。山坡下是一条很深的山谷，一条名叫"小风车"的小河在山谷里潺潺流过。大概是因为这条小河总是在山谷里蜿蜒转圈，所以人们才这么叫它的。在这儿疗养的人不管往什么方向走，都会撞上这条在冰层下发出潺潺声的小河。

　　在回弯处，小风车河流淌得更快些，河面上会出现没有结冰的窟窿。从这些窟窿中可以看到潺潺流水下布满石块的河底，而在冰块薄薄的边缘，可以看见聚集着并且不停地旋转着的河水一冬天携带来的东西：腐烂了的黑色的树叶、一块块树皮、苔藓、云雀打斗时脱落的羽毛，还有种子。

　　种子最多。小风车河里，赤杨的种子尤其多，那是一种粗糙的深色小果球。

　　安德烈·伊凡诺维奇·杜波夫是一位林学家和育种专家，一个偶然的机会，让他来到这个作家疗养所度假。在科学研究所里，当上级让他去这座疗养所休假时，他毫不犹豫就答应了。他早就想在所谓"特殊职业"的这群人当中生活一段日子。

可是后来，杜波夫就有点儿担心了。毕竟这是一个完全陌生的圈子。人们常说，作家都是些阅历丰富的人，有趣的、性格各异的人，不过总爱吵吵闹闹，总爱挖苦嘲笑别人。

杜波夫只懂林业，他觉得，在这群作家当中，他会很碍眼，就像一个从原始森林里来的人，没做任何准备，穿着一双笨拙的软底靴、披着件皮袄就来到音乐学院的演出大厅里一样。人们在他周围将争论一些书、诗歌和作家创作中的各种复杂问题。当然，人们也会等着他参与到这些交谈中来。可是，他对文学知之甚少，又怎么可能参与进来呢？

因此，在疗养所的最初一段日子里，杜波夫只是静静地观察，什么话也不说。每天午饭和晚饭后，他都能听到太多的故事——可笑的、悲伤的、神奇的故事，都能听到太多的俏皮话和幽默笑话，听到太多的犹如森林大火一样突然迸发出来的有趣而又猛烈的争吵，以至于每到晚上，他都会觉得脑袋都快要炸开了。

不过，他还是很快就习惯了，并且开始饶有兴趣地听这些谈话了，仅仅过了一周，他就迫不及待地想听到新的故事了。他已经不把自己当外人了。

杜波夫醒得很早，天还没亮就起床了。

正值十二月末——一年当中白天最短的日子。甚至在中午的时候，地平线附近那透明的小树林和覆盖着白雪的原野上空也漂浮着黯淡的雾霭。夜晚好像只是暂时——即使这样也是很不情愿的——退到一旁，很快就会回来的。

杜波夫穿上衣服，来到小风车河边。夜色朦胧，空气中飘着淡淡的蔚蓝色的雾霭。过了一些时候，这蔚蓝就变成了轻柔的灰色。深色的云杉在清晨的雾霭中庄严地矗立着，好像它们是铁匠用绿色生铁锻造出来的。

在小风车河边，杜波夫常常会遇到名叫娜斯佳的小姑娘，她是一个作家的女儿，正上九年级。

她是病愈后来这儿疗养的，她每天都要长时间地滑雪，第一次读《战争与和平》就入了迷。

她的父亲整天都坐在客厅里下棋。娜斯佳时不时地闯进客厅，绝望地大叫一声："爸爸，安德烈公爵被杀啦！"随即又跑开，一个小时以后再次闯进来大叫一声，只不过已经是兴高采烈了："爸爸，原来他没有被杀死，只是受了伤！"

父亲只是向娜斯佳挥了挥手。

娜斯佳每次遇到杜波夫的时候，总是面带微笑，她那畅然开朗的笑容里有多少纯洁少女那无比美妙的生命的瑰丽，有多少青春的活力和尚未意识到的幸福啊！杜波夫不禁也报之以微笑。

杜波夫心里许多美好的思想情感都以某种隐秘的、连他自己也说不清楚的方式与娜斯佳的微笑联系起来。更准确地说，娜斯佳的微笑使他幸福地意识到自己工作的意义，意识到未来，意识到春天已经不远了。

一阵阵暖风带来森林里开始解冻的树皮的气味，冰溜上淌下的水滴闪闪发光，仿佛几十个小小的太阳斜着在空中飞过，迅速消失在松软的雪地里，云雀和睦地啄食着云杉果，发出欢快的啼鸣。所有这一切不都预示着春天的临近吗？

娜斯佳总是会踏着滑雪板，来到小风车河上的冰窟窿边。

她那长长的辫子总是从背后挂到胸前，滑到河边，她深深地喘息片刻，可爱的面颊累得通红，眼睛在浓浓的睫毛下迫不及待地闪着光芒，微微发绿的瞳孔后面仿佛闪烁着无数颗小星星。

每一次，娜斯佳都能从水下发现新的有趣的东西：要么是一根浸泡在水里的红褐色的云杉树枝（它好像是生了锈）；要么是一只像洗净了的银块一样闪闪发亮的铁皮罐头盒；要么是水生百合的一片枯叶，因寒冷而发出淡紫色。有一次，她甚至看到一条像纺锤一样细长的小鱼游过冰窟窿，不知为什么，她就认定那是条鳟鱼，尽管莫斯科周围根本不会有鳟鱼。

娜斯佳会向杜波夫询问每一样她看到的东西：为什么百合花的叶子枯萎后是紫色的，而云杉的针叶却是褐色的？冬天，水里的小甲虫是不是并没有死，只是在水底石头下面睡着了？那些在冰窟窿的漩涡里转动的种子还能再发芽吗？要是能真的把这些种子收集起来，种到地里，看看究竟能不能长出什么来，那就太好啦。或许，从这些河里的种子里还真能长出一个大花园呢。

　　杜波夫一开始是从科学上非常准确地回答娜斯佳的问题，可是当他发现娜斯佳的脸上布满了轻微失望的表情时，他终于明白，她期望从他那儿得到的其实是另外一些回答。

　　显然，所有这些水底下的东西，在娜斯佳脑海里都已经汇集成一个个神奇的故事。她应该不只是想知道对那些现象的准确的解释，还想捕捉到那难以传达的隐藏的诗意，这诗意就藏在这些掉落的树叶里，藏在那薄薄的冰层下，藏在冰面发出的清脆的声响中，藏在毛茸茸的雪团里，藏在山杨林里那寒冷刺骨的空气里，藏在整个寂静的冬日里。

　　可是，杜波夫无法将冬天那不可理喻的威力传达给她。他知道，娜斯佳想听到的是童话故事。"编出童话故事，"他自言自语道，"这可是作家的事。我当然能感觉到冬天的美丽，可是我表达不出来。我脑子里的词汇不够用。可能，想象力也缺乏。科学研究工作让我变得干巴巴的。"

　　有一天晚上，一个作家在客厅里向大家朗读了一则刚刚写完的童话故事。

　　这是位上了岁数的作家，戴副眼镜，哮喘得厉害，他要求很苛刻，在他朗读过程中，绝不允许有任何嘈杂声。

　　这篇童话讲的是特别特别大的树。在这些很大很大的树里面生活着一些小矮人。他们在树干里凿出了一座座城市，建起了一个个工厂、学校和机关，还开通了公共汽车和地铁。这些小矮人在里面遭遇到了各种奇遇。

童话念完后，人们开始讨论起来。起先很沉闷，话不多，后来讨论变得热烈起来。这篇童话得到大家的称赞，尽管有人说，这篇童话稍微有点儿做作，因为即使是童话故事也来源于现实生活，来源于真实有趣的生活事件和现象。

作家默不作声，不过他显然并不同意这种意见。大概是因为在童话里提到了巨型的大树，作家特意转过身来，向杜波夫请教道："喂，您怎么看的？就是说，您从一个自然科学家，从一个林学家的观点出发，会怎么看呢？"

"我能说什么呢？"杜波夫答道，"我很喜欢这个童话。可问题是，世界上有比您描写的神奇得多的树。"

"是嘛，那么就快点儿讲给我们听吧！"年轻的诗人搓着手说道。显然，他并不喜欢这篇童话。

"我不知道……"杜波夫怯生生地说，"是这样的，在我看来，童话故事应当更加神奇一些。"

"您究竟说的是什么样的树呀？"童话作家挑剔地问。

"您在童话里说，那些大树高得碰到了云彩，"杜波夫不知为什么，竟然有些生气地说，"可是问题并不在于树有多高，而是云彩有多高。有的时候云彩很低，甚至连松树都能碰到云彩。而我想对你们说的那种树，叫作巨型红杉树。它是一种特大型的松树。它可以长到一百五十米高。它的树干大得出奇，直径达到十五米，是世界上树龄最长的树。在加利福尼亚有三千年树龄的红杉树。早在荷马时代，它们就已经长成大树了。而到哥伦布时代，已经长成巨型大树了。"

"啊，好哇，继续讲，请继续讲！"诗人又迫不及待地说，不过这一次已经没有任何幸灾乐祸的意思了。

"唔，好吧……情况是这样的，这种优质的树木是完全可以在我们苏联生长的。在克里米亚，在尼基金花园里，有几棵巨型红杉树苗。虽说是树苗，但已经是像模像样的大树了。比最高的松树还要高出两倍呢。"

"那您为什么不种巨型红杉树林呢？"娜斯佳的父亲严厉地问。

"问题在这儿，"杜波夫答道，"巨型红杉是一种已经退化了的树种。将来它会慢慢绝迹的。它只是过去的遗迹。美洲的巨型红杉已经丧失了繁殖的能力。那儿留存下来的可是最后的巨型红杉了。不会再有新的巨型红杉了。"

"这对我们，对整个俄罗斯来说，是多么大的遗憾啊！"一位著名的讽刺诗人感叹道。

"您能不能想出点儿更俏皮点儿的话？"抒情诗人以客气的，然而却是冷冰冰的语气问道。

"你们都闭嘴！"娜斯佳的父亲向他们吼了一声，"别打岔！……"

"唔……是这样的，是这么回事……"杜波夫稍有点儿窘了，因为他发现自己不知不觉已经重复了三、四遍"是这么回事"这句毫无意义的话了，"是这么回事，我这几年的工作恰好就是从巨型红杉里提取能发芽的种子。我之所以现在可以名正言顺地和你们在一起休假，是因为我已经成功地完成了我的工作。在莫斯科近郊已经建好了第一批巨型红杉培植区。没错，如今这些树还很小。但是过了……"

"七千年。"讽刺诗人悄悄提示道。

"听着，您可别自作聪明地打趣说俏皮话！"抒情诗人再一次生气地对他说，不过讽刺诗人看上去好像一点儿也不生气。

"噢，根本不必等七千年，要早得多，我们这儿很快就会有美丽得出奇，粗壮得出奇的巨型红杉树林啦。别忘了，我们也在同时研究如何加快这些树木的生长速度呢。"

大家都沉默下来，好像是在咀嚼杜波夫给他们讲述的这些事。

"这才是真正的童话！"娜斯佳突然说。她一直坐在角落里，在钢琴后面，谁也没有注意到她。

这时，童话故事的作者做出了一个在娜斯佳看来非常勇敢、非常正确的壮举。只见他站起来，当着众人的面，非常严肃地把自己的手稿撕碎，扔进燃烧着的壁炉里，然后走到杜波夫跟前，握了握他的手，平静地走出客厅，仿佛什么事也没发生过。不知为什么，大伙儿觉得，从今以后，他一定会写出真正神奇的，就像寒夜里的星星一样光彩夺目的有趣的童话故事来。

杜波夫感到浑身不自在。他有点儿为童话故事作者惋惜，因为自己的讲述，作家的劳动白费了，他很内疚。

晚上，杜波夫来到小风车河畔。娜斯佳在路上追上他。开始下雪了，大大的雪花直向地面落下，静悄悄的，仿佛一边飘扬，一边在追忆着什么。

"安德烈·伊凡诺维奇，您喜欢这样的雪吗？"娜斯佳问。

"是的，我喜欢，"杜波夫回答道，"不过我更喜欢青春，更喜欢您身上的青春活力。"

"可我最喜欢的是莱蒙托夫[1]。"娜斯佳冷不丁地说，立刻意识到自己说了在这个场合非常不合适的话，顿时羞愧难当，甚至眼泪都流了出来。

透过这些泪珠，她感到雪花真的变得童话般美丽。她甚至觉得，从每一粒飘舞着的蓬松的雪花里，一个接一个地绽放出像玫瑰一样洁白无瑕的小小的花朵，这些花朵在她的呼吸下纷纷融化。

1953 年

---

1 米哈伊尔·尤里耶维奇·莱蒙托夫（1814—1841）：继普希金之后俄国又一位伟大诗人。

一篮云杉果

　　作曲家爱德华·格里格[1]是在卑尔根[2]附近的森林里度过秋天的。

　　森林里，空气中散发着蘑菇的清香，树叶沙沙，这一切都令人心旷神怡。不过，靠近海岸的山林尤其迷人。在山林里可以听到海浪拍打海岸的轰鸣。海面上时常雾气缭绕，潮湿的空气使苔藓迅猛繁殖。一缕缕绿色的苔藓从枝头挂下，一直垂到地面。

　　此外，在山林里还能听到愉快的回声，仿佛有一只好嘲笑人的鸟儿在那儿不时地啼鸣。这回声随时在那儿等待着，一旦抓住任何声响，便立刻将它越过山崖扔回来。

　　有一天，格里格在森林里遇到一位梳着两只小辫子的小姑娘，想必是护林员的女儿。她正往篮子里捡云杉果。

　　正值秋天。倘若可以把大地上所有的黄金和青铜都收集到一起，把它们锻造成千千万万片薄薄的树叶，那么与山林的秋装相比，它们也是微不足道的。况且，同真正的树叶，尤其是山杨的叶子相比，锻

1　爱德华·格里格（1848—1907），19世纪挪威杰出的作曲家。

2　卑尔根是挪威的一座城市。

造出来的叶子会显得异常粗笨。大家都知道，甚至连鸟儿的啼鸣都会让山杨叶子颤动的。

"小姑娘，你叫什么名字？"格里格问。

"达格妮·佩德森。"小姑娘小声地回答。

她之所以小声地回答，倒不是因为害怕，而是由于害羞。她不可能害怕，因为格里格的眼睛里始终带着微笑。

"这下可麻烦啦！"格里格说，"我可没东西送你呀。我口袋里既没带洋娃娃，也没有布带子，更没有毛茸茸的小兔子。"

"我家里有妈妈的旧洋娃娃，"小姑娘答道，"它有的时候会闭上眼睛，就像这样！"

小姑娘慢慢地闭上了眼睛。当她重新睁开眼睛时，格里格发现，她的眼球微微发绿，闪烁着树叶的光辉。

"可是现在它睁着眼睛睡着了，"达格妮忧伤地补充道，"老人睡觉都不好。爷爷也是整个夜里都在咳嗽。"

"听着，达格妮，"格里格说道，"我想好啦。我要给你一件有趣的东西。只是不是现在，而是要等到十年以后。"

达格妮甚至高兴得拍起手来。

"啊，要那么久呀！"

"你想想啊，我得把它做出来呀。"

"这是件什么东西呀？"

"到时候你就知道啦。"

"难道您一辈子只能做出五到六件玩具吗？"达格妮语气严厉地问。

格里格一下子窘了。

"不，不是这样，"他毫不自信地反驳道，"我可能几天工夫就能做出来。可是这样的东西是不可以送给小姑娘的。我只为成年人做礼物。"

"我不会打碎它的，"达格妮拽了拽格里格的衣袖，哀求地说，"我不会弄坏它的。您看呀！我爷爷有一只玻璃做的小玩具船。我经常给它擦灰，可是一次也没有敲坏过它，就连一小块玻璃都没有敲碎过。"

"这个达格妮，可把我给缠住啦。"格里格有点儿懊恼地想，于是，他说了所有在孩子面前陷入类似窘境的成年人都会说的一番话："你年纪还太小啦，好多事情你还不懂。要学会忍耐。好啦，把篮子给我吧。你快提不动啦。我送你回家，我们说点儿别的吧。"

达格妮叹了口气，把篮子递给了格里格。篮子确实很沉。云杉果里有很多树脂，所以比松果要重得多。

当看到树林中的那座护林员的房屋时，格里格说：

"好啦，现在你自己跑回家吧，达格妮·佩德森。在挪威有许多女孩子的姓名都和你一样。你爸爸叫什么？"

"哈根鲁普，"达格妮答道，皱了皱额头，问道，"您难道不去我们家吗？我家里有绣花桌布，有一只棕色的猫，还有一只玻璃小船。爷爷会让您拿在手上的。"

"谢谢啦。现在我没有时间啦。再见啦，达格妮！"

格里格抚摸了一下小姑娘的头发，朝大海方向走去。达格妮紧皱眉头，望着他的背影。她手中的篮子斜了下来，云杉果一个个地从篮子里掉了出来。

"我要写一支曲子，"格里格下定了决心，"我将要求在卷头上注明：献给护林员哈根鲁普·佩德森的女儿达格妮·佩德森，作为她十八岁的礼物。"

卑尔根一切如故。

凡是会阻隔声音的东西 —— 地毯、窗帘和柔软的家具，格里格早就统统从家里扔掉了。只留下一张旧沙发。这张沙发可以坐十个客人，格里格没舍得丢弃。

朋友们说，作曲家的房子很像樵夫的住处。唯一像样的装饰就是一架钢琴。假如一个人有足够的想象力的话，那么他一定能从四周的白墙里听到神奇的东西：可以听到北方大海的轰鸣声从黑暗和狂风中推动着层层海浪，在波涛汹涌的海面上吟咏着自己奇特的英雄故事；可以听到小姑娘哄布娃娃睡觉时唱的歌。

钢琴可以吟唱一切：可以歌唱人类精神中那向往伟大的激情和冲动，也可以歌唱爱情。黑白色的琴键在格里格强健的手指下跳动，时而悲哀，时而欢笑，时而发出暴风雨般的轰鸣和怒吼，时而又骤然安静下来。

那时，只有一缕小小的琴弦声还在寂静中久久地回荡，仿佛是受到姐妹们欺负的灰姑娘在暗自哭泣。

格里格直起身，向后一仰，聆听着最后的琴声消失在厨房里，那儿早就躲藏着一只蟋蟀。

他可以听到水龙头里的水一滴一滴地打着节拍落下，仿佛在计算着秒数。水滴似乎在提醒格里格，时间不等人，应该把构思好的东西抓紧写出来。

格里格花了一个多月的时间写完了赠给达格妮·佩德森的这支曲子。

冬天到来了。整个城市都笼罩在雾霭中。一艘艘生了锈的轮船从世界各地驶来，在一个个木制码头上打盹，不时轻轻地鸣叫一声，冒出一缕蒸汽。

很快就下起了雪。格里格从自家窗户里看到，雪花斜着飞舞而下，挂在树梢。

当然，无论我们的语言有多么丰富，我们也根本无法用语言来传达音乐。

格里格在他的乐曲里表现了少女的青春气息那无与伦比的魅力，表现了幸福的美好。

　　他在谱写乐曲的时候，仿佛看见一位姑娘向他迎面跑来，姑娘那双绿色的眼睛闪烁着光芒，姑娘喘着气，兴奋异常。她搂住格里格的脖子，将自己那火热的面颊贴到他那没有刮胡子的灰白的脸上。"谢谢您！"姑娘说，自己还根本没弄明白，究竟谢他什么。

　　"你就像太阳，"格里格对她说，"就像柔和的风，就像清新的早晨。你的心里盛开着白色的花，使你的全身都充满了春天的芳香。我看到了生活。无论别人怎么对你谈论生活，你要永远相信，生活总是充满惊奇的，总是美好的。我已经老了，可是我把我的生命、工作和才华都献给了年轻人。我不要任何回报。因此，达格妮，我甚至可能比你还要更幸福。"

　　"你是那闪烁着神秘之光的白夜。你是幸福。你是霞光。你的声音会让心房颤动。"

　　"愿幸福围绕着你，愿幸福靠近你，愿你走向幸福，愿一切美好的东西使你快乐，使你陷入沉思。"

　　格里格这么构思着，并迅速地演奏出他所想到的一切。他疑心有谁在偷听。他甚至猜了出来，究竟是谁在那儿偷听。原来是树上的山雀、从海港里溜出来散步的水手、邻居家的洗衣女工、蟋蟀、从低垂的天空飘下的雪花，还有穿着破衣裳的灰姑娘。

　　每一个偷听者都有自己的感觉。

　　山雀听了兴奋不已。无论它们怎样飞来飞去，它们的唧唧声都无法盖过钢琴的声音。

　　游荡的水手们坐在房屋前的台阶上一边聆听，一边啜泣。洗衣女工弯下腰，揉揉通红的眼睛，感伤地摇摇头。蟋蟀从瓷砖炉的缝隙中钻出来，从小孔里望着格里格的背影。

　　飘落的雪花停滞悬挂在空中，以便好好倾听从房子里流出的旋律。而灰姑娘则微笑地望着地板。她的光脚边有一双水晶鞋。水晶鞋颤动着，和着格里格房间里飘出的旋律，互相碰撞。

比起音乐会上那些穿着盛装、彬彬有礼的听众，格里格更尊重这些聆听者。

达格妮十八岁那一年中学毕业了。

毕业后，父亲把她送到克里斯蒂安尼亚[1]自己的姐姐玛格达那里。这样做是为了让小姑娘（尽管达格妮已经长成一个身材高挑、梳着两条长长的棕色辫子的姑娘了，但父亲依然把她看成是小姑娘）好好看一看外边的世界，看一看那儿的人是怎么生活的，这样就会更愉快些。

谁又会知道，等待着达格妮的将会是什么呢？也许，是一位诚实可靠，但却有点儿呆啬的无趣的丈夫？抑或是在乡村的店铺里当一名售货员？要不然在卑尔根众多的商船办事处里找一份差事？

玛格达是一家剧院的裁缝，她的丈夫尼尔斯则在那家剧院里做理发师。

他们一家住在剧院阁楼上的小屋里。从那儿可以望见飘扬着各色旗帜的海湾和易卜生的塑像。

窗外一整天都会传进来轮船的汽笛声。尼尔斯姑父已经对这些声音烂熟于心，能够毫不费力地说出每一艘鸣笛的船只的名字：来自哥本哈根的"北欧人"号、来自格拉斯哥的"苏格兰歌手"号，抑或来自波尔多的"圣女贞德"号。

姑妈玛格达的房间里有许多剧院里用的东西：花缎、绸丝、花边、绶带、织网、带有黑色鸵鸟羽毛的旧毡帽、吉普赛人的披巾、

1 克里斯蒂安尼亚是挪威首都奥斯陆 1824—1924 年间的名称。

灰色的假发套、带有铜鞋钉的高筒靴、长剑、纸扇和鞋跟损坏的银白色鞋子。所有这些东西都得再缝补一番，修理一番，清洗一番，抑或烫平一番。

墙上挂着从书本和杂志上剪下来的图画：路易十四时代的骑士、穿裙子的美人、侠客、穿长衫的俄罗斯女人、水兵，以及头戴橡树枝条的海盗。

走进房间必须登上陡直的楼梯。在那儿永远可以闻到颜料和装饰品散发出来的油漆味道。

达格妮经常到剧院看戏。这是她特别开心的事情。可是每次看完演出后，达格妮都久久不能入睡，有时甚至独自一人躺在床上哭泣。

玛格达姑妈吓坏了，赶紧安慰达格妮。她告诉达格妮，可别盲目相信舞台上的故事。然而，尼尔斯姑父听了玛格达姑妈的话后，却把她称作"抱窝的母鸡"，并告诉达格妮，恰恰相反，在剧院里应当相信舞台上的一切。否则，人们就不需要任何剧院了。于是，达格妮就相信了。

不过，玛格达姑妈还是坚持主张去听听音乐会，换一下口味。

对此，尼尔斯没有反对。他说："音乐是天才的明镜。"

尼尔斯喜欢把话说得高亢激昂又朦朦胧胧。他说达格妮像序曲的第一个旋律；而玛格达，按他的话讲，具有任意改变人的魔力。他的意思是说，玛格达负责缝制剧院里的服装。而谁不知道，演员每次换上新的服装，就会完全变了样。常常有这样的情况：同一个演员，昨天还是一个卑鄙的凶手，今天就成了一个热烈的情人，明天又将成为皇宫里的丑角，后天又是一位民族英雄。

每到这种场合，玛格达姑妈就会喊起来："达格妮，捂上耳朵，别去听这可怕的胡言乱语！他自己都不知道说的是啥，这个阁楼上的哲学家！"

那是一个温暖的六月，正是白夜时节。露天音乐会通常就在城市公园里举行。

达格妮与玛格达和尼尔斯一道去听音乐会。她想穿上自己唯一一件白衣服。可是尼尔斯说，漂亮的姑娘应当穿得鲜艳夺目、与众不同，这样才能一下子在周围的环境中吸引人们的注意。他这番冗长的话其实是想说，在白夜里应该要穿黑色衣服，反过来，在黑夜里则应当穿白色的衣服。

同尼尔斯争辩是徒劳的，于是，达格妮穿了一件柔软的黑色丝绒衣服。这件衣服是玛格达从剧院服装室里拿出来的。

当达格妮穿上这件衣服，玛格达顿时觉得，尼尔斯说的还真有道理：没有哪件衣服能够比这件神秘的丝绒衣服更能衬托出达格妮极度白皙的脸庞和她那双闪着陈金之光的辫子了。

"快看呐，玛格达，"尼尔斯姑父悄声说道，"达格妮穿得那么好看，好像是第一次去约会一样。"

"就是嘛！"玛格达应道，"怪不得你第一次和我约会的时候，我根本看不到周围有谁特别英俊呢。你就是个饶舌的家伙。"

于是，玛格达亲了亲尼尔斯姑父的额头。

音乐会通常在晚礼炮响了之后开始。礼炮是从港口里古老的炮台上发射的，礼炮标志着太阳已经落山。

虽说是晚上了，可无论是指挥，还是演奏者，都没有把乐谱架上面的小灯打开。晚上的光线已经足够亮了，那些闪烁在椴树叶间的小灯之所以亮着，显然只是作为音乐会的一种装饰而已。

达格妮是头一回听交响乐。音乐给了她奇怪的感受。乐队奏出的所有旋律的变化和巨大的音响，都会在达格妮心中唤起许多像梦境一样的画面。

过了一会儿，她突然战栗了一下，抬起眼睛。她感觉到那位穿着燕尾服，正在报幕的瘦瘦的男子叫了她的名字。

"尼尔斯，是你在叫我吗？"达格妮问了声尼尔斯姑父，看了他一眼，顿时皱起眉头。

尼尔斯姑父望着达格妮，脸上的表情说不上是恐慌还是惊叹。玛格达姑妈拿手帕捂住嘴，也以同样的目光望着她。

"这是怎么回事？"达格妮问道。

玛格达抓住她的手，悄声说道：

"听！"

于是，达格妮听到那个穿燕尾服的人说：

"最后几排的听众要求我再说一遍。那么好吧，我就再重复一遍：接下来将要演奏的是爱德华·格里格著名的音乐剧，该剧是献给护林员哈根鲁普·佩德森的女儿达格妮·佩德森，作为她年满十八岁的礼物。"

达格妮深深地吸了一口气，甚至胸口都感到有些疼痛了。她想用这个深呼吸来控制住涌上喉咙的眼泪，可是无济于事。达格妮弯下腰，用双手捂住脸。

一开始，她什么也没听见。她的心里翻江倒海，难以平静。过了一阵之后，她才稍稍平静下来，听到清晨牧童的号角，听到数以百计的声音在应和——那是弦乐队稍作停顿后的演奏。

旋律逐渐升起，攀升得愈来愈高，愈来愈猛烈，犹如一阵风，掠过树梢，吹落了树叶，吹打着草地，击打着人们的脸庞，给人带来一阵阵凉意。达格妮感受到了从音乐中飘出的一阵空气，于是强迫自己平静下来。

是的！这就是她的森林，她的故乡！这就是她的山峦，她的号角吹出来的歌，这就是她的大海发出的怒吼！

玻璃船儿拍打着海水，泡沫飞溅。风吹着绳索。这声音悄然变成了森林里的铃铛的撞击声，变成了在空中翻转的鸟儿的啼鸣，变成了孩子们的叫喊声，变成了关于一个姑娘的一支歌：心上人在黎明时分朝她的窗户里扔了一把沙子。达格妮还在山里的时候就听过这支歌。

这么说来，原来就是他！就是那个帮她拎着一篮子云杉果，一直送她到家的满头灰发的人。原来他就是爱德华·格里格，原来他就是那个神奇而伟大的音乐家！可她当时还埋怨他干活太慢呢。

这么说来，这就是他当年许诺十年后将要送给她的礼物！

达格妮放声哭了出来，流下感激的热泪。此刻，音乐把大地和悬挂在城市上空的云彩之间的整个空间都占满了。一道道旋律犹如一波波浪涛，使云层里现出了轻微的涟漪。透过这涟漪，可以看到闪烁的星星。

音乐已经不是在演奏。它在召唤。召唤人们去那幸福美妙的国度。在那里，任何痛苦都不会使爱冷却，任何人都不会剥夺别人的幸福，太阳永放光芒，像童话里那和善的女魔法师头上的桂冠。

在乐曲的音响中，突然涌现出一个熟悉的声音。"你就是幸福，"这声音说，"你就是霞光！"

音乐停止了。先是缓缓响起零散的掌声，尔后鼓掌的人愈来愈多，终于汇集成雷鸣般的掌声。

达格妮站起来，快步走向公园出口。所有人都朝她望去。可能有些听众已经猜到，她就是得到格里格不朽馈赠的达格妮·佩德森。

"他已经死了！"达格妮思忖道，"为什么会这样呢？"要是能够见到他该多好啊！要是他能出现在这里该多好啊！她一定会带着一颗怦怦跳动的心，激动地跑到他跟前，搂住他的脖子，将自己被眼泪打湿的面颊贴到他的脸上，只说一句话："谢谢您！""谢我什么呢？"他一定会问。达格妮一定会这样说："我不知道……谢谢您没有忘记我。谢谢您的慷慨。谢谢您给我打开了让生活变得美好的东西。"

达格妮漫步在空旷的街道上。她没有发现，玛格达派尼尔斯一直在后面悄悄地跟踪。他一直像个醉汉一样晃动着身体，嘴里在不停地嘀咕，的确，刚刚发生的事，在他们平凡普通的生活中，简直就是个奇迹了。

夜幕还笼罩在城市上空。不过来自北方的曙光已经使窗户上出现了微弱的金光。

达格妮来到了海边。大海还在沉睡，没有一点波涛。

达格妮紧握双手，激动得叫出声来。一种对她来说还不是那么清晰的感觉充满了她的身心，她朦胧地感受到了这个世界的美好。

"听着，生活，"达格妮轻声地说，"我爱你。"

她笑了起来，睁大眼睛望着船上的灯火。星星灯火缓缓地在清澈的水上摇晃。

站在远处的尼尔斯听到她的笑声后，便转身回家了。现在他已不再替达格妮担心了。现在他知道，她不会虚度年华了。

1953 年

面向秋野

今年的秋天一直很干燥，很暖和。白桦林迟迟没有变黄。青草也迟迟没有枯萎。唯有蓝色的青烟（民间把它叫作"雾霭"）一直笼罩着奥卡河的各个河湾和远处的森林。

"雾霭"有时很浓，有时很淡。于是，这雾霭就像是个不光滑的玻璃，透过它可以模糊地看到岸边那一棵棵古老的柳树，看到一片片已经枯黄的牧场，还有那绿油油的秋播的禾苗。

我坐在小船上顺流而下，忽然听到空中传来一阵声响，好像有人开始小心翼翼地把水从一只叮当作响的玻璃容器里倒到另一个相同的容器里，如水流潺潺，汩汩作响。声音很轻，但填满了河面和苍穹之间的一切空间。原来是一群大雁在鸣叫。

我抬起头。一大群大雁排成行，一只跟着一只，飞向南方。它们平稳地，充满自信地向南方飞去，飞向那温暖的国度，那儿，在奥卡河的河湾，太阳会发出耀眼的金光，那儿有一个忧伤的名字 —— 塔夫里达。[1]

---

1 塔夫里达是克里木半岛的旧称。

我扔掉船桨，久久地注视着大雁。河岸边的乡村小路上，摇摇晃晃开来一辆卡车。司机也把车停了下来，走到车外，观看天上的大雁。

"一路平安，朋友！"他朝飞去的大雁挥挥手，喊了一声。

他又坐回车里，可是一直没有发动——也许，他不愿破坏静谧中这来自天边的声响吧。他摇开车窗玻璃，探出身去，眺望着那群大雁消失在远处的雾霭中，聆听着大雁那清脆而婉转的叫声回荡在荒凉的秋野上，久久不愿离去。

就在这次见到大雁之前的几天，一家莫斯科的杂志请我写一篇文章，谈谈什么是"杰作"，并谈论一篇文学杰作。换句话讲，就是谈一部完美无缺、无可挑剔的作品。

我选择了莱蒙托夫的诗作《遗嘱》。

此刻，漂流在河上，我认为，杰作不单单存在于艺术里，在大自然里也同样有杰作。难道大雁的鸣叫，难道它们沿着数千年不变的空中路线完成的伟大的迁徙就不是杰作？

候鸟告别了俄罗斯中部，告别了那里的沼泽和树林。那儿有了秋天的气息，散发出葡萄酒的醇香。

还用得着多说什么吗！每一片秋叶都是杰作，都是黄金和青铜铸成的最细致的天然杰作，是用丹砂和乌银浇铸出来的天然杰作。

每一片叶子都是大自然完美的创造物，都是我们人类所无法理解的大自然神奇的艺术作品。只有大自然，只有毫不理会我们的惊叹和赞誉的大自然，才会真正掌握这门艺术。

我让小船顺流而下。小船缓缓漂过一座古老的公园。在那儿的一片椴树林里，有一幢白色的小疗养所。疗养所还没有关闭过冬。从房子里传来模模糊糊的声音。接着，房子里有人打开了留声机，我听到了那熟悉而忧郁的词语：

别假装惠赠你的柔情

无端引诱我：

对失望的人而言

一切往日的诱惑都是枉然！

我思忖道："瞧，这又是一篇杰作，一篇忧郁而古老的杰作。"

也许，当年巴拉登斯基[1]写下这几句诗的时候，并没有想到，它们会流传下来，永远刻在人们的记忆中。

巴拉登斯基，一个被残酷的命运折磨的诗人，究竟是什么样的人？巫师？魔法师？魔术师？他怎么会想到这些充满了忧伤的诗句？幸福逝去了，往日的温存逝去了，永远是那么的美好，可是这一切都一去不复返了。

巴拉登斯基的诗句里包含着杰作所具有的一个确凿特征 —— 这些诗句在我们当中将长久地流传下去，几乎会永世流传。我们自己会丰富这些诗句，仿佛跟在诗人后面继续思索，把诗人未尽之言书写出来。

新的思想，新的形象和情感聚集在脑海里。每一行诗都在燃烧，就像河对岸那大片森林每一天都染上更多更浓艳的秋天的光彩；就像周围尽显出未曾有过的九月的风采。

显然，真正杰作的特质在于：杰作的真正创造者也能把我们同样变成创造者。

我说过，莱蒙托夫的诗《遗嘱》在我看来就是杰作。这自然没错。可是莱蒙托夫几乎所有的诗都是杰作。《我一个人上路……》《最后的新居》《短剑》《别嘲笑我命中注定的忧愁……》《飞艇》等等，都是杰作。没必要再列举下去了。

1　叶甫盖尼·阿勃拉莫维奇·巴拉登斯基（1800—1844）：俄国诗人。

除了诗歌杰作，莱蒙托夫也给我们留下了像《塔曼》这样的散文杰作。如同诗歌一样，这些散文杰作也充满了诗人心灵的炽热。在他那无垠而孤独的精神旷野里，他为荒废了这种炽热的情感而难过。

他就是这么想的。不过时间证明，他并没有随风扔掉一丁点儿炽热的情感。这个无论在战斗中还是在诗歌中都勇敢无畏的军官长得并不好看，甚至有点儿可笑，但是他写的每一行诗都会为许许多多后辈们所喜爱。我们对他的爱就是对温柔的回馈。

疗养所的房子里一直传来熟悉的歌词：

> 别再给我增添盲目的烦恼，
> 别再说那些关于从前的话，
> 好心的朋友，
> 别去惊扰打盹的病人！

歌声很快消失了，河面上重又平静下来。只是河湾那头的快艇还会传来低沉的汽笛声，当然，还有河对岸那些焦躁不安的公鸡的打鸣声——这些公鸡无论什么季节，也无论是下雨天或者大晴天，都会一个劲儿地扯着嗓子叫唤。扎波罗茨基[1]把它们称作"黑夜星占家"。扎波罗茨基去世前不久曾在这儿住过，他常常在奥卡河边，在轮渡这一带散步。那儿一天到晚都满是逛来逛去的人，他们都是河岸的居民。在那儿可以打听到所有的消息，可以听到各种各样的故事。

"这简直就是马克·吐温的《密西西比河上的生活》！"扎波罗茨基说，"只要在岸边坐上两个小时，就可以写出一本书来啦。"

1　尼古拉·阿列克谢耶维奇·扎波罗茨基（1903—1958）：苏联诗人。

扎波罗茨基曾写下关于雷雨的了不起的诗句："因痛苦而战栗，一道闪光划过整个世界。"这当然也是杰作。这首诗里有一行诗句会有力地唤起人们创作的冲动："我爱这欣喜的暮霭，我爱这灵感的短暂之夜。"扎波罗茨基说的是雷雨之夜，可以听到"第一波来自远方的雷鸣愈来愈近，仿佛是最先听到的母语"。

很难说清楚究竟是为什么，不过扎波罗茨基关于灵感的短暂之夜的诗句的确能激起创造的渴望，能召唤人们去创造那激荡着生活的东西，去创造那趋于不朽之境的东西。这些东西能够轻易地跨越这境界，在我们的记忆中将会永远闪耀着光芒，永远具有启迪的意义，永远能够征服那些业已干涸的心。

扎波罗茨基的诗歌蕴含着明晰的思想，具有令人惊叹的自由和成熟，有强大的魔力，这些都使他达到了莱蒙托夫和丘特切夫[1]的高度。

不过，我们还是回到莱蒙托夫和他的《遗嘱》上吧。

不久前，我读了一些回忆蒲宁[2]的文章。这些文章回忆蒲宁在自己生命的最后时日里是如何倾心地关注苏联作家的作品的。他已经病得很重了，卧床不起，可还总是请求甚至强烈地要求人们把所有从莫斯科弄到的新作品统统给他送去。

有一天，人们给他送来了特瓦尔多夫斯基的长诗《瓦西里·焦尔金》。蒲宁开始读起来，突然，友人们听到从他的房间里传来了富有感染力的笑声。友人们有些担忧了。因为近一段时间里，蒲宁是很少发笑的。人们走进他的房间，看到蒲宁正坐在床上。他的眼里满是泪水。他的手紧紧地攥着特瓦尔多夫斯基的长诗。

1　费多尔·伊凡诺维奇·丘特切夫（1803—1873）：19 世纪后半叶俄国著名诗人，擅长抒情哲理诗。

2　伊凡·蒲宁（1870—1953）：俄罗斯著名小说家、诗人，1918 年后流亡西方，长期居住于法国，是第一位获得诺贝尔文学奖的俄罗斯作家。

"太绝了!"他说,"写得太好了! 莱蒙托夫把极好的口语带进了诗歌。而特瓦尔多夫斯基竟然敢把士兵的话带到诗歌里,而且完全是民间的话。"

蒲宁高兴地笑了。当我们遇到某个真正美妙的东西时,就是这样会心地笑的。

我们很多诗人,像普希金、涅克拉索夫、勃洛克(在他的《十二个》里),都善于悄悄地把诗的特征赋予日常生活语言,可是在莱蒙托夫的《波罗金诺》和《遗嘱》里,这日常生活语言竟然还保留着鲜明的口语声调。

> 怎么样,军官们,
> 你们敢用俄罗斯的刺刀
> 撕破别人的制服?

有一种观点很流行,说杰作其实是不多的。可事实正好相反,我们恰恰被杰作包围着。我们常常不能立刻发现,这些杰作是如何照亮了我们的生活的,这些杰作是如何从古至今从不间断地散发出光芒,在我们的心头唤起了崇高的向往,为我们展现了最伟大的宝藏——我们的大地。

同任何一个杰作的每一次相遇都是闯入了人类天才的闪光世界。这种相遇总能唤起惊叹与欣喜。

不久前,在一个清新的、略微有些寒冷的早晨,我在罗浮宫里与尼卡·萨莫色雷斯[1]的胜利女神塑像相遇了,那一刻我简直没法把眼睛从雕像身上移开,雕像迫使你不停歇地关注它。

这是一尊传递胜利消息的信使的雕像。女信使迎着风浪,站在急

---

1 萨莫色雷斯是希腊的岛名。尼卡即胜利女神。希腊神话里的胜利女神塑像是著名的大理石雕像。

速行驶的希腊战船笨重的船头。在她衣服的前襟里藏着关于伟大胜利的消息。这一点从她身体的每一个欢悦的线条，从她那迎风飘扬的衣衫上都可以清晰地表露出来。

罗浮宫窗外是略微发白的雾霭中巴黎那灰色的冬天 —— 巴黎的冬天有些奇怪，因为空气里弥漫着一股海洋的味道，那是街头店铺上堆积如山的牡蛎发出的气味，还混杂着炒栗子、咖啡、葡萄酒、汽油和鲜花的味道。

罗浮宫里有供暖。从镶嵌在地板里的漂亮的铜制暖气片里吹出很热的风。热风里略微有一股灰尘味儿。如果早一点到罗浮宫，一开门就进去，那么你们就会看到一些人一动不动地站在暖气片上，这儿一堆，那儿一堆，其中绝大多数是老头老太。

原来，这是穷人在取暖。庄严而机警的罗浮宫门卫并不去惊扰他们。门卫们假装根本没有发现这群人，尽管他们不可能不引起人们的注意。比方说，眼前这位披着一件灰色破毛毯的老头儿，简直就像堂·吉诃德，站在德拉克洛瓦[1]的画作前瑟瑟发抖，怎么可能不扎眼呢。参观的人也都装作什么也没看见。他们只是尽量快一点儿从这些一动不动地站在那儿，什么话也不说的穷人身边走过。

一位瘦小的老太婆给我的印象尤其深。她那枯瘦的脸庞一直在哆嗦，身披一件因年代太久黑色早已褪成褐色的发亮的女式斗篷。这样的斗篷还是我奶奶在世的时候穿过的呢，尽管那时她所有的女儿，也就是我的姑姑们，都很有礼貌地嘲笑过她。这就是说，甚至在那么久远之前，这种斗篷也已经不时兴了。

这位老太太内疚地笑了笑，不时地在自己的破手提包里翻寻，好像在着急地寻找什么东西，虽然事情明摆着，手提包里除了她的一条又旧又破的手绢之外，什么也不会有的。

1　欧根·德拉克洛瓦（1798—1863）：法国画家。

老太太用这条手绢擦了擦流着眼泪的双眼。这双眼睛里有多少屈辱的痛苦啊，大概许许多多罗浮宫的游客们看到后都会揪心的。

老太太的脚显然在哆嗦，可是她却不敢离开暖气片半步，因为一旦离开，就会有别人占住这个位置。一位上年纪的女画家站在不远处的画架后面，她正在临摹波堤切利[1]的画作。女画家果断地向墙角处走去，那儿放着几把有绒毛坐垫的椅子。只见她将一把很重的椅子搬到暖气片旁，严厉地对老太太说："您坐下吧！"

"谢谢，女士。"老太太咕哝道，没有把握地坐了下来，突然弯下腰去，她弯得那么厉害，从远处看，简直就像她在用脑袋触碰自己的膝盖了。

女画家回到自己的画架前。门卫关注着这一场景，不过一步也没有移动。

一位病弱的美丽少妇带着一个大约八岁的小男孩走在我的前面。她俯下身子对小男孩嘀咕了几句。只见小男孩跑到女画家跟前，向她鞠了一躬，咔嚓跺了一下脚，大声说道："谢谢太太！"

女画家只是点了点头，没有转身。小男孩奔回妈妈身边，依偎在她的手臂上。小男孩两眼放光，好像他刚刚完成了一个英雄行为。显然，这的确够得上是英雄行为。他完成了一个小小的伟大举动，也许，还经历了只有当我们惊叹地说出"如释重负"这四个字时才会有的心理体验。

我从这些穷人身旁走过，心想，在这一人类的贫穷和痛苦的场景面前，恐怕罗浮宫里所有的世界艺术杰作都可能黯然失色，甚至会让人对这些杰作产生某种敌视情绪。

不过，艺术的力量是如此强大，艺术之光是如此明亮，任何东西都无法使它黯淡。那些大理石的女神雕像温柔地低下头，仿佛因自己

1　森德罗·波堤切利（1445—1510）：意大利文艺复兴时期的画家。

明亮的裸体和人们投来的欣喜的目光而感到害羞。四周不断传来各种语言的赞赏之辞。

这就是杰作！这就是绘画和雕刻的杰作，就是思想和想象的杰作！这就是诗的杰作！在所有这些杰作当中，莱蒙托夫的《遗嘱》是多么的朴素，但却是无可争议的杰作，因它的质朴和完整。《遗嘱》只不过是一位被穿透了胸膛的重伤士兵临终前和老乡的谈话：

兄弟，我只想和你
单独聊聊：
据说，我在这个世上
活不了多久了！
你快点儿回家：
去看看……何必呢？说实话，
没人会太在乎
我的命运。

接下来的诗句惊人地冷峻，同时又有一种忧郁的美：

我的父亲母亲
恐怕早不在了……
的确，我承认，我不忍心
让他们难过；
不过如果他们俩有谁还活着，
请告诉他们，我懒得写信，
队伍要开拔
叫他们别再等我。

这个远离故乡的奄奄一息的士兵说出的寥寥数语恰恰赋予了《遗嘱》这首诗悲剧性的力量。"叫他们别再等我"这句诗包含了巨大的痛苦和对死亡的坦然。从这句诗的背后，你可以看到永远失去至爱之人的绝望之情。我们总是觉得，我们所珍爱的人是永远不会死的。他们不会消逝，不会变成灰烬，不会变成虚空，不会变成苍白暗淡的回忆。

凭着深沉的哀伤、勇气，凭着明快和有力的语言，莱蒙托夫的这些诗句成为不容争辩的最纯粹的杰作。当莱蒙托夫写下这些诗句的时候，按照我们现在的观念，他还不过是个青年，甚至几乎还是个孩子。当年契诃夫写出《草原》和《没意思的故事》的时候，也同样是一个青年。

河上的歌声停止了。不过我知道，我也坚信，我还会听到这歌声的。歌声也没有欺骗我。我甚至颤抖起来——开头的诗句如期而至：

> 格鲁吉亚的山峦上夜色弥漫；
> 阿拉格瓦河就在我的眼前，
> 我的心情既忧伤又轻松；我的忧愁开朗明快；
> 我的忧愁里满是你的影子……[1]

这样的诗句我可以听上成百上千遍而不厌。和《遗嘱》一样，这些诗句里也包含着杰作所具有的一切特征。首先是语言的不朽。这是书写不朽的忧伤的语言。这样的语言会重重地敲打人的心灵。

另一个诗人说出了每一部杰作所拥有的永恒的新意，并且说得极其准确。他谈到了大海：

---

1 普希金的无名诗。

对一切都厌烦了。

只有你是百看不厌。

日复一日，

年复一年，

走过了数千年。

在不息的白浪里，

躲藏到百合花

浓郁芳香中，

也许，大海，

你引领它们，

把它们引向虚无。[1]

　　每一个杰作里都蕴含着永远不会司空见惯的东西——人类精神的完善、人类情感的力量，以及对我们周围一切事物的瞬息间的反应——无论是外部事物还是我们的内心世界。还有对达到更高境界的渴望，这种对完美的渴望推动着生活。所有这一切都会产生杰作。

　　以上这些话是我在秋夜里写下的。透过窗户并不能看到秋天的身影，它淹没了在夜色中。可是只要走到门前的台阶上，秋天就会立刻将你包围，凉爽而清新的秋风就会立刻扑面而来，你会立刻感受到秋夜那神秘而漆黑的广阔空间，闻到夜幕下那纹丝不动的水面上刚刚出现的薄冰所散发出来的略带苦涩的气味，听到秋夜同落叶的窃窃私语，那是最后的落叶，无论白天还是黑夜，不间断地落下。星星会发出意想不到的光亮，冲破那云雾缭绕的夜幕。

1　鲍里斯·帕斯捷尔纳克的长诗《905 年》里的诗句。

所有这一切都向你们展示出大自然的伟大杰作，大自然的有益健康的馈赠，使你们想起，生活中到处充满了意义和思想。

1963 年

伊利因斯基深潭

人们总是被各种各样的遗憾所折磨，无论是大的遗憾还是小的遗憾，严肃的遗憾抑或是可笑的遗憾。

对于我来说，我时常为自己没能成为一个植物学家，不能了解俄罗斯中部所有的植物而感到遗憾。没错，粗略统计一下，这些植物的种类也多得吓人，至少一千种以上。不过，要是能了解所有这些树木、灌木和草地，了解它们所有的习性，那该是多么有趣的一件事啊。

最令我们感到可惜的是时间过快的飞逝，是时间无以挽回的消逝。的确，你还没来得及好好地观望一下，夏天就开始凋零了——那一去不复返的夏天在我们几乎每一个人的心里都会勾起童年的回忆。

当你还没来得及回忆，青春就已经凋零，眼神也已黯淡。可是，你还没有来得及看到生活赋予你周围的美妙之景的百分之一呢。

每一天都有遗憾，有时甚至每一个小时都有遗憾。遗憾在早晨会醒来，可是并不总是在夜里睡去。相反，夜里往往遗憾会更强烈。世上没有一种安眠药可以让遗憾沉睡。与时间的飞逝所产生的最强烈的遗憾同在的还有一个像松脂一样难以摆脱的遗憾——没有能够做到，甚至将来也无法做到将那令人震撼的、神秘多彩的整个世界尽收眼底。

说什么整个世界！甚至连自己的国家都没有时间和精力去认识清楚。

譬如说，我就没有见过贝加尔湖，没有见过瓦拉姆群岛，没有见过莱蒙托夫在塔尔罕的庄园，没有见过靠近小城萨列哈尔德（也就是过去的鄂毕多尔斯克）的鄂毕河口那宽广而单调的泛滥水域。

小城的名字"鄂毕多尔斯克"本身就会唤起关于贫瘠而荒无人烟的北方土地的想象，这片土地笼罩在巨大的忧郁情感中，在潮湿的黑暗中呻吟。

我在记忆中列举了一下我所看过的地方，结果我坚信，我看到的地方实在很少。不过，假如不是回忆所到之处的数量，而是回忆这些地方的特点和性质，那么数量少点儿倒并不可怕。一个人甚至可能一生都居住在一个小小的角落里，但看到的却出奇的多。这完全取决于求知欲和眼光的犀利。大家都清楚，一滴小小的水珠里可以反映出万花筒般的光线和色彩；大家都知道，接骨木、稠李、椴树，抑或赤杨的树叶有着完全不同的绿色，细微的差别很大。赤杨树叶纤细的茎脉间那圆鼓鼓的部分轻柔可爱，活像小孩子的手掌。

我们的大自然里，有一个地方虽然不知名，但确实很了不起，它离我每年夏天居住的小木屋大概也就十公里远。

我想，"伟大"这个字眼不仅仅适用于事件和人，也适用于我们祖国俄罗斯的某些地方。

我们之所以不喜欢激情，显然是因为我们无法将它表达出来。至于说公文式的干巴巴语言，我们之所以用得太多，那是因为害怕别人指责我们过于感伤。可是包括我在内的许多人都不想只是简单地说"波罗金诺的原野",而是说"伟大的波罗金诺的原野",就像古时候自豪地说"奥斯特里茨[1]伟大的太阳"一样。

伟大的事件自然会将自己的光芒赋予景色。在波罗金诺的原野上,我们能感受到大自然特殊的庄严,聆听到大自然那包含着清脆嘹亮的声响的宁静。在经历了最后一次战争的血战之后,宁静重又回到这里,从此以后,再也没有人破坏过这份宁静。

我想说的那个地方,就像俄罗斯许多了不起的地方一样,地名很朴素:伊利因斯基深潭。

对于我来说,这个地名听起来并不比白净草原[2]或者基涅什马附近的金色普廖斯逊色。

这个地名与任何历史事件都没有瓜葛,也同任何著名人物没有一点儿关系,仅仅表达了俄罗斯大自然的实质。从这方面讲,可以说很"典型",甚至很"经典"。

这种地方往往会对人的心灵产生强烈的冲击力。倘若不是担心别人会骂我太甜腻的话,我会说,这些地方简直就是静谧安详之地,可以慰藉人的心灵,甚至有某种神圣的东西。

普希金有权把皇村花园称作"神圣的暮霭"。这当然不是因为这些花园因"神圣历史"中的某些历史事件而变得神圣,而仅仅是因为他像对待圣地一样看待这些花园。

这样的地方使我们的心灵感到轻快,使我们内心对自己的土地,对俄罗斯的美景充满了景仰之情。

走到伊利因斯基深潭边,需要下一个缓坡。无论你多么想迅速地走到水边,你都会在下坡途中不止一次地停下脚步,眺望一下河对岸的远方。

---

1 奥斯特里茨是奥地利境内的地方,1812年拿破仑军队与奥匈帝国的军队在这里有过一场重要的战役。

2 屠格涅夫《猎人笔记》中的地名。

请相信我，我看到过无数各种各样的广阔空间，可是像伊利因斯基深潭周围这么丰富多姿的远方，我还从未见过，也许将来也不会再见到。

这个地方充满了魅力，原野上极为普通的野花色彩斑斓，这会在你的心灵里唤起深沉的平静安详之感，同时也会使一个愿望在你的内心油然而生：倘若注定要死去，那么就在这儿，在一块被太阳微微照热的地方，在高高的野草丛中安息。

野花和野草——菊苣草、三叶草、勿忘我及合叶草，仿佛在殷勤地向你们这些过路人频频点头微笑，原来，体态肥硕的熊蜂和蜜蜂总是不间断地飞到这些花草上，专心地汲取浓稠芬芳的花蜜。

不过，这些地方最迷人之处还不是这些花草，不是这些粗壮的榆树和沙沙作响的爆竹柳。

最迷人之处在于那壮阔的远方为你提供了无限开阔的视野。远方的美景好像是顺着台阶和门槛，一个接一个地升起来，展现在你的眼前。

远方的每一个景致——我大概数了一下，有六个——按照画家们的说法，色彩和亮度都是地道纯粹的，连这个景致周围的空气都很独特。

好像某个魔法师把俄罗斯中部所有的美景都集中到了这里，将这些美丽的色彩铺展到了广阔无垠的、在晒热的空气下显得模糊而朦胧的远景中。

映入眼帘的第一层景致是泛着绿色开着各种鲜花的干草地——干谷。浓密的野草丛里不时地冒出像火把一样细高的马蹄叶花儿。马蹄叶的花是醇厚的红葡萄酒颜色。

干谷下面，可以看到河滩，那儿长满了淡玫瑰色的合叶草丛。这时，合叶草的花儿已经谢了，只见一堆堆干枯的花瓣在河面那静谧而幽暗的漩涡上旋转。

河对岸映入眼帘的第二层景致是那一团团犹如灰绿色烟雾般的古老的柳树和爆竹柳。它们正被太阳暴晒着。树叶低垂着，仿佛在昏睡，直到不知从哪里刮来了一阵风，从背面将树叶扬起。于是，岸边所有柳树丛和爆竹柳丛的叶子顿时喧闹起来，犹如瀑布飞流。

河里有许多浅滩。淙淙河水流过布满石块的河床，发出活泼轻快的潺潺声。一股股清新的凉气仿佛波浪般地以一圈圈同心圆的方式在河面上缓缓扩散开来。

接下来映入眼帘的第三层景致是伸向远方高高的地平线的大片森林。从我这里望去，这些森林似乎是完全无法通行的，就像是被巨人们堆砌起来的一个个长满新鲜草丛的山冈。一眼望去，可以根据阴影和色彩的不同亮度判断出哪儿是林间小道，哪儿是稍微宽阔一点的乡间道路，哪儿是无底的山谷。在这山谷里当然隐藏着一个神奇的湖，湖水是深橄榄色的，漂满了针叶。

老鹰总是倔强地在森林上空翱翔。白天里水蒸气很足，预示着雷雨即将到来。

森林在好几个地方向两旁延伸。在这些断开的地方，一片片成熟的黑麦田、荞麦田和小麦田尽收眼底。远远望去，这些庄稼地宛如一块块颜色各异的布料，平整地伸向土地的尽头，消失在暮霭中——暮霭是远方天际永远的旅伴。

粮食在暮霭中闪耀着昏暗的铜色。粮食已经成熟了，丰满了，干干的庄稼发出的阵阵沙沙声就是麦穗那无休止的簌簌声，这种声音在远方波动，从一处传到另一处，仿佛是收获的伟大音乐。

庄稼地后面紧贴地面坐落着几百个村庄。这些村庄一直延伸到我们西部的边境。从这些村庄里飘过来——至少让我感觉到是这样——刚刚烤好的黑麦面包的香味，这味道可是自古以来俄罗斯乡村里最诱人的味道啊。微微发蓝的炊烟悬挂在最后一层景致上方。炊烟沿着地平线在大地上飘荡。其间有某种东西微微发热，仿佛细小的云母碎块燃烧了起来又熄灭了。这些碎块使炊烟不断地闪烁颤动。在炊烟上方那片因酷热而变得苍白的天空中，天鹅般庄严的云朵缓缓飘过，闪着光亮。

有一年夏天，我住在沃罗涅日河边的草原上。我整天不是待在长满椴树的荒凉的公园里，就是待在位于一个干燥的土丘上的风车磨坊里。

风车周围生长着许多蓬松的紫色蜡菊。风车那薄板做成的顶盖已经有一半被气浪吹断了，那是在德国人逼近沃罗涅日的日子里。

透过顶盖的孔眼，可以看到天空。我躺在磨坊里温暖的黏土地面上，读读艾捷尔的长篇小说，或者干脆就透过头顶上方的孔眼仰望天空。

天空中不断地出现新的云朵，非常白净，轮廓鲜明，缓缓地依次飘向北方。

这些云朵发出的宁静之光照到大地上，在我的脸上掠过，我闭上眼睛，以免被强烈的光亮刺伤。我把一棵百里香的小花冠放在手掌里搓揉，享受着它的芳香——干干的，有益健康，带着南国气息的芬芳。我仿佛觉得，大海就在不远处，就在磨坊后面，仿佛这百里香的芬芳不是草原上飘来的，而是那被大海的波涛拍打的平整的细沙发出的。

我有时会在磨盘边打盹儿。玫瑰色砂石磨制的磨盘会把我的思绪带到埃拉多斯[1]的时代。

几年之后，我看到了埃及女王涅菲姬的雕像，也是用磨制磨盘的这种石头刻出来的。这块粗糙的砂石所蕴含的女性魅力和柔情让我惊讶不已。天才的雕刻家提取出石头的精髓，雕刻出这位忐忑不安的可爱的年轻女人那妙不可言的头颅，让它永存于世，将它赠予我们，赠

1　埃拉多斯是希腊人 1883 年之前对其国家的自称。

予我们这些遥远的后辈，也同他一样，追寻着永恒之美。

两年之后，我在法国的普罗旺斯看到了作家阿方斯·都德[1]的著名的磨坊。他曾在这个磨坊里住过一些日子。

显然，生活在飘满面粉和古老的青草气味的风车磨坊里是非常惬意的。尤其是在我们沃罗涅日河畔的磨坊里，那要比阿方索·都德的磨坊惬意得多。因为都德住过的是石磨坊，而我们的磨坊则是木制的，充满了可人的松脂、面包和无根草的香味，充满了草原的气息、云朵的色彩、云雀的婉转啼鸣和一些不知名的小鸟儿的啾啾声，也许是黄鹂，也许是凤头鸡。

不过，很遗憾，伊利因斯基深潭边既没有风车磨坊，也没有水磨坊。这的确是个遗憾，因为再也没有什么东西可以比这些磨坊与俄罗斯的景致更相配的了，这和花绸缎头巾与俄罗斯乡村姑娘最相配是一个道理。披上这样的头巾，姑娘的眼神就会变得柔和，嘴唇就会更明显，甚至说话的声音都会变得婉转悦耳、温柔动听。

在最远处的一层景致里，在麦浪滚滚的燕麦田和黑麦田之间，耸立着一棵粗大的榆树。一阵风吹来，它那深色的树叶便轰鸣作响。

我总是觉得，这棵榆树可不是简简单单地矗立在这炽热的田野上的。也许，它保守着某个秘密，某个古老的秘密，就像不久前邻近山谷里被暴雨冲出来的人的头盖骨一样久远的秘密。那个头盖骨是黑褐色的。从额头到颅顶整个儿被剑劈开了。也许，自从鞑靼人入侵之日起，它就躺在地底下了。也许，它听到了魔鬼的呼号，听到了狐狸面对猩红的落日发出的嗷叫，听到了西绪亚人[2]的大车咯吱咯吱地缓

1　阿方斯·都德（1840—1897）：19世纪法国著名小说家。
2　西绪亚人是公元前7世纪至公元3世纪间黑海北岸的一个部族。

缓行走在草原大道上。

我不仅时常走到风车那里，还时常去看一眼那棵榆树，并且久久地坐在它的树荫下。

平凡低矮的三叶草生长在田埂间。一只老熊蜂气鼓鼓地带着威胁冲我飞来，企图把人从自己空旷的领地里赶出去。

我坐在榆树的阴影下，懒洋洋地采集着野花和野草，对每一株麦穗的至亲之爱在我的心里油然而生。

我想，所有这些坦率真诚的花茎和青草，自然都是我无言的朋友，若能每天都见到它们，若能同它们一起生活在这自由天空下的静谧的草原上，将是多么安详和愉快。

伊利因斯基深潭后面可以看到一堵绿油油的墙伸向远方。那是奥卡河右岸的森林。在这片森林的远方隐藏着勃基莫沃庄园、一座黑幽幽的古老公园和一幢带有露台和威尼斯风格的窗户的高雅官邸。

有一年夏天，契诃夫曾在这幢房子里住过。在这里，他写出了《萨哈林岛游记》，以及《带阁楼的房子》这篇充满了无尽哀愁的关于爱情和可爱的米修司姑娘的小说。

米修司永远地离开了这些地方，可是契诃夫的哀愁却留了下来。它保留在了灰蒙蒙的林荫路的深处，保留在了这幢大房子的空荡荡的房间里，飞蛾依然栖息在布满灰尘的窗玻璃上。倘若触碰一下这只飞蛾，就会发现，它早已死去。

池塘上盖满了浮萍，好像铺上了一层巨大的绿色地毯。契诃夫当年在这儿钓的鲫鱼的后代们，如今静悄悄地吧唧着嘴巴，悠然自得地吃着水生植物，不时地将乌金发亮的两侧身体交替地呈现在阳光下。

可是，契诃夫已经不在了。他去世的那一年，我正好十二岁。我还记得，当我父亲得知契诃夫的死讯时，他的肩膀立刻垂了下去，整个脑袋都抽搐起来了。他迅速转身离去，独自一人去承受无法挽回的无望的痛楚。

人们如此悲恸，如此忧伤地哀悼契诃夫，在俄罗斯作家当中，除了普希金和托尔斯泰，还没有哪位作家能够唤起人们如此的情感。这是因为契诃夫不仅仅是天才的作家，在人们眼里，他完全是一个亲人。

他知道通往人类的高尚、尊严和幸福的道路，并为我们留下了通往这条道路的所有标记。

很难解释，人的习惯究竟是从哪里来的，况且是莫名其妙突然形成的习惯。

每一次出远门之前，我都会去一趟伊利因斯基深潭。如果不同它道一声别，不同这儿熟悉的白柳，不同这儿最典型的俄罗斯风格的原野道一声别，我简直无法启程。我对自己说："当你飞越地中海的时候，没准儿你会想到这棵飞廉草的。当然，假如你真的有机会去那儿的话。这天空中最后一缕悠然自得的浅红色阳光，你也一定会在靠近巴黎的某个地方想起它来。不过当然啦，这也得看你是不是有机会去那儿。"

后来，这些地方我都去了。确实，飞机在第勒尼安海上飞行。我透过圆形舷窗朝外望去。在无尽的蔚蓝色天空中，在这天际的深处，出现了黄色的岛屿的轮廓，这岛屿酷似飞廉草的花。原来，这是科西嘉岛。

后来我确信，从高空中俯视，岛屿就像天空的积云一样，会有新奇古怪的形状。这些形状其实是我们人类的想象力赋予它们的。

数千年冲击成的科西嘉岛海岸笼罩着一层难以散去的热浪，岛上的城堡犹如刺棘般守护着岛屿，岛上的灌木丛呈现出一片红色，地中海特有的蔚蓝色冲破天空中无形的阻坝，整个儿倾斜到海岛上——所有这一切景致都使我无法不想到伊利因斯基深潭那儿的一个小小的潮湿水洼，那儿生长着药芹，生长着一束有一人高的孤独的飞廉草，全身长满了坚硬的荆棘一样刺人的小刺儿，让人无法靠近。

岛屿西岸坐落着一个小城，仿佛是掷股子一般随意抛撒到了那里。从飞机机翼上望去，这小城很像蜂房。这就是阿雅克肖，拿破仑的故乡。

我的邻座是一个戴着黑边眼镜的胖乎乎的意大利人，爱开玩笑。他看了一眼阿雅克肖小城，说道："一切征服者都是该诅咒的疯子，一个生长在这么美的地方的人，竟然会成为世界著名的刽子手！简直不可理解！"

他大声地翻阅着报纸，瞄了一眼其中的一版，就扔到了一边，自言自语地说：

"啊哈！德·戈尔[1] 看来是一个不错的天主教徒。"

从远处看去，高层新楼的玻璃墙折射出的强烈阳光使整个罗马城光芒四射。广播里时常神经质般地重复说，巴列尔先生的私人专车将在飞机场的主要出口处等候。

而我则迫不及待地渴望回家，回到那简朴的小木屋，回到奥卡河边，回到伊利因斯基深潭，那些柳树，那充满俄罗斯风格的雾茫茫的平原落日，还有我的那些朋友们，正在那儿等着我呢。

至于说一缕浅红色的阳光，几天后在靠近巴黎的小城艾尔蒙农维我也见到了，让－雅克·卢梭曾在那儿的一座古老的大庄园里度过自己最后的岁月并死在了那儿。

1　德·戈尔·夏尔（1890—1970）：法国军人，政治活动家。

看门的女人替我们打开小铁门，默默无语地接过门票，气呼呼地挥了挥手，指给我们看，该从哪儿开始参观公园。接着她依旧生气地说，房子关闭了，不能进去，我们只能在公园里转转。

公园里空荡荡的。我们一个人也没碰到。倘若卢梭的影子就在这些地方的话，那么倒的确没有任何人前来打搅我们同卢梭的影子交谈的。

法国梧桐金黄的落叶在脚下沙沙响。落叶不仅撒满了整个地面，连那雾蒙蒙的水塘平静的水面上也落满了树叶。

我一生中还从没见过如此高大的法国梧桐。它们迅速地凋零了，露出巨大的树冠。这些树似乎是某个了不起的大师，一个名叫贝文努多·契里尼[1]的能工巧匠从发亮的青铜块里浇注而成的。树冠隐没在雾里，浓雾使这些树显得影影绰绰。

灰暗的四周一片寂静。黑暗笼罩着整个公园。偶尔有几粒透明的冰珠从树枝上滴落到我们的手上。掌形的黄叶仍在萧萧落下。我们走过之处，落叶的沙沙声从我们的脚后跟下传来。

铅色的天空挂在我们的头顶上，不过这里的铅色毕竟是巴黎式的——是轻盈的，不是那么沉重，还很明亮。

池塘中的小岛上矗立着卢梭白色的陵墓。只能划小船来到陵墓前。可是池塘里并没有小船。而且，卢梭的骨灰已经不在小岛上了。他的骨灰早已迁到了先贤祠里。

过了一会儿，玫瑰色的阳光开始穿过云层那透着花色的暮霭，一点点地渗了出来，法国梧桐也顿时仿佛活了过来，被染上一层青铜色，闪闪发光，变幻多彩。

我想起了在伊利因斯基深潭度过的一个夜晚，天空也是玫瑰色的，顿时，一种熟悉的忧愁突然占据了我的心房，那是在思恋我们

---

1 贝文努多·契里尼（1500—1571）：意大利文艺复兴时期雕塑家、作家、首饰匠。

质朴的土地，思恋我们的落日，思恋我那可爱的车前草，思恋落叶那朴素的沙沙声。

美丽的法兰西自然仍旧伟大，可是对于我们而言，却是冷漠的。我的心头满是对俄罗斯的思恋。从这一天起，我就迫不及待地准备回家，回到奥卡河上，那儿一切都是那么熟悉，那么亲切，那么朴素。只要一想到有可能因为某个原因不得不推迟回程，哪怕只是推迟几天，我的心头就会掠过一丝凉意。

我早就爱上法国了。起初是抽象地爱，后来是严肃深入地爱。可是，我无法为了法国而放弃哪怕是像清晨照在旧农舍木墙上的那一缕红里透黄的阳光这样细微的事物。在那儿，你可以追寻墙壁上光线的移动，可以聆听村庄里公鸡响亮的啼鸣，可以情不自禁地重复儿时熟悉的歌谣：

在神圣的罗斯公鸡在啼鸣，

神圣罗斯的日子即将到来……

法国梧桐上间或落下树叶。神圣的艾尔蒙农维花园笼罩在雾蒙蒙的秋色中，满载着人们对卢梭的记忆。这里的秋日也同我们俄罗斯一样，异常短暂，也同我们俄罗斯一样，充满了哀愁。在这片笼罩着池塘的无声的雾霭中，在临近的静谧的夜晚里，我们感到了某种亲切如故的东西。

不！人无论如何也不能没有祖国，就像没有了心脏，人不能存活一样。

1964 年 7 月